智元微库
OPEN MIND

成 长 也 是 一 种 美 好

从经典学写作

40 LECTURES ON
CHINESE LITERARY HISTORY

中国文学史四十讲

李天飞 著

人民邮电出版社

北京

图书在版编目（CIP）数据

中国文学史四十讲 ：从经典学写作 / 李天飞著 .

北京 ：人民邮电出版社，2025. -- ISBN 978-7-115

-67662-7

Ⅰ．Ⅰ209

中国国家版本馆 CIP 数据核字第 2025BK7519 号

◆ 著 李天飞
　　责任编辑　张渝涓
　　责任印制　周昇亮
◆ 人民邮电出版社出版发行　　　北京市丰台区成寿寺路 11 号
　　邮编 100164　　电子邮件 315@ptpress.com.cn
　　网址 https://www.ptpress.com.cn
　　天津千鹤文化传播有限公司印刷
◆ 开本：720×960　1/16
　　印张：18　　　　　　　　　　　　2025 年 8 月第 1 版
　　字数：195 千字　　　　　　　　　2025 年 8 月天津第 1 次印刷

定　价：69.80 元
读者服务热线：（010）67630125　印装质量热线：（010）81055316
反盗版热线：（010）81055315

什么是
我们要讲的中国文学史

　　古人生活的时代距今十分遥远，但我们大多数人都知道屈原、李白、杜甫、苏轼、曹雪芹等名人及其作品。然而，他们的作品在很多人眼中只是平面化的存在，缺乏深度和立体感。他们彼此之间的内在联系，还有他们与我们生活的关联，对许多人而言，仍是难以厘清的。他们仿佛只是出现在我们的教科书中，较少有人去深入探究其人其事乃至其作品。

　　回顾古代，犹如仰望星空。我们所见的星空似乎恒定不变，天空就像一幅巨大的幕布，星辰仿佛都镶嵌在天幕之中。然而，稍微了解宇宙知识的人都明白，这并非事实。宇宙是浩瀚且立体的，那些看似在平面上的星辰，实际上只是宇宙在我们眼中的投影。

　　因此，即便你反复阅读屈原、李白、杜甫、苏轼和曹雪芹等人的作品，若缺乏文学史的视角，这些人物在你心中就始终是扁平的形象。

　　我们在审视中国文学史时，应该重点关注体裁和时代的坐标。按照体裁，当今文学分为四大版块：诗歌、散文、小说和戏剧。为了便于讲述文学史，我们可以稍作调整，简称为诗、文、小说和戏剧。

　　第一个板块是诗。中国是诗歌最发达的国度之一。当然，诗歌这一体裁涵盖了丰富多样的形式。李白的《早发白帝城》是绝句，杜甫的《春夜喜雨》属于五言律诗，李清照的《如梦令》被归类为词，而马致远的《天净沙·秋思》则是散曲。尽管它们分属不同的诗歌形式，但共同构成了诗歌这一大类。

　　第二个板块是文。我们学过《论语》中的选篇，也学习了《古人谈读书》中节选自朱熹、曾国藩著作的部分，以及诸葛亮的《出师表》、韩愈的《师说》等，这些作品都是散文。除了散文，还有如《滕王阁序》等讲究对仗的骈文。赋作为一种文学体裁，以铺排和押韵为特点，《阿房宫赋》就是一篇非常有名的赋。

　　第三个板块是小说。何为小说？文学界对小说的定义繁多，但你可以将其理解为一种以叙事为主的文学形式。我们学过出自《韩非子》的《守株待兔》和选自《世说新语》的《王戎不取道旁李》。前者通过一个故事传达了某种寓意，而后者则重点刻画了一个人物形象。从叙事的角度看，它们已经具备了小说的一些雏形特征。我们从小耳熟能详的四大名著，堪称中国古典小说成熟的典范之作。

　　第四个板块是戏剧。中国古代戏剧的兴起相对较晚，且中小学课本中选录的中国古代戏剧篇目不多，考试涉及的内容也有限。因此，我们不会将其作为重点内容来讲解。但是，戏剧作为文学的一个重要组成部分，我们必须对其有所了解。

　　屈原、李白、杜甫、苏轼、曹雪芹……这些名字犹如中国古代文学天幕中熠熠生辉的星辰。当我们仰望这片浩瀚的文学星河时，这些耀眼的星辰无疑会吸引我们的目光。文学的发展就像真实的星空，立体而复杂。一方面，文学大家相继登上历史舞台；另一方面，他们的创作风格、文学成就及其对后世的影响，则在不同时代中以各自的节奏发展、演变。那么，如何观察古代文学天幕的变化呢？方法其实很简单——在古代文学的大板块上添加一个时间轴。这样一来，文学史便如同一幅动态画卷，跃然于纸上！

在这个时间轴上，我们将见证不同的文学体裁从起初的萌芽逐渐成长，经历起源、发展、交融和丰富的过程，最终汇聚成四股强大的洪流，奔涌至今，呈现在我们眼前。

这个时间轴与我们通常理解的历史时间线有所不同。历史事件按照时间顺序依次发生，呈现出清晰的线性轨迹。而文学的演变节奏与之不同，或是长期缓慢发展，或是在特定时期快速变革。譬如，在某些历史时期，尽管政治动荡甚至发生了改朝换代，文学领域却无声无息；相反，在某些政治、经济层面看似平淡的历史时期，文学领域却可能群星闪耀。故而，在讲述文学史时，我们有必要将历史划分为若干阶段，每个阶段都具有其独特之处。

请记住文学史的时间轴，这个时间轴有时与朝代重合，有时却并不尽然。简略来说，文学史可以分为三大段：上古（先秦两汉）、中古（魏晋到明中叶）、近古（明中叶到"五四"运动）。

文学史大体上可以通过体裁和时代的双重坐标加以描绘，但这样的描绘仅能展现出一种静态的图景，尚未捕捉到其动态的演变过程。那么，究竟是什么力量推动着文学不断向前发展呢？

在探讨这个问题时，我们可以考虑多个因素。第一，"雅"与"俗"，或者说"精英"与"民间"。文人代表了"雅"，属于精英阶层；而那些不知名的民间作家、诗人、歌手等，则被视为"俗"。请务必记住，诗词、小说等文学作品并非仅由个别文人在家中闭门造车，凭借他们非凡的才华创作而来。此外，还有像民歌这样的民间文学，它们往往源自百姓们的随口吟唱。而像《西游记》和《三国演义》这样的经典作品，也是滥觞于前辈说书艺人讲述的故事。那些不懂得向民间学习的文人，难以成为伟大的文学家。反而，如果民间文学只满足于娱乐层面，也无法孕育出传世之作。只有当精英文化与民间文化相互交融、彼此借鉴时，才更可能激发出卓越的文学作品。

第二，"北方"与"南方"。北方文学普遍豪放雄浑，恰似粗犷的瓷碗；南方文学则偏向温柔细腻，仿佛精致的茶杯。二者各有千秋，但若各自孤立发展，就很容易走入死胡同。试想，若瓷碗过于粗糙，必难获得大众的喜爱；若茶杯过于小巧，其实用性也会大打折扣。因此，南北文化相互交流与融合，将催生出更具深度与活力的文学作品。

在南北朝时期，诗坛上有一位举足轻重的诗人——庾信。他出生于南方，早期作品的风格细腻而婉转。迁居北方后，随着新的生活体验的不断积累，他晚年的诗作风格发生了显著转变，展现出更为深厚的艺术造诣。

第三，"复古"与"革新"。文学的发展总是伴随着创新，而这种创新理应日趋精进。然而，过度追求精致可能使作品变得脆弱易碎，失去实用价值，正如雕琢得花里胡哨的瓷器一般。因此，时常有文学家呼吁"复古"，提倡朴实无华的创作。比如，不少人认为古老的事物更胜一筹，于是推崇简洁质朴的上古文学。所谓的复古，实际上也是一种创新，只不过它指向过去寻找灵感。究竟哪一种路径更为正确？其实它们都是合理的。复古与革新的竞争和融合，正是文学健康发展的关键。

　　此外，推动文学发展的因素众多，将来会逐步深入探讨。一旦我们掌握了文学史的架构和动力，就如同熟悉了一辆汽车的构造，明白它是如何被组装出来的，又是如何启动运行的。这样，于我们而言，文学的概念便不再是模糊不清的，而是鲜活且富有逻辑性的。

目录

第一讲

先秦诗

——《诗经》

我们从文学史的上古时期开始讲起，先来探讨先秦时期的诗歌。

这就要追溯到原始社会了。当时的社会连文字都没有，但这并不妨碍人们唱歌。比如，在共同搬运木头时，为了齐心协力，人们会齐声喊出类似"杭育杭育"的劳动号子。这种来自民间的歌唱形式，可以被视为诗歌的起源之一。从某种意义上说，第一个喊出"杭育杭育"的人，也可以被视为一位早期诗人。

当时的原始人在干活时，会通过唱歌来展现他们的生活状态。时至今日，仍流传着一首反映原始社会打猎活动的歌谣——《弹歌》。

断竹，续竹，飞土，逐肉。

《弹歌》仅有八字，却生动地描绘了原始人打猎的全过程：砍下竹子，将竹子连接起来制成弓，射出泥制的弹丸，击中野兽，进而获取肉类。

这首歌谣的有趣之处在于：一方面，它是由人们自行编写并传唱的，其创作者可能是猎人；另一方面，它的结构为每句两个字，共四句。这种简短有力的节奏形式，可能是《诗经》等早期诗歌四字句式的起源之一。

又比如，有一首非常古老的歌谣《伊耆氏蜡（zhà）辞》：

土反其宅，水归其壑。昆虫毋作，草木归其泽。

伊耆氏是一个古老的部落，其部落成员每年年末都会举办隆重的祭祀仪式，这些仪式被称为"蜡"。故而，"蜡辞"特指人们在祭神时所吟唱的歌谣。这些话语的含义是：

土地啊，请回归你原本的位置；洪水，请退回到溪流与江河中；昆虫啊，请不要现身，不要来捣乱；野草树木啊，请返回森林与沼泽中，不要在农田里疯长。

这些全是对大自然的命令，既古朴又庄严。

吟唱这首歌谣的应是部落首领或巫师。在吟唱的过程中，他们通常会伴随着舞蹈。因此，这首歌谣不仅承载着祭神的功能，还彰显了仪式的庄重性。这些部落首领或巫师，实际上代表了早期的文化人或文人阶层。

从商代至周代，原始部落逐渐演变为众多小国。这些国家需要国君来引领。国君不仅负责国家的治理，还必须主持祭神、祭祖等仪式。祭神的歌谣得以持续传承。直至清代，皇帝仍设立专门的官署来负责演奏祭神曲。

　　除了民歌和涉及祭祀、政治的内容，当时的文人还创作了一些抒情的诗歌。大约在东周时期，流传于各地的诗歌被汇集起来，编纂成书，简称为《诗》。

　　相传，《诗》原本收录了数千首诗歌，经过孔子的严格筛选和整理后，精选出 305 首。这些诗歌被编纂成集，称为《诗经》，亦称"诗三百"。这部作品是中国历史上最早的诗歌总集。其中，最早的诗歌可追溯至西周初年（约公元前 11 世纪），而最晚的则到春秋中叶（约公元前 6 世纪），跨越了五六百年的时光。

　　《诗经》分为三个部分：风、雅、颂。"风"是第一个部分，指的是各地的民歌。据说，古代存在一种采风制度，由专职官员前往各地采集民歌。这些民歌被带回后，呈递给周天子，并由掌管音乐的官员进行修订加工，再演奏给天子欣赏。天子通过这种方式考察各地的风俗民情：若某地的民歌充斥着百姓的不满，可能表明当地治理得不好；若某地的民歌流露出勇猛好战的精神，则可能意味着当地居民喜欢打仗。

　　《诗经》共收录了当时 15 个不同地区的民歌。这些民歌在风格上各有特色，如《郑风》中爱情主题的比例较高，而《秦风》则呈现出一派尚武精神。

　　"雅"是第二个部分，多是由士大夫创作的诗歌。在春秋时期，社会结构发生了显著变化：一部分上层贵族的地位开始下降，而一些平民的地位则有所提升。这种变化促成了一个新兴阶层——"士"的崛起。一些文学修养颇高的士，创作出大量的优秀诗歌。

　　"雅"分为"小雅"与"大雅"。一般来说，"小雅"偏重于表达个人情感；而"大雅"则更多地聚焦于历史和政治议题，其视角也更为宏大。

"颂"是第三个部分，是用于宗庙祭祀的诗歌。它既可单独吟唱，也可与舞蹈相结合进行表演。

从《诗经》的三个部分中，我们可以发现其内容涵盖了底层与上层、民间与朝廷、平民百姓与社会精英等多个层面。这表明，自古以来，诗歌作为一种艺术形式，是属于整个社会的，而非仅限于少数文人。正因如此，诗歌才始终充满生机与活力。

《诗经》的创作手法也值得一提，即"赋、比、兴"。那么，什么是"赋"呢？"赋"是平铺直叙。以《采薇》为例，"昔我往矣，杨柳依依；今我来思，雨雪霏霏"。这几句诗简洁而直接地描述了时间的流逝和个人心境的变化，正是"赋"的典型表现。

再看唐代诗人李绅的《悯农》："锄禾日当午，汗滴禾下土。谁知盘中餐，粒粒皆辛苦。"这首诗的前两句描绘了农民的辛勤劳动，后两句则阐述了深刻的道理。由于诗的核心主题是"悯农"，诗人直白而有力地抒发了对农民的同情，并未使用复杂的比喻或象征手法，而是专注于陈述事实和传达道理。

什么是"比"呢？"比"是比喻，借物喻意。《诗经》中有一篇名为《硕鼠》的作品，其中"硕鼠硕鼠，无食我黍"一句，将那些剥削百姓的贵族比作贪得无厌的大老鼠。这正是"比"的手法。

许多后世诗人也掌握了这一创作技巧。比如，唐代诗人贺知章在《咏柳》中写道："不知细叶谁裁出，二月春风似剪刀。"这也是"比"，即将催生柳叶的春风比作剪刀。

什么是"兴"呢？兴是托物起兴。当你想要传达一种情感或阐述一个观点时，可以借助其他事物作为引子。例如，《关雎》中的"关关雎鸠，在河之洲"，原本描写的是青年男女之间的爱情，但开篇先谈到河洲上的雎鸠（一种小鸟），以此为后文的爱情做铺垫。这就是"以雎鸠起兴"。

这种手法成了人们的惯用写作方式。比如，小学课本中收录了一篇题为《给老师的一封信》的课文，其中写道："亲爱的方老师：窗外的栀子花又盛开了，一年一度的毕业季到来了。"

"窗外的栀子花又盛开了"，这句话恰如其分地起到了"兴"的作用。你是否可以直接告诉老师"老师好，我要毕业了"？虽然这并非不可，但可能会显得有些突兀和生硬。有了这样一句话，节奏变得更为舒缓，能够更平和地表达个人情感。

总之，我们应当认识到，许多现今写作中常用的手法，其根源都可追溯至《诗经》。同时，在学习古代文学的过程中，单纯记忆孤立的知识点效果有限，只有将这些知识点串联起来，才能真正发挥它们的价值。

第二讲

先秦诗

——《楚辞》

在端午节期间，人们会食用粽子，这一习俗已有2000多年的历史。据说，这是为了纪念伟大的诗人屈原。屈原是战国时期的楚国人，相传他因不满朝政的黑暗，于五月初五投汨罗江自尽。当时，人们担忧江中的鱼虾等啃食他的身体，于是纷纷包粽子投入江中，希望鱼虾等吃饱后不再伤害屈原。尽管这仅是一个民间传说，但是屈原在文学史上的地位无比崇高。西汉的刘向将屈原与其他楚国诗人的诗作，连同一些后世模仿的作品，汇编成一部诗集——《楚辞》。

楚国的风俗习惯与中原地区的诸侯国存在显著差异。一方面，中原地区的诸侯国之间通用"雅言"，它相当于当时的官方语言。而楚国人使用的语言叫作"楚声"，是一种带有鲜明南方特色的方言。语言的差异在某种程度上反映了风俗习惯的不同，故而以楚国方言撰写的《楚辞》，与《诗经》在风格上有所区别。

另一方面，楚国人深信鬼神之说，尤其钟情于将神仙与鬼怪写入诗中。翻阅《诗经》时，你会发现其中的民歌大多是家长里短之事，即使大臣和国君谈论政治，也多集中于国家治理和社会生活，对整个宇宙的运行并不那么关切。《楚辞》则格外关注大自然，包括日月星辰，山林里的奇花异草、珍禽瑞兽，并且还涉及了神灵鬼怪等超自然元素。

某天，屈原前往参观楚国的一座神庙。庙内装饰着众多壁画，描绘了天地日月、满天星斗，以及各种神话故事。屈原深有所感，挥笔在墙上写下一首《天问》。这首诗全篇都在提问，共计 170 多个问题，涵盖天文、地理、历史、神话等领域，堪称古代版的《十万个为什么》。开头几句是：

遂古之初，谁传道之？
上下未形，何由考之？
冥昭瞢暗，谁能极之？
冯翼惟象，何以识之？
明明暗暗，惟时何为？
阴阳三合，何本何化？
圜则九重，孰营度之？
惟兹何功，孰初作之？

这段诗歌颇为深奥，翻译成现代文的意思是：

请问那茫茫远古之时，是有谁在记录吗？

天地尚未成形之前的事情，如何才能探究清楚？

当时明暗不分，混沌一片，谁又能穷究一切？

元气充盈而无形，如何能够识别清楚？

白天光明，夜晚黑暗，这又是什么原理呢？

阴阳变化而生出宇宙万物，它是怎样演变的呢？

听说天空一共有九层，是谁去测量过吗？

这是多么伟大的工程，又是谁开始创造的呢？

仅是看到这些问题，你就能就感受到它们的宏伟与壮丽，仿佛史诗一般震撼人心。屈原所探讨的是自然界的奥秘，触及了宇宙的根本法则。即便在今天，这些问题解答起来也并非易事。

在《楚辞》的众多诗篇中，最为人熟知的一首并非《天问》，而是《离骚》。在古汉语中，"骚"的意思是忧愁、忧患；"离"并非表示离别，而与"罹"字相通，有遭遇之意。因此，"离骚"一词，意指遭遇了忧患。

那么，屈原究竟遭遇了哪些忧患呢？在屈原所处的时代，楚国内部政治环境极为黑暗，外部则面临强敌秦国的持续侵扰。屈原既是楚国贵族，也是一位地位显赫的大臣。他忠于楚国，对祖国的命运充满了忧虑。于是，他写下《离骚》这首长诗来表达个人情感。这首诗约2500字，是中国历史上最长的政治抒情诗之一。

他在诗中自述生平和身世，抒发了对楚国命运和人民生活的深切忧虑，并表达了改革政治、不向邪恶势力妥协的愿望。然而，无人聆听他的话语，于是屈原在《离骚》中神游天界，拜见各路神灵，遨游于天地之间。《离骚》

的风格，正是《楚辞》的特色之一：在表达对现实社会的关切时，通过上天入地的丰富想象，充分展现了诗人的情感和思想。比如这一段：

朝发轫于苍梧兮，夕余至乎县圃。

欲少留此灵琐兮，日忽忽其将暮。

吾令羲和弭节兮，望崦嵫而勿迫。

路漫漫其修远兮，吾将上下而求索。

这段话讲述的是：我飞升至天际，在浩瀚的天空中遨游。清晨，我从南方的苍梧启程，到了黄昏时分，便抵达了昆仑山巅的花园，那里仙人络绎不绝。我倚靠在天宫的门前，想要稍作停留，但天色渐晚。我抬头一望，便见到太阳神羲和，她正驾驶着金色的太阳车，在天穹中疾驰。我命令羲和放慢行进的速度，希望她不要靠近西方的崦嵫山。崦嵫山是太阳落下的地方，连通着幽深的地下世界。前面的道路漫长又遥远，我必须上天入地，不懈探索，去寻找真理和理想。

屈原虽倾吐心中的苦闷，其笔触却依然非常优美，充满奇幻之感。他不仅仅局限于眼前的人和事，而是想要飞到天上，漫游于星辰之间，与天界神灵交朋友。

屈原指挥月亮为他开道，驱使风神为他奔走，令凤凰在身侧左右腾飞，将雷神化作忠诚的臂膀。他腾云驾雾，身披斑斓的彩虹，朝着天门的方向，一路前行。《离骚》独具魅力，宛如一部绚丽的神话篇章。诸如李白、李贺、李商隐、苏轼等后世诗人，想必都曾诵读《离骚》，从中汲取了大量的知识养料。

今日，我们常用"独领风骚"一词来形容某人才华横溢，出类拔萃。

那么，"风骚"究竟指的是什么呢？《诗经》的开篇部分是《国风》，而《楚辞》中极为著名的篇章是《离骚》。因此，《诗经》有时被称为"风"，《楚辞》则被称为"骚"。至此，"风骚"一词便成了文学的代名词。

《离骚》中创造了两个鲜明的文学意象：美人与芳草。屈原常以被抛弃的美人自喻，借此表达自己被君王疏远的悲愤与无奈。这实际上是一种隐喻手法，将君臣关系比作夫妻关系。

屈原之所以这样比喻，是因为他身处一个有着严格性别观念的传统社会。在这种社会中，相对于妻子，丈夫的地位较高，甚至要求妻子尽量服从丈夫的意愿。若是妻子被丈夫抛弃，她不应愤怒地攻击丈夫，而应通过哀婉动人的倾诉来试图让丈夫回心转意。从政治的角度来看，君臣关系与夫妻关系相似：君王的地位较高，大臣的地位则较低。当大臣蒙受冤屈或不被君王理解时，他也不能直接发泄不满，而应像被抛弃的美人一样，以委婉动人的语言表达自己的委屈，期望得到君王的认可与接纳。

屈原在其诗作中频繁运用隐喻，希望楚王能够领悟他的深意。随后，这种创作手法被后世诗人所习得。尤其是在唐朝，诸多杰出的诗人借鉴了这一技巧，在提及美人时往往并非实指，而是用于自比，以此向皇帝或高官显贵倾吐心声。

《离骚》中多处提及兰草、蕙草、木兰花、菊花、芙蓉等芳草，如"扈江离与辟芷兮，纫秋兰以为佩"。屈原声称："我在园中栽种芳草，采摘它们作为佩饰。它们不仅外观美丽，而且散发出迷人的香气。"

这是何意？这既是一种隐喻，也是一种象征，象征着一个人品行高洁、志向高远。与芳草相对应的是杂草、毒草之流，这些草无疑象征着朝堂之上的奸佞、生活中的宵小。

　　作为诗歌中的经典意象，美人与芳草经常相伴出现。在进行诗歌鉴赏或阅读理解时，一旦出现美人或芳草的意象，我们就得保持警觉。这些元素很可能是在隐喻诗人自己，象征着诗人高洁的品行。

　　除了屈原的诗歌，《楚辞》中还有一些其他楚国诗人及汉代诗人的作品，但这些作品的影响力和知名度相对较小。

　　现在让我们探讨一下《楚辞》的语言特色。随便翻开一篇，你便会发现，《诗经》与《楚辞》有着显著的差异。《诗经》的句式以四言为主，结构规整，但这也导致了一个问题——可能有些"呆板"。其文字排列宛如整齐的方块，朗读起来节奏较为单一，听起来略显单调，并不总是那么悦耳动听。

　　然而，《楚辞》里的句子长度多样，其中不乏较长的句子，如"路漫漫其修远兮，吾将上下而求索"。这类七个字的诗句因其多种组合的可能性，显得更为灵活多变，朗读起来也更富有韵律感。此外，《楚辞》中频繁出现"兮"字。"兮"作为感叹词，相当于现代汉语中的"啊"。在现代文学作品中，添加感叹词的做法依然非常普遍。比如《太阳出来喜洋洋》里的歌词：

　　　　太阳出来　罗儿

　　　　喜洋洋　欧郎罗

　　　　挑起扁担　郎郎扯光扯

　　　　上山岗　欧罗罗

　　其中，"罗儿""欧郎罗"等词汇属于感叹词，是用于调节节奏的。若将这些歌词的主体部分提取出来，可以得到：

太阳出来喜洋洋，挑起扁担上山岗。

显然，这句话具有七言诗的风格特征。但是，添加感叹词后，句子的长度被拉长，演唱起来更为悦耳动听。

在学习古代文学的过程中，我们应当特别留意：诗歌的存在不仅仅是为了诵读，它还与音乐有着密不可分的联系。例如，《楚辞》中的许多诗篇，原本是在祭神时吟唱的。然而，由于如今缺乏相应的乐谱和录音资料，我们已无法确切知晓其唱法。诗歌从能唱到不能唱的演变，将在后续的讨论中进一步展开。

假如删除"兮"字以及一些虚词，如"朝发轫于苍梧兮"的"于"，"夕余至乎县圃"的"乎"，"欲少留此灵琐兮"的"此"，"日忽忽其将暮"的"其"，你会发现这几句诗呈现出如下的面貌：

朝发轫苍梧，夕余至县圃。欲少留灵琐，日忽忽将暮。

这就是一首五言诗。相较于《诗经》中每句四个字的形式，它听起来似乎更为动听。原因在于五言诗在每句中增加了一个字，形成了独特的节奏，从而带来了丰富的韵律变化。

随着北方的《诗经》与南方的《楚辞》逐渐融合，到了汉代，五言诗渐渐替代了四言诗，成为诗歌的主流形式。直至今日，当我们探究中国诗歌的起源时，必定会提到两个重要源头，即《诗经》和《楚辞》，或者简称为"诗"和"骚"。这两个源头，一北一南，一个偏重现实，一个偏重奇幻，共同激发了后世无数诗人的创作灵感。

先秦文

——说理散文

在先秦时期，备受推崇的典籍莫过于"五经"，即《易经》《诗经》《尚书》《仪礼》《春秋》。"五经"以外，还有多部各个学派的集大成之作，比如儒家的《论语》《孟子》《荀子》。《论语》主要记录了孔子及其弟子的言行，《孟子》《荀子》则分别是孟子和荀子的思想精粹。同时，道家有《老子》《庄子》，法家则有《韩非子》。这些学派及其代表作，共同筑就了辉煌的"诸子百家"时代。

先秦时期的散文主要分为两大类别。其一是说理散文，亦即议论文，主要用于讲道理。其二是叙事散文，亦即记叙文，主要用于记录历史事件。值得注意的是，先秦的叙事散文不仅是一种重要的散文形式，还为后世小说的发展奠定了基础。在这里，我们先聚焦于说理散文。

在诸子百家中，文笔出色的作品有《论语》《孟子》《庄子》《韩非子》《荀子》等。相比之下，其他一些先秦诸子的作品在文采方面可能稍显逊色。例如，《墨子》的文风较为质朴，语言简洁，更注重逻辑性和说服力。

《论语》的语言特点是简要隽永，类似于一部名言集。名言力求以简练的语言，阐述深刻的道理，无须过分追求生动形象，而重在高度概括。例如，"知之为知之，不知为不知，是知也""知之者不如好之者，好之者不如乐之者"。

格言体对我们如今的写作有着不容忽视的作用。倘若你想讲述一个道理，不妨将该道理凝练为一则格言。比如，"知之者不如好之者，好之者不如乐之者"，就是格言体的典范。假如我们换一个话题：珍惜时间，该怎么写成格言体呢？"珍惜时间不如规划时间，规划时间不如悦纳时间"，这正是格言体的写法。

这种技巧尤其适用于点缀作文标题，以及装点文章的开篇和结尾。有时，一个凝练的格言体作为开篇，便可能使作文成功一半。毕竟，这样能彰显出深厚的思想底蕴，使言辞更具说服力。

孟子是战国时期邹国人，他生活的时代大约比孔子晚了100年。与孔子一样，孟子也曾到处游历，拜见各国国君，渴望得到重用以践行其政治理念。但孟子的文章与孔子的风格迥异。孔子的言辞简洁而有力，往往令人深思良久；孟子则以言辞丰富、雄辩滔滔著称，其论述可谓气势宏大。比如这段《孟子·告子下》：

舜发于畎亩之中，傅说举于版筑之间，胶鬲举于鱼盐之中，管夷吾举于士，孙叔敖举于海，百里奚举于市。故天将降大任于是人也，必先苦其心志，劳其筋骨，饿其体肤，空乏其身，行拂乱其所为，所以动心忍性，曾益其所不能。人恒过，然后能改；困于心，衡于虑，而后作；征于色，发于声，而后喻。入则无法家拂士，出则无敌国外患者，国恒亡。然后知生于忧患而死于安乐也。

你看，开篇便列举了六个人物，并连续运用了六个排比句。排比句通常具有恢宏的气势。事实上，如今我们在写作文时，也并未脱离孟子设定的结构框架。最后，孟子以一则格言"生于忧患，死于安乐"收尾，将深奥的道理凝缩至一句话中。

在撰写文章时，若要阐明一个观点，常用的方法就是运用一堆排比句。例如，《中国诗词大会》的主持词：

从金戈铁马，到琴棋书画。从大漠孤烟，到水墨江南。从忠肝义胆，到千里婵娟。可以说一首首的诗词歌赋，让我们感受到了炎黄子孙的家国情怀。

这正是孟子所采用的写作手法。有时，在文章的结尾部分，可以运用一则格言来收束该段落的主旨。比如，"浙江宣传"公众号上的一篇《无梅花，不江南》：

江南赏梅，可以是一场专程赶赴的视觉盛宴，也可以是一次桥边檐下的惊艳偶遇，与雪相伴，和春而来，横贯了整个季节。
无梅花，不江南。

前有铺陈，后有收束，这句"无梅花，不江南"不就是格言体吗？可见，孟子的影响力确实贯穿了 2000 多年。读懂《孟子》，能帮助我们更快地掌握写作技巧。

孟子尤其钟爱讲述寓言。譬如，小学课本中的《弈秋》便摘自《孟子》。在文章中插入寓言，能够使复杂的道理变得浅显易懂。这些寓言不仅简短精练，即便单独摘录出来，也堪称文学的典范。

与孟子生活在同一时期的还有庄子。庄子是宋国人，曾担任漆园吏一职。所谓漆园，即种植漆树的园地。古代的漆不是化学合成的，而是通过割开漆树树皮取得的天然汁液。庄子与孟子同样享年 80 余岁，但孟子一生致力于求见国君，渴望做官；庄子却一生避世，对官场深感厌恶。这一点在"庄子钓于濮水"的故事里得到了生动体现。

有一次，楚威王想请庄子担任官职，派遣了两位使者携带金银财宝前来相邀。当时庄子正在河边钓鱼，见到两位使者时，他并未转身，便开口道："楚国有只神龟，已经死了三千年。楚王将它的壳珍藏于庙堂，视为至宝。但对这只龟来说，它是愿意死后留下龟壳被人珍藏，还是宁愿苟全性命，在泥泞中拖着尾巴爬行呢？"使者们答道："那当然是选择在泥泞中爬行。"庄子接着说："你们走吧！我就愿意在泥泞中拖着尾巴自由爬行。"使者们明白这是拒绝之意，于是告辞离去。

庄子一生未曾当大官。他生性厌恶官场，喜欢隐逸生活与自在逍遥的状态。每当人们探论心灵自由，提到隐士时，总会追溯到庄子。

庄子的文章公认的特点是想象瑰奇，行文汪洋恣肆。比如《逍遥游》中对大鹏的一段描述：

北冥有鱼，其名为鲲。鲲之大，不知其几千里也；化而为鸟，其名为鹏。鹏之背，不知其几千里也；怒而飞，其翼若垂天之云。是鸟也，海运则将徙于南冥。南冥者，天池也。

庄子实际上是在阐述一个深刻的哲理。一只小鸟目睹了大鹏的壮举，讥讽它道："瞧我，轻轻一跃，振翅即飞，在树上停歇一会儿，便已心满意足。而你从北海飞到南海，究竟追求的是什么呢？"小鸟无法理解大鹏的志向，正如胸无大志的人无法理解志向远大的人一样。这揭示了小与大的区别。尽管大鹏能力非凡，它却需要借助强劲的风才能翱翔天际，仍然依赖外在力量。但真正的智者，往往无需任何外力，便能达到超凡脱俗的境界。

在先秦时期的说理散文领域，还有两位大家，即荀子和韩非子。荀子也是儒家学派的重要代表人物，但他与孟子不同，并不怎么讲述寓言，而是喜欢用生活中常见的事物作比喻。比如《劝学》中的一段：

君子曰：学不可以已。青，取之于蓝，而青于蓝；冰，水为之，而寒于水。

此处的比喻非常精彩。荀子以水为例，指出冰是由水凝固而成，但冰比水冷得多；又以青色染料为例，称靛青是从蓝草里提炼而来，但它的颜色比蓝草要鲜艳得多。这说明学习对人的塑造作用。人需要学习，就像水结成冰、蓝草变成靛青一样。只有通过学习，才能超越自我。

以常见事物作比喻是写作中的一项基础技巧。选取的事物越是普遍、越能自然地契合主题，其效果往往越好。许多学生已初步掌握了运用比喻进行表达的方法，如"从小树立远大的志向，就像扣好衣服上的第一粒纽扣"。衣服上的一排纽扣，恰似人生的各个阶段；而童年的志向，正是那第一粒纽扣。

韩非子的写作特点是善用寓言。例如，《买椟还珠》《守株待兔》《自相矛盾》既是生动有趣的故事，也是许多成语的来源，更蕴含着深刻的哲理。其中，"矛盾"一词不仅指语言或行为上的不一致，甚至发展成一个重要的哲学概念。这是韩非子留给我们的宝贵财富。

第四讲

先秦文

——叙事文学

　　继先秦说理散文的探讨之后，我们接下来将焦点转向叙事文学。在文学史的长河中，叙事文学亦被称为"叙事散文"。然而，鉴于散文与小说在叙述方面的界限常常模糊不清，我们决定将其统称为"叙事文学"。

　　在先秦叙事文学中，《左传》无疑占据了举足轻重的地位。《左传》是对"五经"之一《春秋》的权威注解。《春秋》素来言简意赅，仅以寥寥数笔记录事件。以齐国与鲁国的长勺之战为例，《春秋》仅用一句话概括："十年春，王正月，公败齐师于长勺。"其中，"公"指的是鲁庄公，"齐师"则是齐桓公率领的军队。至于战争的起因、过程以及其他细节等，《春秋》并未详述，它主要记录的是重大事件。而《左传》为我们揭示了这场战争背后丰富的历史故事，即《曹刿论战》。

在记述战争场景时，人们通常会着重描绘万箭齐发、刀光剑影、人喊马嘶等激烈场面。《左传》却选择了一条不同的叙述路径。它先是叙述了曹刿进入宫廷，当面质问鲁庄公："您凭什么来打这场战争？"鲁庄公列举了数个理由，但曹刿认为，无论是虔诚地祭祀，还是对周围人的小恩小惠，都不足以赢得民心。曹刿强调，只有公正地审理百姓的诉讼案件，取信于民，才能使民心所向。凭借这一点，国家才有资格进行战争。曹刿在战场上观察敌情，待到敌人击鼓三次、士气衰竭之后，他才建议鲁庄公下令进攻。至于战争的结果，《左传》仅用"齐师败绩"四个字简洁地概括，便宣告了战争的结束。

你很快就会意识到，这样的描述远胜于"万箭齐发""人喊马嘶"等陈词滥调。毕竟，在绝大多数战事中，一旦进入战场，无不充斥着喊杀声、马蹄声、箭雨和刀剑的寒光，这些情景并无太大差异。倘若每场战争都采用这种叙述方式，便难以凸显其独特性。

每场战争的起因、谋划、战略、力量对比以及现场指挥，都各有特色。这些是描述战争场景时引人入胜的关键情节。因此，《左传》特别注重记录这些方面。至于具体的战斗场面，它并不着重描写，也无须过分关注。

在撰写作文时，也要注意这一点。无论是描写球赛还是爬山活动，都无须将整个过程事无巨细地一一叙述。这种写法并无助益。以球赛为例，即便描写得再精彩，充其量也只是一篇解说稿。你应该着重描绘决定比赛胜负的关键时刻。若是记录爬山经历，你应当突出那些极具特色的细节。至于其余内容，都可以一笔带过。

比如，在春秋时期，楚国的使者在宋国被杀。听闻这一消息，楚王勃

然大怒,《左传》中记载如下:

> 楚子闻之,投袂而起,屦及于窒皇,剑及于寝门之外,车及于蒲胥之市。

袂,原指衣袖。此段描述的是,楚王得知使者被杀,愤怒之下决定立即攻打宋国。他一甩衣袖,起身便往外奔去。在先秦时期,脱鞋入室是一种普遍的礼仪。而楚王因情急忘穿鞋子,随从们便拎着他的鞋子和佩剑,在后面紧追不舍。他们一直追至寝宫门外的庭院,才赶上楚王,为他穿上鞋子;追至寝宫的殿门外,才向楚王递上佩剑;追至蒲胥街市,才让楚王坐上车。

为何这段话写得精彩?因为它紧扣核心内容,省略了许多不必要的细节。若补充完整,可能会变成"随从拎着鞋子在后面追赶,追上楚王之后,为他穿上鞋子"等描述。但这样一来既显得啰唆,又削弱了楚王怒不可遏、决定立即发兵的紧迫感,从而破坏了紧张的氛围。这段话具有强烈的视觉冲击力,而且鞋子、佩剑和车本不会自行移动,但让它们"动起来",成为句子的主语,便使得画面格外生动。

又比如,晋国与楚国之间爆发了一场激烈的战争。战败的晋军在撤退途中,必须渡河逃生,但船少人多,众人争抢着上船。很多士兵在水中挣扎,紧紧扒着船舷,拼命想要爬上船。船里的人害怕船翻了,就挥刀乱砍,致使许多人的手指被砍落。《左传》仅用六个字描述这一惨烈场面——"舟中之指可掬"。

《左传》的语言特点是简练含蓄、词约义丰。美国作家海明威一向主张

"电报文体"，倡导多用短句，避免冗长的表述，减少形容词的使用，并省略心理描写；仅凭语言和动作描写，便能清晰地勾勒人物形象和叙述事件。《左传》在数千年之前，就已经具备类似于"电报文体"的风格。

一般情况下，当你写下"老师充满爱意地摸了摸我的头"时，显然是学生口吻的表述。这是写给读者看的，你或许能感受到那份爱意，但读者未必能共鸣。至于老师心中是否真的充满爱意，你也不得而知。你能做的，仅仅是通过老师的言行来推测他的情绪。《左传》称楚庄王"投袂而起，屦及于窒皇，剑及于寝门之外，车及于蒲胥之市"。文中并未谈到楚庄王的心情，但透过这手忙脚乱的混乱场面，我们已能窥见他气急败坏的神态。

在先秦叙事文学作品中，与《左传》齐名的非《战国策》莫属。《左传》主要叙述了春秋时期的历史，而《战国策》则聚焦于战国时期的历史。但《战国策》并非一部纯粹的纪实性历史著作，它还记载了当时众多纵横家的言行。

在战国时期，一批从事政治活动的谋士活跃于历史舞台。他们游走于各国之间，劝说君王们结盟，对当时的政治形势产生了一定影响。这些人被后世称为"纵横家"。为了成功说服君王们，他们制定了一套专门的说辞。无论是与秦国国君对话，还是与楚国国君交流，他们都有相应的策略和方法。此外，《战国策》中还记载了众多君臣之间的精彩对话。在这些对话中，大臣们为了向君王阐述某一观点，运用了极为巧妙的言辞。比如，"狐假虎威"这一典故，就出自《战国策》。

楚国有一位名叫昭奚恤的大臣，各路诸侯对他十分畏惧。楚王对此感到好奇，便向臣子们问道："我听说北方的诸侯都害怕昭奚恤，这是真的吗？"大臣江乙随即回应："大王，让我为您讲一个故事。"紧接着，他讲述了"狐假虎威"的故事。故事讲完后，江乙解释道："诸侯们并非真正惧怕昭奚恤，而是惧怕您手下的百万雄兵，以及您可随时调动的军力。可见，诸侯畏惧的其实是您所掌控的强大力量。"江乙通过这个寓言，巧妙地分析了当时的政治局势。

《战国策》除了擅长阐述哲理，还精于塑造人物形象。以苏秦为例，他年轻时曾游说秦王，却未被采纳。盘缠耗尽、衣衫褴褛的他，最终只得返回洛阳家中。归家后，家人对他的态度极其冷淡：妻子忙于织布，无暇迎接；嫂子拒绝为他准备饭菜；父母甚至不愿与他交谈。苏秦长叹一声，取出书卷，开始夜以继日地刻苦学习。困倦时，他用锥子刺大腿以保持清醒，直至鲜血渗出。经过一年的不懈努力，苏秦自觉已学有所成，于是再次踏上了游说之路。

苏秦此次游说赵王，终于取得了成功。赵王封苏秦为武安君，授予他丞相之职，又赐给他一百辆豪华马车、千匹绸缎、二十万两黄金，命他前去游说楚王。在前往楚国的途中，苏秦经过了洛阳。这一次，他的全家都出动了，迎出三十里外，场面盛大，还有乐队奏乐。妻子不敢直视他，嫂子则跪在地上，不停地磕头。苏秦问嫂子："为何你之前对我如此傲慢，现在却这般卑微？"嫂子坦率地回答："因为你现在不仅地位显赫，还格外富有。"苏秦叹息道："唉，人在贫穷时，父母都不把你当儿子看待；一旦富贵，连亲戚都敬畏有加。人生在世，怎能不重视富贵权势呢！"

在正史的编纂过程中，没有必要详尽记录琐碎的细节，这些描写更接近于小说的叙述手法。《战国策》通过一些生活小事，塑造了两个人物形象——苏秦及其嫂子。常言道"头悬梁，锥刺股"，其中"锥刺股"讲述的就是苏秦奋发图强的故事。然而，较少有人提及苏秦为何要"锥刺股"——这实际上源于他遭遇家人冷遇及游说失败的经历。至于苏秦的嫂子，她毫不掩饰自己的势利，直言不讳地表示苏秦今非昔比，因此她的态度前倨后恭。这种通过生活细节来塑造人物形象的手法，虽带有小说的色彩，却生动地反映了当时社会的现实和人性的复杂。

《战国策》的语言特点是夸张铺陈、雄隽华赡。在此，我想强调为何在每个重要作品的评论中都要使用两个"大词"。其实，这是为了丰富评论文学作品时的词汇量。当面对诸多评价文学作品的场合，如阅读理解、古诗词鉴赏等时，你该如何作答呢？你的脑海中需要储备一些专业的评价术语，而不能只停留在"写得好""生动形象""跃然纸上"等相对贫乏的表述上。

先秦叙事文学的艺术水准极高。一方面，后世的散文不断从中汲取灵感；另一方面，后世的小说也是在先秦散文的基础上发展壮大的。比如，在创作过程中：

分出明确的正反方，辨别正邪忠奸。作者通常是支持一方，反对另一方。

连贯的叙事应具备起因、经过和结果，运用倒叙、插叙的手法讲清楚前情，通过埋伏笔来暗示结局。

个性化的言行，仅需一句话或一件事，就能体现出人物的性格特点。

这些不仅是后世作者向先秦散文学习的要点，也是我们写作时应当借鉴的方向。我们即使一时难以掌握，也要清楚：分析古典小说时，从这三个方面入手，基本不会出错。

先秦文

——神话传说

在先秦文学中，还有一个值得一提的文学类型——神话。

神话讲述的是神奇的、超自然的故事，大致可以归入小说的范畴。广义上的"神话"包括《西游记》《聊斋志异》这类具有神话色彩的古典小说；甚至在当今的玄幻、仙侠类小说中，也蕴含着许多神话的成分。

不过，这样算的话，神话的范围就太宽泛了。我们在这里讨论神话，还是采用一种较为狭窄的视角，主要有以下几条标准。

第一，神话一般产生于上古时期，甚至原始社会。

第二，神话叙述的是原始社会或人类演化初期的单一事件或故事。

第三，神话的作者通常无法确定，但它是由众人口口相传、流传至今的。传承神话的人，普遍相信这些事件或故事的真实性。

比如，人是怎么来的呢？这个问题今天的小朋友会问，原始社会的小朋友也会问。原始部落的酋长可能会说："等到今晚燃起篝火之时，我们来讲一个故事。我们人类究竟是怎么来的呢？是女娲用泥土捏出来的。"这便是"女娲造人"的神话。如今的我们已经懂得进化论，知晓人类的进化历程，自然不会相信这是真实的。但在那个时代，人们讲述这个故事时，就坚定地认为人类是女娲创造的。

又比如，天上为什么只有一个太阳，而不是好多个呢？酋长又说："今天，我们来讲一讲后羿射日的故事。"这个故事当然也是虚构的，但是原始人将其当作真实事件来传播。

这样一来，原始人就形成了一套解释世界的逻辑：天地是怎么来的？是盘古劈开的。人类是怎么来的？是女娲创造的。这叫作"创生神话"。原始人历经了几万年甚至几十万年的演化，他们经历过干旱，遭遇过洪水，也面临着毒蛇猛兽的威胁。于是，他们声称，天上有十个太阳，把大地都烤干了，这时英雄后羿挺身而出，射落九日。当大地被洪水淹没时，又有一位英雄大禹出来治水。那么，当时统治世界的是谁呢？他们便说是一些大神，例如长着人头蛇身的女娲，长着四张脸的黄帝。这些都是"英雄神话"。

这些故事实际上是对原始社会历史的一种记录。当时没有学者，连文字都尚未出现，原始人只能通过讲故事来记录历史。这些故事在口口相传的过程中，往往会越传越离奇，进而演变成神话。原始人相信神话，认为它就是历史。将神话当成历史的思维方式属于原始思维，而非人类进入文明社会之后的理性思维。

不过，中国神话存在一个特点，那就是理性思维出现得很早。如此一来，一些学者便会心生疑惑："咦？这事好像有点不对劲。人头蛇身，四张脸，这岂不成了怪物吗？"因此，从春秋战国时期开始，学者们在写书的过程中，便逐渐修改了这些神话内容。例如，黄帝原本是传说中的天神，怎么解释他有四张脸呢？学者们提出，他是一位上古帝王，同时也是正常的人类；所谓四张脸，是指他派遣了四位大臣，分别驻守四方，负责治理不同的区域。这样似乎也说得通，但黄帝身上的神话色彩被逐渐淡化了。这就是"神话的历史化"。

上古时期的三皇五帝，诸如伏羲、神农、黄帝、颛顼、帝喾、尧、舜，还有后来的大禹，本是神话中的天神。然而，先秦史书热衷于将他们塑造为真实的人间帝王。虽然他们都很有本领，但这些本领并未超越人类的能力范围。

比如，神话中的大禹可谓厉害极了。据说他变成一头大熊，开凿山里的水道。天上还有一条应龙，下凡来帮助他。应龙一摇尾巴，就劈出一条河。但是在史书中，大禹往往被塑造成一位人类领袖，率领百姓们开挖沟渠。

神话的历史化既有好处，也有坏处。好处在于，我们早已摆脱了原始思维，不再坚信天地是盘古劈开的，人类是女娲创造的。坏处在于，流传至今的上古神话变得更为稀少，因为大部分内容被学者们删改了。

在先秦时期至汉代的典籍中，几乎没有专门记载上古神话的著作。上古神话零散地分布在不同的书中，这里记一点，那里记一点，而且内容特别简短，一个神话通常只有几十个字。例如，后羿射日的故事就同时记录在《吕氏春秋》和《淮南子》中。《山海经》一书记录神话较多且较为集中，夸父逐日、精卫填海、刑天和天帝大战等故事都能从中找到记载。

上古神话向来具有鲜明的特点。第一是崇尚人的价值，而不是一味地对神灵顶礼膜拜。比如，后羿射日、夸父逐日、精卫填海等故事，都强调英雄与大自然之间的激烈斗争。这种强烈的斗争精神，世代传承，直至今日依然熠熠生辉。

第二是崇尚劳动，致力于改造世界。比如，神农尝百草时，一天之内遭遇七十种毒物[1]。又比如，当天空出现漏洞时，女娲会用五色石将其补起来。再比如，黄帝发明车辆、车轮，燧人氏钻木取火，有巢氏建造房屋等。

第三是勇于牺牲，甘于奉献。盘古死后，其身体化为世界万物，这无疑是一种伟大的奉献精神。

上古神话对后世的影响极为深远。例如，《西游记》中的孙悟空是一只石猴，是从花果山的石头里蹦出来的，这与大禹之子启的诞生神话有关——据说启也是从石头里蹦出来的。孙悟空还掌握了七十二变之术，这也与女娲"一日七十化"、化育万物的神话有关。比如，《红楼梦》的开篇言及女娲补天之时，一共炼制了三万六千五百零一块五色石，却仅用了三万六千五百块，剩下一块未被使用。这块石头便化身为一块美玉，随着贾宝玉下凡历劫。

如今，探月火箭名为"嫦娥"，月球车名为"玉兔"，火星车名为"祝融"，太阳探测卫星名为"羲和"，AI大模型名为"盘古"。由此可见，虽然

---

[1] 此说见于《淮南子》，《神农本草经》载为七十二种。——编者注

神话产生于原始社会，且在古书上只有寥寥几行字，却至今仍影响着我们的文化心理。这是因为神话探讨的核心是人与自然的根本问题，如宇宙是怎么产生的，人类是怎么出现的，人类应当如何面对灾难，以及人类如何与自然和谐共处等。

直到今日，我们敢声称找到了完美的答案吗？敢断言一切问题都解决了吗？宇宙是怎么产生的，真能说得清楚吗？银河系都有什么，真的研究明白了吗？答案显然是否定的。这些神话相当于原始人提出的一个个根本性问题，促使着后人不断去探索、去回答。

神话或许极为简陋质朴。但是，唐代的某位诗人所写的诗，如今可能已不为人所知；清代的某位文人所写的小说，如今也未必会被翻看。唯独这些流传了数千年的神话，哪怕只有几行字，却依然拥有巨大的影响力。这便是文学中极具魅力的部分。

第六讲

汉代文

——赋

　　战国末期，秦始皇统一六国，建立起大一统的秦王朝。由于统治者太过残暴，不久之后，百姓们揭竿而起，很快推翻了秦朝。接下来就是刘邦建立的汉朝，该王朝延续了约 400 年，分为西汉和东汉。

　　秦朝的统治时间极为短暂，加上秦始皇焚书坑儒之举，因而并未产生什么知名的文学家。而汉朝国力强盛，经济繁荣，百姓们安居乐业，文学相当发达。而且，汉代皇帝普遍喜爱文学，各地分封的诸侯也纷纷效仿。他们一来有钱，二来有闲，于是招揽文人雅士聚集在自己身边，以便随时吟诗作赋。正因如此，他们身边逐渐形成了多个文人群体，彼此之间常有交流。像汉武帝、淮南王刘安、梁孝王刘武，都热衷于供养文人。当时有名的文人，如司马相如、枚乘、邹阳等，往往选择投奔那些优待他们的人。其中，淮南王刘安供养的文人共同编撰了一部书，名为《淮南子》。这部书可谓诸子百家的集大成之作。

在汉代流行的多种文体中，成就极高的是赋。赋究竟是什么呢？前面谈到，《诗经》里的"赋"是一种文学手法，而这里的"赋"则是一种特殊文体。这种文体讲究铺陈辞藻、文采华丽，有时押韵，有时不押韵，恰好介于诗和文之间。下面请看一段司马相如的《上林赋》，体会"赋"的特色。

左苍梧，右西极；丹水更其南，紫渊径其北。终始灞浐，出入泾渭；酆镐潦潏，纡余委蛇，经营乎其内。荡荡乎八川分流，相背而异态。东西南北，驰骛往来，出乎椒丘之阙，行乎洲淤之浦，经乎桂林之中，过乎泱漭之野。

这段话确实难懂，其后更是絮叨冗长的一大段。为什么写得这样复杂呢？原因在于赋具有南方文学的血统。如前所述，中国文学的两大源头是《诗经》和《楚辞》。《楚辞》的特点就是大段地铺陈文字并反复咏叹，既描绘奇幻的世界，又抒发强烈的感情。到了汉代，《楚辞》演化出了新的文体——汉赋。

在铺陈排比方面，汉赋与《楚辞》类似。屈原曾幻想自己飞升至天际，让月亮为其开道，令风神为其奔走，让凤凰在身侧腾飞，将雷神变为助手。这些神奇之物都被一一罗列出来。这正是"赋"的基本含义所在。"赋"字在古代与"铺"发音相同，意味着铺排、铺陈，将所有能说的内容全都表达出来。

例如，枚乘有一篇很有名的赋——《七发》。其中提到，楚国太子生病了，而他得的病，无非就是富贵病。他每天在宫里锦衣玉食、吃喝玩乐，失去了人生追求，对什么都感到厌烦，觉得没意思。他既不爱吃东西，也睡不好觉。某天，有人前去拜见楚国太子，声称自己有办法治好他的病，并列举了七种不同类型的事物。

第一种事物是天下最上乘的梧桐树，将其砍伐下来做成琴，再让最出色的音乐家来弹奏最美妙的乐曲。太子却回应："不行，我懒得听。"

第二种事物是天下最美味的食物。太子却说："不行，我懒得吃。"

第三种事物是天下最快的骏马。太子依旧不感兴趣："不行，我懒得动。"

第四种事物是举办宴会。在高台上大宴宾客，令群臣和宫女前来载歌载舞、说唱助兴。太子却拒绝道："不行，我懒得看。"

这时候，宫中的四种娱乐活动都已说完，太子还是很颓废。客人接着谈到第五种事物，即打猎。他重点将打猎的场景铺陈了一番，太子这才稍微有点兴趣，但还是懒得动身。

客人又提及第六种事物，即钱塘江观潮。观看潮水奔涌澎湃的壮观景象，欣赏自然的力量与美丽，堪称天下奇观。太子此刻才有了更大的兴趣。

客人最后说出第七种事物，即请来天下最有智慧的人，如孔子、老子、庄子、孟子，让他们讲述宇宙中最精深的道理、最奥妙的规律。太子听到后，激动地站起来了："我爱听！"一下子出了一身大汗，他的病就好了。

《七发》这一篇名，就是七次启发的意思。音乐、美食、骏马、宴会，都是太子平时玩腻的事物。他久居宫中，环境闭塞，常以此为乐，因此提不起兴趣。打猎可至野外驰骋，消耗体力，这让太子有了一些兴趣。观潮则可以前往更远的地方，体悟大自然的伟力。最后，客人讲到天下至道，彻底打动了太子，使其重新焕发活力。这篇赋旨在告诫人们不能贪图享受，沉迷于吃喝玩乐，否则人就颓废了。唯有出门运动，走向大自然，进行思考与探索，才能找到生活的意义。

司马相如是继枚乘之后，又一位声名卓著的汉赋大家。他曾创作一篇《子虚赋》，名动天下。汉武帝读了这篇赋后极为欣赏，但他并不认识司马相如，误以为《子虚赋》是古人所作。经由身边的小官杨得意介绍，汉武帝才知晓作者原来是当代才子。随后，汉武帝将司马相如召入宫中。司马相如说："这篇《子虚赋》是写给诸侯的，我愿意专门为您写一篇天子之赋。"于是他写下了《上林赋》。

作赋是汉代文人必备的技能。诗歌有时只有几十个字，而赋的篇幅却很长，更能充分地展示作者的文采、学问及思想见识。当时文人要想得到皇帝或诸侯的赏识，最好的方法之一就是献赋。尤其是司马相如，他的赋极尽铺排夸饰之能事，此即为汉大赋的特点。发明地动仪的东汉科学家张衡也擅长写赋，其代表作《二京赋》足足花了十年时间。张衡不但会写大赋，还会写抒情小赋。他曾写下一篇《归田赋》，抒发个人情感，表达了渴望回归田园的心境。

赋这种文体在汉代兴盛之后，历代一直有人创作。如西晋左思撰写《三都赋》，也花了长达十年的时间。据说此赋写完之后，众人纷纷争相传抄，一时间洛阳的纸都涨价了，由此留下一个成语——"洛阳纸贵"。到了唐代，杜牧撰写的《阿房宫赋》，更是入选了我们现在的中学课本。

今天，每当一座建筑落成，或者一个风景区开放，主办方按惯例会请人作赋，并刻在石头上或发表在媒体上。这是因为赋这种文体向来注重铺陈华丽，能够清晰地展现这些场所的历史沿革及各方面的优势。

如今，现代散文也有以"某某赋"命名的作品，它们一般会详细地描绘一处风光，进而充分抒发感情。比如，峻青有一篇《雄关赋》，写的便是山海关。他通过详细描述山海关的风景、历史和战略地位，抒发了对祖国山河的热爱之情。

汉代文

——《史记》

如果说在汉代文学中哪部作品应该独占一讲，那么首选就是司马迁的《史记》。

先简单介绍一下司马迁。司马迁的父亲是司马谈，他们家族世代担任史官。《史记》并非由司马迁独自完成，而是他在父亲搜集的历史资料的基础上编撰而成的。司马谈在临终之际留下遗嘱，希望司马迁完成这部著作。于是，司马迁接手了这项艰巨的任务。

万万没想到，当时有一位将领李陵，战败被俘后投降了。司马迁认为李陵是迫不得已才投降的，替他说了几句话，结果触怒了汉武帝，被处以宫刑。尽管司马迁遭受了这样的奇耻大辱，他却没有被打倒，而是振作起来，坚持写完了《史记》。

《史记》本质上是一部史书，而非纯粹的文学作品。按照后世史书的编写要求，史料应当保持客观，史学家要秉持中立态度，不应掺入过多文学性内容。然而，在司马迁所处的时代，史学与文学还没有划分得那么清晰明确。因此，他在撰写《史记》时，既融入了丰富的史料，又运用了多种文学手法，将其中的人物和场面描绘得极为生动精彩。正因如此，《史记》也是一部重要的文学作品，如鲁迅曾称赞它是"史家之绝唱，无韵之《离骚》"。

我们来看看《史记》的体例：

十二本纪，记历代帝王。

十表，即各种大事年表。

八书，记各种典章制度，涵盖礼、乐、音律、历法、天文、封禅、水利与财用。

三十世家，记诸侯国和汉代诸侯、勋贵等。因为王侯开国，子孙世代承袭爵位，所以叫作"世家"。

七十列传，记重要人物的言行事迹。其中又可分为"专传""合传"和"类传"。"专传"指一个人的传记自成一篇，如《淮阴侯列传》记载的就是汉代开国将领韩信的生平事迹。"合传"是将几个人的传记合为一篇，如《廉颇蔺相如列传》讲述了廉颇和蔺相如两个人的故事。"类传"是将一类人的传记合为一篇，如《刺客列传》所写的是一群著名刺客的传奇经历。

《史记》文笔最出色的部分，当数列传以及本纪、世家中对人物的描写。列传本身就是以记人为主，那么，《史记》中关于人物的描写，好在哪里呢？主要有以下三点。需要注意的是，这三点同样也是我们在描写人物时可以借鉴的——几千年来，它们一直是写作的基本规律。

第一点是选取重要的、能体现人物典型特征的材料，具体细致地描写人物的活动，展现其性格和特点。其中，关键在于"典型材料与典型特征"。

比如，《项羽本纪》的主人公当然是项羽。项羽起兵反秦，一生南征北战，经历丰富。倘若将他今日攻打一座城、明日打一场硬仗等都不分轻重地罗列出来，那就如同一篇流水账。但是，司马迁经过精心选择，选取的都是展现项羽性格的典型事件。例如，项羽在和秦军将领王离决战之前，发生了这样一件事：

> 项羽乃悉引兵渡河，皆沉船，破釜甑，烧庐舍，持三日粮，以示士卒必死，无一还心。于是至则围王离，与秦军遇，九战，绝其甬道，大破之。……当是时，楚兵冠诸侯。诸侯军救巨鹿下者十余壁，莫敢纵兵。及楚击秦，诸将皆从壁上观。楚战士无不一以当十。楚兵呼声动天，诸侯军无不人人惴恐。于是已破秦军，项羽召见诸侯将，入辕门，无不膝行而前，莫敢仰视。

这段话的意思是：项羽带兵渡过黄河后，将船都凿沉，做饭的锅都砸碎，住的房子都烧毁，每人只带三天的粮食。这表明此次出征志在必胜，如果不胜，就战死沙场，再也不回来了。从此留下了一个成语——"破釜沉舟"。

项羽围攻王离之时，那番刀光剑影、血肉横飞的场景，司马迁并未具体描述。他特意指出，其他诸侯军队都在营垒上围观，只见楚军士兵以一当十，喊杀声震天动地，令围观者感到恐惧不安。在打败秦军后，项羽召见诸侯军将领。当他们进入项羽的营门时，全都跪着爬进去，没有一个人敢抬头看项羽。司马迁虽然没有直接言说项羽的神威到底是什么样的，但他已经通过周围人的反应，将项羽的威风淋漓尽致地表现了出来。

破釜沉舟、召见诸侯军将领都是能够展现项羽性格的典型事件，因此司马迁将这两个故事写得精彩纷呈。

第二点是通过琐事细节来烘托人物性格。在《李将军列传》中，汉代将领李广是一位百发百中的神射手。司马迁着重写了这样一个故事：

广出猎，见草中石，以为虎而射之，中石没镞，视之石也。因复更射之，终不能复入石矣。

有一次，李广在夜晚外出狩猎时，在草丛中看到一块大石头。李广误以为是老虎，就弯弓搭箭，一箭射去。只听"嗖"的一声，箭头竟然深深地扎入坚硬的石头。李广自己也大吃一惊，转过身来又朝着石头射了几箭，但箭头再也无法扎进去了。

这个故事略带奇幻色彩。毕竟，一张弓的弹力通常是固定的，不会时强时弱。故事本身也许有一些原型，经过民间口口相传后，变得越来越神奇。即使它是真实的，从严格的历史著作角度来看，收录这类故事的意义不大。它哪怕再神奇，在历史上也只是一件日常小事，根本无法与李广人生中那些重大军事行动相提并论。

对文学而言，这却是一件大事：它充分地展示了李广的神勇过人，竟能一箭穿石。直至唐代，仍有诗人热衷于描写"李广射石"一事，比如卢纶的《塞下曲》：

林暗草惊风，将军夜引弓。平明寻白羽，没在石棱中。

我们经常说，历史学多讨论事件，而文学多聚焦于人物。这类故事对研究汉代战事没什么太大用处，却让我们牢牢记住了一位威风凛凛、武艺高强的将军。

第三点是在矛盾冲突中刻画人物，其典型例子便是鸿门宴上的樊哙。

项羽在鸿门设下宴席，他手下的将领项庄在酒席前舞剑，意图杀掉刘邦。这时候，局势已经十分危急。刘邦手下有一位猛将樊哙，因无资格参加宴席，只能在外面等候。听说刘邦遭遇了危险，樊哙心急如焚："要死就一起死！"随后他直奔营门，想要闯入。守门的卫士自然不让他进，左右架起兵器，便将樊哙拦在了门外。

这就是冲突：樊哙想进去，卫士却不让他进。那该怎么办呢？解决办法当然有很多。假如樊哙口才好，可以巧言请求；假如樊哙身上带着钱，也可以贿赂卫士；假如樊哙是个软弱的人，不敢得罪卫士，也许就退回去了。但他什么都没有，只有一股子蛮力。于是，他举起手里的盾牌，狠狠一撞，便将卫士撞得倒在了地上。然后，樊哙一头就冲进去了。

这个故事其实也没什么历史价值，但刻画出了樊哙的性格特点：莽撞而忠勇，不让进就敢硬闯。这种行为在日常生活中比较少见，只有在激烈的冲突中才会展现出来。

在这里，我想多说几句。所谓写人的"三板斧"，即典型材料与典型性格、琐事细节和在矛盾冲突中刻画人物。这既是《史记》的写作手法，也是写小说或写作文时的常用手法。

我们在描写一个人物时，比如同桌，不能提笔就写："我的同桌喜欢吃葡萄，他平时很爱调皮捣蛋。""喜欢吃葡萄"虽然是同桌的一个特点，但并非典型的特点。你只有在写一个特别喜欢吃葡萄、对葡萄爱得如痴如醉的人时，才会选取这个素材。假如你想突出同桌调皮捣蛋的性格，那么整篇文章就应该围绕这一点展开，并且要列举相关的例子。

运用琐事细节描写人物时，也是这样。比如语言描写，文学作品讲究"一句话见性格"。我们在讲《左传》和《战国策》时也提到了这一点，《史记》将这种写作手法发扬光大了。

比如，刘邦和项羽年轻时都见过秦始皇，当时两人都尚未崭露头角。秦始皇出巡时，车队仪仗浩浩荡荡。刘邦和项羽分别见到这位威严的帝王，并各自说了一句话。刘邦说："嗟乎，大丈夫当如此也！"意思是说："男子汉大丈夫，就应该像秦始皇这样。"

而项羽则说："彼可取而代也！"意思是说："秦始皇没什么了不起的，我可以取代他！"这话吓得他身边的人赶紧捂住他的嘴："别胡说，这可是株连九族的罪过啊！"

同样只说了一句话，却体现出两人性格的极大不同：刘邦充满艳羡，而项羽则充满不屑；刘邦是出于满足个人欲望，以及君临天下、纵享荣华富贵的野心；而项羽则是出于英雄气概，以及对建功立业的期待。

刘邦和项羽同为起义领袖，但由于性格不同，内在的驱动力各异，人生轨迹也大不一样。也正是因为项羽败给了刘邦，项羽的故事才更具有悲剧感，令人扼腕叹息。

我们写作文时也是如此。当你描写某个人物时，全篇往往也就几百字，其中与人物相关的内容其实很少，不过寥寥几句话而已。因此，这几句话要格外留意，力求写出人物特有的性格。

在矛盾冲突中刻画人物的手法，同样适用于我们的写作。描写人物的作文常常存在一个问题，那就是内容太平淡。一篇文章读下来，全是流水账。请注意，你笔下的人物身上至少得有一个明显的冲突点。

这种冲突不一定是激烈的战斗或是生死相搏。"冲突"的定义非常广泛：任务无法完成、目的未能达到、遭到反驳与批评、与朋友有意见分歧等，都是冲突的表现形式。比如，某人在爬山时遇到大雨，是一直不停地哭，还是责怪他人，或是下山求援，又或是巧妙地利用路边的植物制成"雨伞"？这些不同的反应正是人物性格的真实写照。在日常生活中，我们往往难以看出人与人之间的区别；只有在面对冲突、解决问题的过程中，才会见识到不同人的闪光点。

第八讲

汉代乐府诗

在讲完《楚辞》后，我们似乎再没有专门讲过诗歌了。但实际上，诗歌的发展仍在继续。《楚辞》的创作时代是战国时期。战国之后是短暂的秦朝，之后就进入了两汉时期。在这一时期，乐府民歌取得了极高的艺术成就。

乐府是主管音乐的官署，专门负责收集全国各地的诗歌，其中民歌是重点收集对象。除了民歌，它也收集文人学士、王公贵族乃至皇帝的诗歌。这些作品被收集后，乐府会安排专人进行整理，并在皇帝面前表演。

前文提到，自古以来，朝廷就有采风的制度。周天子会通过各地进献的民歌来了解当地的民情。不过，周朝由于距今太过久远，并没有留下太多历史记载，因此这个制度在当时执行得如何，目前还不太清楚。但汉代的乐府，确实做了很多相关工作，且都是有据可查的。乐府所采集、创作的歌曲，渐渐演化为一种独立的诗体，即"乐府诗"。北宋郭茂倩编撰的《乐府诗集》，将汉代至五代的乐府诗按音乐形式、用途和风格，分为十二类，汉代乐府诗主要保存在其中的"郊庙歌辞""鼓吹曲辞""相和歌辞"和"杂曲歌辞"这四类中。宋元以后，词和散曲有时也被称为乐府，但已非乐府的本义了。

"乐府"成为一种诗体后，便无须再探究其是否出自官署。汉代乐府诗的成就极高，因而后世凡是与之风格类似的作品，如民间传唱的诗歌，以及文人仿照乐府古题创作的诗歌，都可以被称为乐府。一般来说，源于民间的诗歌被称为"乐府民歌"，文人创作的诗歌则被称为"乐府歌辞"。下面主要讲述的是汉代的乐府民歌。

汉代乐府民歌流传至今的大概有几十首。我们先来看一首篇幅较短的乐府民歌——《上邪》：

> 上邪！我欲与君相知，长命无绝衰。
> 山无陵，江水为竭，冬雷震震，夏雨雪，天地合，乃敢与君绝！

"上"指的是苍天，"邪"在这里读作 yé，相当于"啊"。这首诗是情人之间的誓词，发誓永不变心，长相厮守。这段话的意思是：苍天啊！我渴望与你相知相惜，让这份感情长久存续、永不衰减。除非高高的山峰崩塌，滔滔的江水干涸枯竭，凛凛的寒冬雷声翻滚，炎炎的酷暑白雪纷飞，天地合在一起，我才敢与你断绝这份情意！

高山崩塌，江水干涸，冬天打雷，夏天下雪，天地合在一起，这些都是几乎不可能发生的事情。一件事尚且不可能发生，更何况是五件事呢？除非这一切真的发生，"我们"才会恩断义绝。这种奔放的情感，在之前的诗歌中是比较少见的。《诗经》里的诗歌多讲究温柔婉约，其中的情感并不激烈外露，而是非常平和地铺陈开来。然而，热烈的爱情若总是呈现温柔婉约之风，那也很难表达得清晰透彻。《上邪》在这方面开创了一个先例。

这种通过罗列不可能发生的事情来表达热烈爱情的方式，后世一直在沿用。我们再看一首唐代的词——《菩萨蛮》：

> 枕前发尽千般愿，要休且待青山烂。
> 水面上秤锤浮，直待黄河彻底枯。
> 白日参辰现，北斗回南面。
> 休即未能休，且待三更见日头。

这首词的意思和《上邪》差不多。"青山烂"就是"山无陵"，"黄河彻底枯"就是"江水为竭"。大概是因为《上邪》主要在长江流域流传，而《菩萨蛮》则主要在黄河流域流传，所以人们分别以熟悉的大江大河为例来表达情感。参辰是星名，参星居西方，辰星居东方，夜里二者一升一落，一西一东。参辰在白天同时出现，北斗跑到南面去，三更时分见到太阳，同样不可能发生。

直到 20 世纪，有一部电视剧《还珠格格》，其主题曲之一是《当》。为何叫"当"呢？原因在于歌词中列举了一串"当……的时候"。

> 当山峰没有棱角的时候，当河水不再流，当时间停住、日夜

不分，当天地万物化为虚有，我还是不能和你分手，不能和你分手。你的温柔是我今生最大的守候。

当太阳不再上升的时候，当地球不再转动，当春夏秋冬不再变换，当花草树木全部凋残，我还是不能和你分散，不能和你分散。你的笑容是我今生最大的眷恋。

这首很好听的歌仍然源自《上邪》。"当山峰没有棱角的时候"就是"山无陵"，"当河水不再流"就是"江水为竭"，"当天地万物化为虚有"就是"天地合"。这就是文学强大的抒情力量，能够穿透 2000 多年的时光，依然震撼人心。

接下来，我们讲一首篇幅中等的诗歌——《十五从军征》。

十五从军征，八十始得归。道逢乡里人，家中有阿谁。遥看是君家，松柏冢累累。兔从狗窦入，雉从梁上飞。

中庭生旅谷，井上生旅葵。舂谷持作饭，采葵持作羹。

羹饭一时熟，不知贻阿谁。出门东向看，泪落沾我衣。

这首诗的意思是：有一位老兵在 15 岁时出征打仗，直到 80 岁才回家。但是过去了 60 多年，家里已经物是人非。他在村口遇到老乡，问道："我家里还有什么人？"老乡抬手一指："你瞧，远处便是你家，如今已长满松柏，尽是坟头。"家人都已离世，屋子也破败不堪。野兔在屋中进进出出，野鸡则在四处飞来飞去。院子里、井沿上，长满了野谷子和野菜。老兵无奈之下，只能采来野谷子做饭，用野菜熬汤。但是饭熟了之后，又能拿给谁吃呢？他忍不住泪流满面，泪水沾湿了衣襟。

这首诗好在哪里呢？整首诗没有一句感叹之言，仅以15岁和80岁的年龄作对比，悄然概括了老兵一生的悲惨命运。老兵回家之后，只见家园一片荒芜。他心中仍存有幻想，做完饭后还想跟亲人分享，但唯有旁边的坟头默默陪伴着他。对亲人温暖的渴盼之情，与他家破人亡的现实处境形成强烈对比，令人痛心，惨不忍睹。这种手法被称为"白描"，即使用简练的笔墨，不加烘托、抒情或议论，就能勾勒出鲜明生动的形象。文字简练朴实，不加渲染，却有着直击人心的力量。后来，杜甫也掌握了这一写作手法，并将其运用于《石壕吏》《兵车行》《无家别》等作品中，简洁直接地描绘出鲜明的人物形象。

我们在写作时必须注意，并非所有场景都适合运用强烈的感情、华丽的词汇和修辞手法。有时，我们甚至需要尽量克制自己，少用感叹词。像"啊！多么有意义的一天啊"这样的语句，在作文中应减少出现，除非实在难以抑制个人感情。不带感情色彩，平实地进行叙述，也能产生震撼人心的效果。这是因为感情已经蕴藏在文字的背后了。

你读过《十五从军征》之后，或许会想：这位老兵最后究竟怎么样了呢？其实也无须多言。因为大家都明白，他的家已不在，亲人也都逝去。他只能孤独终老，甚至可能死在路边而无人问津。假如我们在文末写下"啊！多么悲惨的老兵啊"，反倒会破坏这种悲剧氛围。

在现代文学里，白描手法用得更多了。比如鲁迅在《祝福》中，是这样描写主人公祥林嫂的：

五年前的花白的头发，即今已经全白，全不像四十上下的人；脸上瘦削不堪，黄中带黑，而且消尽了先前悲哀的神色，仿佛是木刻似的；只有那眼珠间或一轮，还可以表示她是一个活物。她一手提着竹篮，内中一个破碗，空的；一手拄着一支比她更长的竹竿，下端开了裂：她分明已经纯乎是一个乞丐了。

在这段人物描写中，"脸上瘦削不堪，黄中带黑""仿佛木刻"，是指她身体不好，缺乏营养。"眼珠间或一轮"，则体现出她的精神状态已然麻木。竹篮、空碗，以及下端开裂的竹竿，暗示着她生活的贫苦。鲁迅并未写下"啊！多么可怜的人啊"，但通过这段平静的叙述，自然而然地将祥林嫂贫苦、麻木的现状呈现在我们面前。

第九讲

魏晋南北朝诗

——建安风骨

汉代分为西汉和东汉。西汉建都于长安，东汉建都于洛阳。东汉之后，便进入三国时代，魏、蜀、吴呈三足鼎立之势。

按常理来说，王朝末年通常社会动荡不安、民不聊生。然而，东汉末年虽然天下大乱，却成为中国文学史上最为辉煌的时期之一，即建安文学时期。历史和文学的发展进程不一定同步——在天下大乱之际，文学却可能迎来黄金年代。

建安是东汉最后一位皇帝汉献帝在位期间的年号之一，历时约 25 年。汉献帝即位的时候，东汉已经濒临崩溃。后来，曹操挟天子以令诸侯，将汉献帝控制在手里，再借着天子的名义征讨四方，逐渐统一了北方。《三国演义》前半部主要记述了这段历史。

　　这个时代涌现出了无数的英雄人物，发生了一系列风起云涌的历史事件，如我们所熟知的官渡之战、赤壁之战。文人们也都积极地参与群雄逐鹿、廓清河山的行动之中。如此一来，文学创作自然也拥有了许多可供书写的题材。

　　这些题材在内容层面表现为：有的反映社会的动荡不安和人民的苦难遭遇，有的抒发统一天下的理想与壮志。然而，在战火纷飞之际，人们今日不知明日身在何处，甚至不知自己是否还能活着。因此，也有人开始探寻人生的永恒价值。他们的作品在艺术风格上呈现出浑厚、刚健、质朴且慷慨悲凉的特点。这种风格被称为"建安风骨"。

　　建安文学的代表人物是十个人，分别是"三曹"和"七子"。

　　"三曹"就是曹操、曹丕和曹植。曹操是东汉末年杰出的政治家，也是三国时期魏国的奠基人。但凡读过《三国演义》的人，肯定知道曹操，并熟悉孟德献刀、官渡之战、赤壁之战等故事。同时，曹操还是一位了不起的文学家。

　　比如，东汉末年，董卓祸乱天下、残害百姓，年轻的曹操写了一首《蒿里行》，其中有这样的诗句：

　　　　铠甲生虮虱，万姓以死亡。
　　　　白骨露于野，千里无鸡鸣。
　　　　生民百遗一，念之断人肠。

　　这些诗句细致地描绘了战争之后的民间惨状，令人读来倍觉沉痛悲凉。

　　曹操既然是政治家，难免会将他的政治情怀写入诗里，如《短歌行》

的最后几句：

> 山不厌高，海不厌深。周公吐哺，天下归心。

"周公吐哺"源自西周初年周公旦的一个典故。周公旦礼贤下士，唯恐错过了人才。每当有人才前来拜访，他如果正在洗头，就握着头发出去接见；如果正在吃饭，就吐出口中食物出去迎接。这就是"一沐三握发，一饭三吐哺"。曹操引用这个典故，自然是自比周公，期望得到天下人才的拥戴。不管山有多高、水有多深，他都要实现平定天下的宏愿。

曹操有众多儿子，其中最具才华的无疑是曹丕和曹植。曹丕是曹植的哥哥，后来曹丕即位，成为魏国的开国皇帝，即魏文帝。关于曹丕和曹植，有一个广为人知的故事——"七步成诗"。据说曹丕称帝后，因嫉妒曹植的才华，命他在七步之内作一首诗，否则就将其处死。曹植果然作了一首《七步诗》：

> 煮豆燃豆萁，豆在釜中泣。本是同根生，相煎何太急！

曹植用豆子和豆秆作比喻，巧妙地喻指了兄弟之情，暗中劝诫曹丕不要手足相残。曹丕深受震撼，就将曹植释放了。

这样看来，曹丕似乎很无情，而曹植很机智。我们在《三国演义》里看到的曹丕，是一个极会耍手腕的人，通过权力斗争赢了弟弟曹植。但从曹丕的诗中，丝毫看不出这些权谋色彩。曹丕的诗风婉约动人，尤其擅长抒发个人情感，其中非常有名的一首诗是《燕歌行》。

秋风萧瑟天气凉，草木摇落露为霜。

群燕辞归雁南翔，念君客游思断肠。

慊慊思归恋故乡，君何淹留寄他方。

贱妾茕茕守空房，忧来思君不敢忘，不觉泪下沾衣裳。

援琴鸣弦发清商，短歌微吟不能长。

明月皎皎照我床，星汉西流夜未央。

牵牛织女遥相望，尔独何辜限河梁。

这是现存最早、最完整的七言诗之一。七言诗的创作难度较大。早期的诗歌多是四言的，但四言诗的句式单调，缺乏变化。之后又出现了五言诗和七言诗。七言诗对语言的要求更高，在技法的运用上也更巧妙。曹丕开创了长篇七言诗的写法，这对后来的诗人影响深远。

曹丕还是当时的文坛领军人物，身边常年围绕着一群文人好友。当时曹操频频南征北战，后方相对空虚，总得有人留守。"主公出征、世子看家"是常态，因此一般都由曹丕留守后方。在闲暇之时，曹丕常与文人们以喝酒写诗为乐。他们聚在一起，往往容易文思泉涌，迸发灵感。

需要注意的是，这是中国文学史中的一种常态——围绕世子或诸侯等形成一个文学集团。这种现象在汉代便已存在，并一直延续到明代。正如孔子所言"独学而无友，则孤陋而寡闻"，文人也是一样，只有在一起交流学习，才能产出更好的作品。

曹植是一位文学大家，也是建安文学中最出众的人物之一。他给我们留下了许多成语，如"才高八斗"。南朝文学家谢灵运极其推崇曹植，曾言："天下才共一石，子建独得八斗；我得一斗，古今共得一斗。"

曹植年少时与哥哥曹丕一同在宫中饮酒作诗，生活十分惬意。因此，他创作了不少描绘斗鸡、宴会等场景的诗歌。在曹操平定四方时，曹植作为一个年轻人，也想要建功立业，于是他写下多首表达立功报国愿望的诗歌，比如《白马篇》：

> 弃身锋刃端，性命安可怀。父母且不顾，何言子与妻？
> 名编壮士籍，不得中顾私。捐躯赴国难，视死忽如归。

这便是成语"视死如归"的出处。后来，曹植在政治斗争中失败了，遭到曹丕的不断打压。曹植一生的后半段是在压抑中度过的。其间，他创作了大量充满悲愤与忧愁的诗歌，同时也表达了他不屈服于命运的抗争精神。可以说，正是这些诗歌奠定了曹植在文学史上的崇高地位。

在此之前的诗歌，要么是民歌，抒发群体共有的情感，如"关关雎鸠，在河之洲"这样的爱情诗；要么像曹丕的作品那样，从旁观者的角度描写一个思念丈夫的女子，模拟他人的情感体验。而曹植则是较早在诗中深入书写个人命运与心路历程的诗人。

曹植的文学水平极高，以至于他的许多诗作被后世诗人稍加修改、借鉴，便能化为己用，成就佳作。比如，唐代诗人王勃的《送杜少府之任蜀州》中的名句"海内存知己，天涯若比邻"，其实源于曹植的《赠白马王彪》中的"丈夫志四海，万里犹比邻"。

此外，《白马篇》还描写了少年奋不顾身地奔赴边疆、英勇杀敌的场景，旨在歌颂那些在边疆建功立业的英雄人物。这首诗被认为是唐代边塞诗的源头之一。可以说，如果没有曹植的作品，后世诗人虽然并非写不出好的边塞诗，但肯定要耗费更多的脑力。

除了"三曹"，建安文学的代表人物还有"建安七子"。"建安七子"是孔融、陈琳、王粲、徐干、阮瑀、应玚和刘桢。我们都知道孔融，他就是小时候让梨的那个人。孔融也是当时的文坛翘楚，被认为是"建安七子"之首。

"建安七子"中位列第二的是陈琳。陈琳原来是袁绍的部下。袁绍起兵讨伐曹操之时，令陈琳撰写了一篇檄文。这篇檄文写得非常好，文笔铺陈有力、气势恢宏，历数曹操的种种罪过，确实振奋人心。据说曹操当时得了头疼的病，拿到这篇檄文一读，竟惊出一身冷汗，症状一下子就缓解了。

"建安七子"中的其他五人也都各有特点，比如徐干，擅长写相思之情：

自君之出矣，明镜暗不治。思君如流水，何有穷已时。

后来，白居易的《长相思》也用流水来比喻相思：

汴水流，泗水流，流到瓜州古渡头。吴山点点愁。
思悠悠，恨悠悠，恨到归时方始休。月明人倚楼。

我们要知道，这并非白居易的天才创举，也不是他突发奇想，一下子就想到了用流水作比喻。在白居易之前，一些诗人已经进行了多次尝试。比如徐干的这句诗，便是建安文学中用流水比喻相思的名句。诗人们通过不断地进行各种尝试，总能写出精妙绝伦的句子。

这就跟科学实验一样，无论是灯泡、飞机，还是光速测量，这些伟大的科学发明或发现，都不是一蹴而就的，而是经过无数前人的不断实验，慢慢优化、改进，最后完善和确定的。

建安文人就是一批文学领域的开拓者。或许你对他们不太熟悉，相比之下，你更为熟悉的可能是李白、杜甫。但你要明白，即便是像李白、杜甫这样的诗人，也不是凭空出世的。后世的文人是站在无数巨人的肩膀上继续前行的，而建安时期的文学家正是这样的巨人。

第十讲

魏晋南北朝诗

——正始到西晋

从建安时代开始，整个魏晋南北朝时期文学的一个突出特点是"文学的自觉"的出现。什么是"文学的自觉"呢？这是一个很重要的概念。

第一，文学这个学科开始走向独立。以前并没有这种情况。以司马迁为例，他撰写的《史记》，既是史学著作，又是文学著作。这并不是说司马迁有多么厉害，而是因为在那个时期，文学和史学还没有明确分家。

第二，文学开始有了细致的体裁分类。例如，明确区分什么是诗、什么是赋、什么是文。体裁分类的意义在于人们已经认识到，不同的体裁具有不同的特点，适合表达不同的情感。文学的体裁越细分，说明它的发展越成熟。

比如，你在宴会上举起酒杯祝酒时，可能会唱一首短歌，或者念一首短诗，以此表达自己的心情，却不能念一篇长达几千字的赋。

又比如，你在消灭了敌人，打了胜仗时，需要向朝廷告捷，可能会写下一篇华美绚丽的赋，而不是献上一首短歌。

再比如，当皇帝向你咨询意见时，你既不能写诗，也不能写赋，而应撰写一篇论据充分、观点明确的策论。

第三，作者对审美有了更高的追求。以诗歌为例，过去写诗或许只须做到合辙押韵，但到了魏晋南北朝时期，诗歌在语言层面有了诸多讲究，如对仗。

我们熟知的《木兰诗》，正是这个时期的诗作。其中"将军百战死，壮士十年归"这两句，就是对仗手法。在以往的诗歌中，对仗的现象虽也存在，但是诗人们很少有意识地去运用这种写作手法。

为什么文学在魏晋南北朝时期得到了较大发展呢？原因之一是这段时期处于乱世：要么是战火纷飞、殃及无辜，要么是残酷的政治斗争，要么是瘟疫肆虐，导致人口大量死亡。身在乱世，人们深感人生短促、命运无常，难免更加关注生死及人生重大问题。但人总要活着，怎么办呢？有人服食丹药，有人饮酒作乐，有人隐居乡村，有人游山玩水。这样的生活极易催生出优秀的作品。可以说，魏晋南北朝的乱世反而成就了文学的盛世，文学正是从这时繁荣起来的。

建安是东汉末年一个极为重要的年号。曹操去世之后，曹丕废掉汉献帝，建立了曹魏，也就是三国中的魏国。没过几年，建安文学的诸多代表人物相继离世。曹丕去世后，魏明帝曹叡继位。曹叡去世后，齐王曹芳继位，年号为正始。此时，魏国的局势也变得不稳定，朝政大权渐渐被司马懿和他的儿子所掌控。最终，司马懿的孙子司马炎篡魏，建立晋朝。从正始年间到魏国灭亡的这段时期，又涌现了一大批文学家，这一阶段的文学创作被称为正始文学。

当时的人们转而研究玄学。玄学以老子、庄子的思想以及《周易》的理论为指导，崇尚虚无，深入探究自然无为等抽象概念。毕竟，谈论现实很可能会招来杀身之祸。于是，又一批文学家出现了，其代表人物为"竹林七贤"：嵇康、阮籍、山涛、向秀、刘伶、阮咸和王戎。

在"竹林七贤"中，文学成就较高的是嵇康和阮籍。由于当时的社会环境恶劣，他们时常感到迷茫，思索着如何在艰难的时世中坚守气节，如何探索人生的道路，以及在黑暗统治下该如何生存等问题。

以阮籍为例，他喜爱饮酒，擅长弹琴和长啸。他不愿出仕为官，但在被逼无奈之下，有时也得勉强出来应付差事。每每这时，他都选择不问世事，借酒佯狂，借此避免可能的陷害和麻烦。

阮籍有许多不遵礼法的逸事。例如，他善于作"青白眼"。当有人上门拜访时，阮籍若看得上对方，就以黑眼珠相视，此为"青眼"；阮籍若看不上对方，则翻出白眼，以此表示不屑，此为"白眼"。因此，现在有了"青睐""垂青"这两个词，用以表示对人的欣赏。

阮籍常常坐着一辆载有酒的车，外出随意闲逛。他没有特定的目的地，只是任由马儿拉着车四处奔走。一旦走到道路尽头，无法再继续前行时，他就痛哭一场，再折返回来。对此，王勃在《滕王阁序》中写道"阮籍猖狂，岂效穷途之哭"。这种"穷途之哭"，可谓深刻地折射出阮籍内心的无尽痛苦。

阮籍在其代表作《咏怀诗》中，深入思考万物的盛衰变化，努力探寻处世方法，比如：

> 夜中不能寐，起坐弹鸣琴。薄帷鉴明月，清风吹我襟。
> 孤鸿号外野，翔鸟鸣北林。徘徊将何见？忧思独伤心。

这为后世诗人提供了一种创作形式，即通过一系列五言诗，来吟咏个人情怀。

魏国灭亡后，历史进入了西晋时期。西晋初年，随着全国统一，社会一度呈现繁荣稳定的局面，并涌现出一大批诗人。其中，著名的有"三张"，即张载与其弟张协、张亢；"二陆"，即陆机与其弟陆云；"两潘"，即潘岳与其侄潘尼；"一左"，即左思。此外，还有傅玄、张华等颇具影响力的诗人。

这些诗人在文学史上的地位并不十分突出，但他们的贡献在于拓展了诗歌的题材。就好比起初发明的汽车，很难确切地说出其专门用途，但汽车发展至今日，已有家用轿车、皮卡等多种车型。诗歌的发展亦是如此。像是陆机，他擅长写行役诗，将行旅途中的所见所感融入诗中。潘岳，也就是"貌若潘安"中的潘安，他创作了悼亡诗，用来怀念去世的妻子，由此开创了悼亡诗这一题材。后世的元稹、苏轼都曾撰写悼亡诗。

第十一讲

魏晋南北朝诗

——陶渊明

　　西晋存续了短短几十年。西晋灭亡后，众多贵族和士人纷纷南迁，新建起一个政权，即东晋。从西晋末年到东晋初年，时局动荡不安，人们忙着搬家、逃命，有闲暇时间写诗的人少之又少。

　　晋代的诗人将一些道理大段地写进诗里，这就形成了玄言诗。玄言诗的代表人物是孙绰。比如我们来看《赠谢安诗》中的一段：

　　　　缅哉冥古，邈矣上皇。夷明太素，结纽灵纲。

　　　　不有其一，二理曷彰。幽源散流，玄风吐芳。

　　你若是读不懂这首诗，并非是因为你的水平不够，而是因为它本身就很难懂。这类诗歌空洞乏味，没有什么诗味，更谈不上文学性。但在当时的文坛，这是一种流行的风气。

直到东晋后期，一位大人物的出现才使这种风气有所改观，这个人就是陶渊明。我们先来看一段他的生平。

陶渊明生于东晋末年，他的曾祖父是名将陶侃，祖父和父亲曾任地方官，但到了他这一辈时，已经家道中落。陶渊明年近三十时才出任一些小官，如彭泽县令，因此人们称他为"陶彭泽"。

陶渊明向来不愿意结交权贵。在担任彭泽县令80多天后，有一次，上面派了个小官前来巡察。彼时，陶渊明正饮酒作诗，听闻此事后顿感扫兴。他刚准备去迎接时，旁边的手下人劝说："您这样随随便便地出去可不行，得穿上官服，恭恭敬敬地去迎接呀！"陶渊明长叹道："唉，我实在不愿意为五斗米折腰。""五斗米"指的是当时县官的俸禄。后来，陶渊明毅然选择辞官，回家隐居。一直到去世，他再也没出来做官。陶渊明在家里潜心写诗，凭借其独特的诗风和对田园生活的热爱，被后人尊称为"古今隐逸诗人之宗"。

这听起来似乎并不新鲜，对吧？历史上的隐士不都是这样吗？凭什么陶渊明就成了"古今隐逸诗人之宗"呢？这是因为他在许多方面都有卓越的表现。

陶渊明是田园诗的开创者。他的诗作主要描写农村生活和田园风光。在陶渊明之前，虽有众多文人描绘宫廷、官署、军营等场景，却极少有人用心去呈现农村生活。

文人属于"士"这个阶层，很多人一心想着做官，总是将目光朝上。在他们的观念里，农民与自己并不平等，农村生活也与他们无关。尽管农民供养了文人群体这么多年，但部分文人从来没有想过蹲下身子，去看一看农民的生活，写一写农民的喜怒哀乐。

当然，也有不少文人来到农村，看一看青山绿水，发一发感慨："哎呀，农村好美！"但这也并非真正融入农村生活，与农民心意相通。陶渊明则不同，他真的亲自种地，以耕种为生，自食其力。不过，他的种地技术不太行，比如看这首《归园田居》：

种豆南山下，草盛豆苗稀。晨兴理荒秽，带月荷锄归。

草长得比苗都多，看起来似乎很好笑。但陶渊明确实忙活了整整一天，从清晨一直到夜里。这恰恰说明，他是在认真地在对待劳动。因此，陶渊明的田园诗被誉为千古传诵的经典之作。

陶渊明喜欢农村，倒不是仅仅喜欢做个农民，而是热爱农村那种自然的生活状态。这种生活是他为自己精心设计和规划的。需要注意的是，陶渊明绝不是一个消极颓废的人，更不是一个没有感情的人。实际上，他充满激情，富有生命力。

正因为他内心充满激情，他才能说出"不为五斗米折腰"，然后一甩衣袖，果断辞官。也正因为他拥有强大的生命力，他才得以确立自己的人生追求，并坚定地去实现理想目标。用今天的话说，就是"活出了自己的样子"。

有些读书人从小只知读书做官，又或者在官场上混不下去了，便回到农村消极度日。他们的生命动力往往来自外部，一旦形成过度依赖，他们就容易被愚弄或误导。这些人被外力推动着，不由自主地走完一生。这样的人生，实在是可惜可叹。

陶渊明声称辞官，就真是不再涉足官场了。他的辞官与隐居，都是个人的主动选择。他打造出一种独属于自己的生活。这是一件非常艰难的事，需要强大的生命力才能做到。我们在阅读文学作品时，需要用心去感受其中所蕴含的生命力。

陶渊明思考了很多问题，如生与死、人应当如何活着等。对中小学生而言，这些话题或许比较遥远，但他们将来必然会有所接触。陶渊明给出的答案是不要过分牵挂，学会顺其自然。

例如生与死，几乎所有人都渴望长寿，希望自己能长生不老，但谁都免不了一死。于是，陶渊明写下了《拟挽歌辞》：

亲戚或余悲，他人亦已歌。死去何所道，托体同山阿。

一个人去世并被安葬后，亲属悲伤的心情还未消失，旁边不相干的人却已经唱起歌来了。一个人的死亡是多大的事呢？看似了不得，其实也没多大。所谓"死去何所道"，人死了又有什么可说的呢？不过是与山河、大地融为了一体。生命就是一个自然的过程，而崇尚自然，正是陶渊明的重要思想之一。

那么，在生和死之间是一段人生，说长也不长，说短也有几十年。这段人生该如何度过呢？陶渊明便想象了一些对话，写下《形影神》组诗。在诗中，他的肉身、影子和灵魂都会说话，还能互相沟通。

肉身对影子说："愿君取吾言，得酒莫苟辞。"人生在世不过短短几十年，应当及时饮酒享乐，尽情享受生活。毕竟，肉身追求的是快感。但影子说不行："身没名亦尽，念之五情热。"俗话说"人的名，树的影"，影子不是肉身，并不能感受到快乐，那它存在的意义是什么呢？从这个角度看，一个人若没有获得美名，就会感到焦虑，从而选择多做善事，以求万古流芳。

灵魂在一旁也说话了："纵浪大化中，不喜亦不惧。"喝酒伤身，未必能带来真正的快乐；而美名得靠他人传颂，要是没人理你呢？那岂不是白费力气？可见，这些事物都不可靠。在大自然中任意遨游，不因外物而高兴，也不因外物而恐惧，这才是符合自然的道理。

陶渊明不仅追求自己的生活，更在此基础上提出了一种独特的社会理想，期望其他人也能如此生活。而这一社会理想便体现在《桃花源记》和《桃花源诗》之中。

桃花源是陶渊明凭借想象所构建的一个奇妙世界。他讲了这样一个故事：武陵有一位渔民，某天他顺着溪流划船前行，意外地发现了一大片桃花林。桃花林中有一个小山洞。渔民好奇地钻进山洞，竟看到里面别有一番天地。那里土地肥沃，林木成行，男女老幼都在勤勤恳恳地劳动，过着无忧无虑的和平生活。他一问才得知，这些村民的祖先是在秦朝末年为了躲避战乱来到此地的。这些年来，他们与外界隔绝，根本不知道秦朝以后还有汉朝，更不用说魏晋两朝了。渔民从桃花源出来之后，过了些日子又去寻找入口，但无论他如何努力，都再也找不到那个山洞了。

陶渊明将这个故事写成一首诗，即《桃花源诗》。在这首诗的前面，他还写了一篇文章，详细介绍了桃花源的来龙去脉，即《桃花源记》。陶渊明构想了一种社会形态，甚至可以说是一个小型的理想国。在这里，人人平等，没有高低贵贱之分，也不存在剥削与压迫；每个人都依靠自己的劳动生活。人们生活在青山绿水之间，每天都很快乐。必须注意的是，这里不是仙境，而是实实在在的人间。这里的人并非长生不老，也不会什么法术。他们只是与世隔绝，不受外界干扰而已。

这就是陶渊明的伟大之处。你可以不喜欢这种生活，或者指出它的问题，但你不得不承认，陶渊明先是按照个人理想去生活，而后又根据这种理想生活，构建了这样一个世界。他称得上是这个世界的缔造者或造物主。桃花源和陶渊明的魅力，正在于此。

陶渊明的文字功底也是一流。他的诗作乍一看平淡无奇，但当你仔细琢磨时，便会惊觉其中的非凡之处。所谓"高手的境界"，即哪怕施展出再绝顶的武功，从表面上看也是平平淡淡的。武侠小说常说，一个人把刀剑使得呼呼带风，并不算是真正的本事；完全没有声音却又快如闪电，那才叫真本事。

比如，"暧暧远人村，依依墟里烟"。"暧暧"就是朦胧、看不清楚的样子。黄昏时分，一片暮色苍茫，远村已经看不清楚了，但还能依稀看到炊烟袅袅升起。为什么不用"飘飘墟里烟"呢？因为"依依"这个词的含义极其丰富，既有轻柔飘拂的意思（如"杨柳依依"），又有依稀隐约的意思，同时还带有恋恋不舍的意味（如"依依不舍"）。

"依依"这个词用得太妙了。它既准确地描写了炊烟的状态，又饱含着诗人对田园深深的依恋。唐代诗人王维借鉴这句诗，写下了"渡头余落日，墟里上孤烟"。这同样也是名句，但明显是向陶渊明学习的结果。由此可见，陶渊明的诗风平和淡远、意境澄明，这得益于他高超的写作技巧。

第十二讲

魏晋南北朝诗

——南朝诗

在陶渊明 50 多岁的时候，东晋灭亡了，取而代之的是刘裕建立的南朝宋，历史上也称为刘宋。自此，开启了南北朝时期。

当时正处于南北朝对立的阶段。南朝先后历经了宋、齐、梁、陈四个不同国家。北朝起初由北魏统一了北方，后来又分立为东魏和西魏。接着，北齐取代了东魏，而北周取代了西魏。最后，北周的权臣杨坚建立了隋朝，南下灭掉了陈朝，统一了全国。南北朝总共持续了 160 多年。

北朝的文学相对而言不太发达，而南朝文学在诗歌方面取得了显著成就。可以说，诗歌在此期间有了一个质的飞跃。下面我们按照时代顺序，介绍南朝文学的几位重要人物及其代表作。

南朝有一位大诗人谢灵运。他出身于世家大族，擅长写山水诗。谢灵运家中拥有大片山林，他的庄园就建在山里，这使他能够时常游览山水。原本是晋朝贵族的谢灵运，在刘宋时期却不受重用。因此，他选择崇尚自然、寄情山水，在山水中探寻哲理和趣味。比如，这首《石壁精舍还湖中作》：

昏旦变气候，山水含清晖。清晖能娱人，游子憺忘归。
出谷日尚早，入舟阳已微。林壑敛暝色，云霞收夕霏。

谢灵运曾任永嘉太守，他的游览范围主要在永嘉附近的山水之间，不会前往太远的地方。作为贵族，他游山玩水时总有一大群人跟随伺候，绝不会像今天的学生一样"穷游"。他在这种环境下创作的诗歌，自然具有怡情养性、谈玄论道的格调。

谢灵运善于细腻地描写山水，尤其能精准抓住细节。比如，有一次他生病了，休息了很久。有一天，他一出门，惊喜地发现已经是春天了，于是写下名句"池塘生春草，园柳变鸣禽"。这两句诗之所以写得好，是因为它们捕捉到了鸟类活动随季节变化的特点。他发现园子里柳树上的鸟儿变了，这说明季节在悄然间发生了变化。

你瞧这观察多么细致。眺望春景，满是新鲜之感，却又夹杂着惆怅。只因时节变化、新旧更替间，自己的人生也随之流逝，无尽感慨涌上心头。然而，这春景基调仍是生机勃勃的。

鲍照是谢灵运的后辈诗人。在南北朝那个朝政由世家大族把持的时代，士族代代相传，享有特权，一直处于整个社会的上层，而下层则被称为寒门。寒门子弟很难升到高位，往往只能在低级官吏的位置上徘徊。鲍照出身寒门，身份低微，一方面渴望进入上层、建功立业，另一方面又痛苦于士族社会的不公。于是，他在诗中多处抒发了内心的悲愤之情。比如，这首《拟行路难》：

> 泻水置平地，各自东西南北流。
> 人生亦有命，安能行叹复坐愁。
> 酌酒以自宽，举杯断绝歌路难。
> 心非木石岂无感，吞声踯躅不敢言。

这是一首乐府诗，感情十分充沛，对后世诗人的影响相当大。越到后来，出身社会底层的文人就越多，而鲍照唱出了他们的心声。他那种乘时进取的精神、不甘沉沦的傲气，尤其受到唐代诗人的喜爱。

刘宋之后就是南齐。在齐武帝永明年间，文人们发现了一个奇妙的现象：汉字原来是有声调的！他们惊喜地认识到，若在写诗时注意声调的变化，诗歌会更加悦耳动听。当然，那时的声调和如今的普通话并不相同。当时分为平、上、去、入四声。现在的一声和二声在当时都算作平声，如"天"字。上声对应现在的三声，如"子"字。去声对应现在的四声，如"圣"字。此外，还有一个入声。这是一个很短促的音，在普通话里已经消失了，如"哲""白""木""客"等字。

在发展过程中，平声分为阴平和阳平，而上、去、入三声被统称为仄声。在写诗的时候，若能做到平仄交替，诗歌便会音韵和谐，十分好听。南朝有一位竟陵王萧子良，其手下聚集了一大批文人雅士，其中最有名的八位被称为"竟陵八友"，分别是萧衍、沈约、谢朓、王融、萧琛、范云、任昉和陆倕。

沈约等人研究并制定出许多作诗的标准，尤其在平仄、押韵上确立了诸多规则。他们依据这些新规则创作了大量诗歌，读来确实非常好听。这种诗被称为永明体，也叫新体诗。这些规则犹如规格和法律一样，在后世被称为格律。

永明体乃是格律诗的发端。你经常听闻的五言律诗、七言律诗、七言绝句等，都属于格律诗的范畴。到了唐朝，格律诗发展到近体诗阶段，就更为成熟了。

比如"竟陵八友"之一的王融，在《临高台》中写道：

花飞低不入，鸟散远时来。

为其标出平仄来，即：

平平平仄仄，仄仄仄平平。

这样既对仗又好听。这种句子在前代诗人作品中是少见的，即使在大诗人陶渊明的诗作中，也不算多。

需要注意的是，我们在写作文尤其是起标题时，同样要注意声调。下面有两个标题，一个是《青春绚丽，壮志凌云》，另一个是《青春光辉，豪情冲天》，从字面意思来看，二者相差不大，到底哪一个更好呢？毫无疑问是前者，因为其声调是"平平仄仄，仄仄平平"。在每一句中，前两个字和后两个字的声调相反，而上句的字又都与下句的字的声调相反，富有变化，读起来十分悦耳。后者的声调则是"平平平平，平平平平"，总共八个平声字，一点变化都没有，显得非常单调乏味。

在"竟陵八友"之中，谢朓也颇受人们欢迎。谢灵运和谢朓都姓谢，属于同族，不过两人所处的时代有一定差别。谢灵运在前，被称为"大谢"，谢朓在后，则被称为"小谢"。

谢朓有两句名句："余霞散成绮，澄江静如练。"在那个时候，他即将离开家乡建康，前往宣城做官。他在登高眺望长江时，写下了这两句诗。你看，晚霞与长江，天上和地下，是第一个对比。晚霞是分散的、呈片状的，长江是整条的、呈线状的；面和线，是第二个对比。绮是彩色有花纹的丝织品，练是纯白色的绢布；一彩一白，是第三个对比。晚霞在高空慢慢散开了，长江水面无风，非常安静；一动一静，是第四个对比。

这两句诗着实明媚秀丽、深婉含蓄。李白对谢朓佩服至极，在《金陵城西楼月下吟》中称："解道澄江净如练，令人长忆谢玄晖。"李白那般狂放之人，却一生对谢朓推崇备至，"一生低首谢宣城"，可见谢朓的才情是何等出众。

从"竟陵八友"起，南朝文学呈现出一个显著特征：一群文人围绕在皇帝或王爷身边，形成多个文人集团。从南齐到南梁，情况都是如此。他们写诗的风格较为接近，从而产生了齐梁诗。齐梁诗构思新巧，但多涉及风花雪月之事。齐梁诗中还有一种专门描绘宫廷生活的作品，其内容较为单一，要么围绕宫廷女性生活，要么描写歌舞宴饮等，被称为"宫体诗"。由此可见，齐梁诗既有一定成就，又存在明显的缺点。早期的唐诗在一定程度上继承了齐梁诗的某些特点。

最后，来说一说庾信。北朝文人的数量较少，但有一个人非常重要，因为他是从南方来到北方的，所以常被视为"半个"北朝文人。此人就是庾信。

庾信来自南梁，是一位宫廷诗人。庾信早年所写的诗属于齐梁诗。后来，他作为使者出使西魏，没想到在短短几个月的时间内，南梁就灭亡了，他回不去了，实在是倒霉。无奈之下，他只能留在北方，终此一生再也没有回到南方。

这段经历却意外地成就了庾信。身处北朝，他的视野更为开阔，如望见苍茫的边疆和壮阔的山河，便常赋诗以抒怀。北方虽然也有文人，但他们的创作技巧有所欠缺，难以写出佳作。要知道，庾信当年可是宫体诗高手，其创作技巧相当精湛。他运用南朝注重声色、雕琢语言的技巧来描绘北方的风光，竟形成了一种苍凉悲壮的独特风格。比如这首《拟咏怀二十七首·其二十六》：

萧条亭障远，凄惨风尘多。关门临白狄，城影入黄河。
秋风苏武别，寒水送荆轲。谁言气盖世，晨起帐中歌。

杜甫对庾信极为钦佩，在《咏怀古迹五首·其一》中称："庾信平生最萧瑟，暮年诗赋动江关。"南北文学的不同风格，在他一个人身上实现了融合。

第十三讲

魏晋南北朝诗

——乐府民歌

在讲乐府民歌之前，我们先来谈一谈文学发展的动力。南北朝时期是文学的辉煌时代之一，发展迅猛，其背后的动力是什么呢？

首先是文人内部的互动。鲍照固然出身于底层，但此处的"底层"是相对于上层贵族而言，而非整个社会的底层。他仍然有足够的条件来写诗。永明时期的文人并未留下广为传颂的诗歌，但他们有钱有闲，能专注于研究音韵学和创作技巧。写作技巧非常关键，如果文学作品缺乏技巧支撑，就需要花费大量的时间来打磨，而这正是上层贵族所具备的优势。

然而，贵族诗人养尊处优，平日里多是吃喝玩乐，因此其诗歌内容较为狭窄，格调也不高。而底层诗人可能没有时间打磨创作技巧，但只要不甘心沉沦，就必定会积极进取，说白了就是不断"折腾"。

"折腾"的结果，或许是成功，或许是失败，但都是丰富的生命体验。生命体验一旦增多，文学的题材也就随之变得多样化。因此，底层诗人能展现出较高的艺术格调和丰富的生命体验。文学正是在二者的结合中不断进步。

其次是南北的互动。庾信奉命出使西魏，却在归来前发现家国覆灭。他是被命运捉弄的人吗？从人生际遇来看，肯定是。但从文学发展的角度来看，他无疑抽到了"上等彩票"，是被上苍眷顾的人。假如庾信没有这样一番经历，他或许只是一位小诗人。但正是他颠沛动荡的生活，使他成为南北朝文坛上一颗璀璨的明星。

接下来，我们来看一看民间和精英的互动。民间自然也有文学家，只是他们大多未能留下姓名，而他们的作品，却以民歌的形式传唱至今。

从曹植到庾信，300多年的光阴已经过去。在对文学的探讨中，我们注意到文人在不断地探索新的题材、提升创作技巧。然而无论是曹植，还是陶渊明，他们终究是文人，并非普通民众。假如文人不跳出自己的圈子，文学创作就容易走向僵化和套路化。而那些根植于民间、通过口头传唱的民歌，清新明快、生动活泼，为文学注入了另一种蓬勃的生命力。

我们来探讨一下南朝时期的民歌，主要有吴声、西曲和神弦歌三种，吴声流行于以建康为中心的吴地，而西曲流行于建康的西边，故而得名。吴声和西曲多以歌唱爱情为主题，而神弦歌主要用于祭祀敬神。

南朝民歌的语言技巧非常出色，如大量运用谐音与双关。以《子夜歌》为例：

始欲识郎时，两心望如一。理丝入残机，何悟不成匹？

这首诗是一位女子唱给情郎听的，意思是说：起初认识你的时候，我满心以为咱俩情投意合、心意相通。然而，当我织布之时，将整理好的丝线放置在残破的织机上，我才明白，这样是织不出一匹完整的布的。

后两句是什么意思呢？为什么和前两句不连贯呢？其实后两句运用了一个非常巧妙的双关手法。"匹"从字面上看，是指一匹布的"匹"，但在这里是"匹配"之意，即情侣间的配对。

理丝的"丝"，从字面上看是指蚕丝，但在这里谐音思念的"思"。表面上是说把蚕丝放进织机，却织不出一匹完整的布。实际上，女子在理了理自己的思绪后，恍然大悟，情郎已然负心。她心中满是感慨，当初怎么也没有想到，两人竟不能在一起。

南朝民歌中这种抒情小诗数量极多。值得注意的是，南北朝时期的短小抒情民歌，正是唐代五言绝句和七言绝句的源头之一。绝句本来是可以吟唱的，本质上就是一首短歌。

南朝乐府民歌中最长的一首是《西洲曲》。这首诗名字里带有"曲"字，表明它在当时是可以吟唱的。虽然如今我们没有乐谱，无法将其吟唱出来，但仅仅读一读，就能感受到其突出的音乐性。这首诗讲的是一位少女对情郎的深深思念。

忆梅下西洲，折梅寄江北。单衫杏子红，双鬓鸦雏色。

西洲在何处？两桨桥头渡。日暮伯劳飞，风吹乌臼树。

树下即门前，门中露翠钿。开门郎不至，出门采红莲。

采莲南塘秋，莲花过人头。低头弄莲子，莲子清如水。

置莲怀袖中，莲心彻底红。忆郎郎不至，仰首望飞鸿。

鸿飞满西洲，望郎上青楼。楼高望不见，尽日栏杆头。

栏杆十二曲，垂手明如玉。卷帘天自高，海水摇空绿。

海水梦悠悠，君愁我亦愁。南风知我意，吹梦到西洲。

这首诗回环往复，极具美感。美在哪里？它使用了丰富多样的修辞手法。比如顶针，上一句的最后一个字词，恰好是下一句的第一个字词。比如：

忆郎郎不至，仰首望飞鸿。鸿飞满西洲，望郎上青楼。

楼高望不见，尽日栏杆头。栏杆十二曲，垂手明如玉。

"栏杆十二曲"也运用了顶针手法，因为上一句中的"头"是个虚字，只起连接作用。当你想让文字变得回环往复、流动无穷时，就可以采用顶针这种修辞手法。

李白对顶针的运用极为娴熟，比如《白云歌送刘十六归山》：

楚山秦山皆白云，白云处处长随君。

长随君，君入楚山里，云亦随君渡湘水。

湘水上，女萝衣，白云堪卧君早归。

读这几句诗时，仿佛能听见吟唱的旋律。

《西洲曲》中所用的修辞手法，还包括复沓。复沓就是重复，按照同样的节奏重复。比如：

忆郎郎不至，仰首望飞鸿。开门郎不至，出门采红莲。

除了顶针、复沓，还有双关：

开门郎不至，出门采红莲。采莲南塘秋，莲花过人头。
低头弄莲子，莲子清如水。置莲怀袖中，莲心彻底红。

一连七句都有"莲"字。"莲"即"怜"，这里的"怜"并非可怜，而是怜爱之意。"采莲南塘秋"，描绘出女子在莲花丛中出没的优美姿态，那画面如诗如画，充满了灵动之美；"置莲怀袖中"，这一细致动作书写着女子对情人的思慕之情，象征她的情意如同莲子般清澈如水。

当然，还有前面讲过的"兴"。"鸿飞满西洲"便是"起兴"，以"鸿飞"引出女子对情郎的思念之情。《西洲曲》代表着南朝乐府民歌的最高成就。当时撰写宫体诗的文人，已开始积极模仿民歌风格。直到唐代，像李白这样擅长写乐府诗的高手，也从民歌中学习了大量内容。

北朝乐府民歌现存 60 余首，数量虽然少，但其反映社会现实的深度和广度远胜于南朝乐府民歌。南朝乐府民歌虽然写作手法高超，但内容比较狭窄，多是男女之情。而北朝乐府民歌则有所不同。北朝长期处于战争之中，战争对社会的影响是双重的：一方面涌现出许多英雄儿女，鼓舞着人们去建功立业；另一方面也造成了大量的杀戮和破坏，让百姓民不聊生。

这两方面的影响都不容忽视。比如这首《企喻歌》：

男儿可怜虫，出门怀死忧。尸丧狭谷中，白骨无人收。

再如这首《隔谷歌》：

兄在城中弟在外，弓无弦，箭无栝。
食粮乏尽若为活？救我来！救我来！

这里讲述的是一座城的故事：哥哥在城里，是一名守城的士兵；弟弟在城外，是一名攻城的士兵。同胞手足，仅仅因为不同势力之间的争斗，竟莫名其妙地成了敌人。这是何等的悲剧！

但现实还不止如此。哥哥的弓弦已然断裂，箭也损坏了，粮食也消耗殆尽。最后，哥哥实在没办法，只能向弟弟大声呼救："救我来！救我来！"然而，弟弟可能来救他吗？短短 26 字，便写出了一个巨大而绝望的悲剧。

北朝乐府民歌中也有反映社会贫富差距的作品，如《幽州马客吟歌辞》：

快马常苦瘦，剿儿常苦贫。黄禾起赢马，有钱始作人。

千里马若吃不饱，便容易瘦，进而跑不快。壮士虽然勇猛无比，可总是囊中羞涩，正所谓"一文钱难倒英雄汉"。黄禾是好粮食，病马吃上一口精细的粮食，就可以重新振作起来，而人只有拥有财富，才能过上体面生活。这首诗写得特别冷酷，却无比现实。

北朝乐府民歌很少像南朝乐府民歌那样修辞丰富、语言巧妙，而是凭借粗犷雄壮之美来打动人心。比如《敕勒歌》：

敕勒川，阴山下。天似穹庐，笼盖四野。
天苍苍，野茫茫，风吹草低见牛羊。

北朝乐府民歌的风格质朴简洁，却能生动地呈现出北方草原那片辽阔苍茫的景象。《敕勒歌》所选的都是宏大、辽阔的事物，如天、地、山、川。在这片广袤的草原里，牛羊与天地山川融为一体。这首民歌语言平实，生动地展现了游牧生活粗犷豪放的风貌。

北朝社会还有一个显著特点，那便是女性地位相对较高。虽然北朝乐府民歌中描写男性英雄的作品众多，但其中最优秀的作品之一，反而是描写一位女性英雄的，即《木兰诗》。它生动地描绘了花木兰代父从军，在战场上英勇杀敌、巾帼不让须眉的故事。花木兰功成之后，却婉拒封赏，只一心一意回家和家人团聚。这份洒脱是一些英雄所不具备的。因此，花木兰可谓北方尚武精神的化身。

鉴于《木兰诗》是中学课本里的必学内容，我们在这里就不展开来讲了，而着重讲一下其语言艺术。这首诗的特点是，除了开头与结尾，全诗几乎由对句组成。比如：

问女何所思，问女何所忆。女亦无所思，女亦无所忆。

每一段情节都采用四句到八句的排比进行铺陈，反复咏叹。比如：

东市买骏马，西市买鞍鞯。南市买辔头，北市买长鞭。

等到花木兰出发之后，又是一组对句：

旦辞爷娘去，暮宿黄河边。不闻爷娘唤女声，但闻黄河流水鸣溅溅。

旦辞黄河去，暮至黑山头。不闻爷娘唤女声，但闻燕山胡骑鸣啾啾。

每组叠句整散相间，节奏富于变化，句子长短错落有致。这种大量运用重叠复沓的对偶句式来叙事的写作手法，在民歌中较为少见。

魏晋南北朝小说

在魏晋南北朝时期，一种新的文体崭露头角，这便是"小说"。

"小说"一词起初的含义不同于今天，原指琐碎短小的言论，与长篇大论相对。然而，这些琐碎短小的言论中往往蕴含着不少生动的故事。比如，小区门口的几位老太太聚在一起，喊喊喳喳地谈论着邻里间的琐事。这可能是原始意义上的小说，即街谈巷议、道听途说的内容。

在先秦时期，周天子了解风俗民情的一种重要方式是采风及献诗，这也是《诗经》的源头之一。然而，仅靠诗歌还不够，因其多为抒情之作，不以叙事见长。周天子希望了解一些更为具体的情况，于是便设有专门负责此事的官员，称为"稗官"。稗就是杂草的籽实，无法食用，象征着细微低贱之物。街头巷尾的闲谈虽多为鸡零狗碎、鸡毛蒜皮的小事，却成为后世小说的来源之一，因而小说也被称为"稗官野史"。

小说在一定程度上就是这么发展而来的，就像老太太们的闲聊，一个简单的事件经过口口相传，不断演变。比如，"昨天呀，我们邻居家进来一条蛇，把邻居小伙子吓了一大跳。"随着消息传开，情节越来越富有戏剧性：那蛇足有几丈长，身躯粗壮；那蛇不仅吃人，还会施展妖法；那蛇竟然幻化成一位美女；小伙子被美女蛇深深迷住，两人迅速坠入爱河，展开了一段缠绵悱恻的感情纠葛。一部小说就这样诞生了，或许只需一个传言，便能孕育出一部跌宕起伏的长篇巨作。

中国古代小说常常发源于民间传说。那时的人们将其当作真实的故事来听。随着时间推移，这些故事愈发精彩热闹，篇幅也越来越长。到了明清时期，更是诞生了四大名著这样的鸿篇巨制。以我们熟知的《西游记》为例，它的原型乃是唐代玄奘法师取经的事迹。《旧唐书》中对玄奘法师的记载不过100多字，《西游记》却将这一事件演绎成一部近百万字的宏伟之作。

先秦时期由稗官记录的小说，由于时间久远，未能流传下来，这是能够理解的。在当时的上层人物看来，这些琐碎零散的故事并非国家大事，对治理国家没有太大的用处，久而久之便失传了。然而，《史记》《左传》《战国策》等典籍都吸收了民间传说，如"张良圮桥三进履"。这些传说虽没有太多的历史价值，却对我们理解张良这个人非常有用。

魏晋南北朝时期，小说开始兴起，其背后原因众多。彼时社会动荡不安，大事件层出不穷，每当有新奇之事出现，人们便会加以渲染，讲出更生动有趣的故事。与此同时，佛教和道教迅速发展，它们都擅长讲述神话与灵异故事，为小说的创作提供了丰富素材。此外，当时有很多名士，就像如今的公众人物一样，引发诸多话题，也为小说的兴起提供了土壤。

比如曹植，作为一位大才子，至今仍有许多关于他的传说。其中，"七步成诗"的故事广为人知，但这实际上在史书中并无记载。它只是《世说新语》里记载的一个故事。而这个故事，其实就是一篇微型小说。后来，《三国演义》将这个故事吸纳进去，使其成为长篇小说中的一个经典情节。

《世说新语》是南朝刘义庆编撰的一部短篇故事集，主要记载了汉末至东晋士大夫的逸闻趣事。

我们先来谈谈刘义庆。刘宋由刘裕建立，刘义庆身为皇亲国戚，袭封临川王。他热爱文学，广纳贤才，聚集许多文人共同编撰了《世说新语》。

这又是一个以王爷为核心的文学集团的典型例子。正所谓"独学而无友，则孤陋而寡闻"，文人之间需要互相交流，以提升学识、增进文学修养。但是，倘若没有一个核心人物来引领，或者无人提供资金支持，没有美味佳肴、舒适环境以及活动场地，文人们就难以聚拢。由此可见，文学发展的背后，实则依赖于持续的经济支撑。

《世说新语》是按照故事类型编排的，如德行、言语、文学等，共设 36 个门类。每个故事都极为简短，少则几十字，多则不过一两百字。需要注意的是，这本书并非严格的历史记载，其中的内容有的真实可信，有的则是经过加工润色的传闻。例如，"方正"篇中收录的人物故事，主要展现他们端方正直的品格；"俭啬"篇则记录了人物在生活中的俭朴或吝啬行为；而"假谲"篇中的内容，则表现他们足智多谋或诡计多端的一面。开篇即是与曹操相关的故事，如"望梅止渴"，充分体现了曹操的机智与应变能力。可见，各个门类的名称正是对人物形象特点的集中体现。

《世说新语》的 36 个门类，都是按照人物性格特点进行编排的。这为我们提供了一个重要示范，即如何有效地塑造和刻画人物形象，即该怎样写奸诈的人，又该怎样写正直的人。如今，很多同学在写作中需要描写人物时，可能会感到力不从心。实际上，关键不在于罗列人物吃饭、睡觉、喝水或上学等日常琐事，而在于描述那些较能表现其性格特征的语言和行为。倘若你不知如何描写人物，可以去看看《世说新语》。这本书有时仅用几句话，就能把一个人的性格刻画得非常鲜活。

比如，"忿狷"篇专门描写性子急的人。有一个名叫王述的人，曾被封为蓝田侯，人称"王蓝田"，性格相当急躁：

> 王蓝田性急，尝食鸡子，以箸刺之，不得，便大怒。举以掷地，鸡子于地圆转未止，仍下地以屐齿碾之，又不得。瞋甚，复于地取内口中，啮破即吐之。

这个故事写得很好，全篇几乎都是动作描写。作者通过刺、怒、掷、碾、瞋、啮等一连串的动作，将一个性急的人的形象生动地刻画了出来。你可以试着模仿，仔细观察一个性急的人，留意他在着急时会做哪些动作，再把这些动作依次串联起来，从而生动地展现出这个人的形象。

《世说新语》描写了众多魏晋名士，他们的言行举止所表现出的人生态度，便是我们常说的魏晋风度。比如王徽之，他是大书法家王羲之的儿子，他有这样一个故事：

> 王子猷居山阴，夜大雪，眠觉，开室命酌酒，四望皎然。因起彷徨，咏左思《招隐》诗，忽忆戴安道。时戴在剡，即便夜乘

小舟就之。经宿方至，造门不前而返。人问其故，王曰："吾本乘兴而行，兴尽而返，何必见戴？"

戴安道即戴逵，是一位著名画家。魏晋名士大抵都是如此，放任自己的内心，不拘泥于小节。对他们而言，人生的意义不在于达成某个特定目标，而在于是否忠于自己的内心。

除了《世说新语》，另一部重要小说是《搜神记》。《搜神记》主要收录神仙鬼怪等各类故事。不过这里面的很多故事，尚不能称为小说，只能说是一个个奇异的事件，如大石自立、某人死而复生等。这类故事一般被称为"志怪笔记"。这些笔记虽谈不上有太多的艺术性，却是后世小说的重要素材库。

初唐诗

经历 200 多年的动荡与变迁后，隋朝最终完成统一，建立了大一统王朝。然而，隋朝的统治时间很短，仅仅持续了 30 多年。隋朝末年，社会动荡不安，经历了一段混乱时期后，李渊建立了唐朝。唐朝是中国历史上最强盛的朝代之一。唐代是中国文学发展的一个高峰时期，尤以唐诗最为璀璨。

下面我们来讲几个概念，文学史上把唐代文学分成四期，即初唐、盛唐、中唐和晚唐。

初唐是唐朝建立至唐睿宗景云年间，即公元 618—712 年，将近 100 年。

盛唐是唐玄宗开元、天宝年间，即公元 713—755 年，共 40 多年。

中唐是唐代宗大历元年至唐文宗大和九年，即公元 766—835 年，将近 70 年。

晚唐是唐文宗开成元年至唐朝灭亡，即公元

836—907 年，共 70 多年。

值得注意的是，这四个时期只是文学史上的划分方法。不同时期的文学各具特点。今天我们来讲一讲初唐文学。

唐朝初年的文学风气，与南朝时期颇为相似。这是因为隋朝的统治只维持了 30 多年。南朝末年的文人若是长寿一些，便会一直活到唐朝。如前所述，齐梁宫体诗主要描写宫廷生活、美女以及日常用品，虽然文字精美，但题材范围十分狭窄。这种风气一直持续到唐朝。北朝虽然也有文人，但文学基础相对薄弱。因此，初唐的文学风气主要继承了南朝的传统。

唐太宗、唐高宗、武则天这几位皇帝都喜爱文学，因而在他们周围逐渐形成了宫廷诗人文学集团。比如，武则天的麾下有四位诗人，人称"文章四友"，即李峤、杜审言、苏味道和崔融。

你大概知道李峤，他写过《风》：

解落三秋叶，能开二月花。过江千尺浪，入竹万竿斜。

这首诗对仗很工整，语言也十分生动。但要说它的文学地位有多高，恐怕未必。至于这首诗跟诗人有什么关系吗？体现了他的什么独特情感呢？都没有。可见，诗人所追求的主要是文学技巧。

不过，任何艺术的基础都在于技巧；若技巧不过关，再好的创意也难以实现。初唐时期的文人虽然在诗歌的境界方面尚未充分拓展，但在技巧上有着极大的贡献。

比如，经过他们日复一日的研究，格律诗逐渐走向成熟。格律诗讲究平仄对仗，这类诗歌出现得比较晚，在唐代又被称为近体诗或者今体诗。

在格律诗出现之前，汉魏南北朝时期文人所写的诗，多被称为古体诗。当然，其中还可以分为两种，一种是能唱的乐府诗，如《江南》；另一种是不能唱的文人诗，像曹植、陶渊明等人的诗作。

《诗经》不算是古体诗。我们通常区分古体诗和近体诗，是从汉魏六朝之后开始的，也就是在五言诗形成之后。《诗经》被称为"诗"，楚辞则被称为"骚"。其他零散的作品一般被称为"古辞""古歌""古谣"。

"文章四友"之后，又有两位诗人——沈佺期和宋之问，合称"沈宋"。"沈宋"同样也是宫廷诗人，不过他们更重视诗歌技巧，不仅创作了大量律诗，还确立了律诗的规范。

但人的精力总是有限的，当他们重点研究技巧时，其思想、视野容易受到影响。"文章四友"和"沈宋"都是宫廷诗人，他们所看到的无非是风花雪月、吃喝玩乐等，其作品内容往往显得平庸。你能说他们看不到社会问题吗？也不能这么绝对。但由于他们长期侍奉于皇帝身边，确实难以自由创作。他们不是才华有限，而是被身份限制了。这时候，就需要有宫廷之外的力量来推动文学前进了。这股力量就是"初唐四杰"。

"初唐四杰"是卢照邻、骆宾王、王勃和杨炯。这四个人有着共同的特点。第一，他们都是少年天才。骆宾王 7 岁咏鹅，家喻户晓。杨炯 10 岁考中科举，很快就做了官。王勃 16 岁时，被当作神童推荐给皇帝。卢照邻 20 岁就进了王府，主管王府的图书。既然他们都是少年天才，那必定信心满满，充满自信和希望，具有蓬勃向上的生命力。这与初唐的特点极为相似。要知道，一个朝代如同一个人，刚建立之时如同少年一般，肯定是朝气蓬勃、积极向上的。因此，"初唐四杰"就是初唐的代言人。

第二，他们的人生都坎坷。王勃 26 岁时意外身亡，其他人都是 40 多岁时就离世了，而且他们都未做过大官。既然人生坎坷，那他们肯定经历过许多不顺利的事情，见过许多不公正的现象，发现了许多社会问题，有过很多不寻常的心灵体验。这对一般人来说，尤其对只想过平凡日子的人来说，并非什么好事。但对诗人而言，这反倒是好事，因为在这样的人生际遇中，他们的眼界更能开阔，他们的思考更能深入，他们也更能将丰富的感情写进诗里，而不局限于风花雪月。

第三，他们都来自宫廷之外。这种身份的优势在于没有那么多条条框框的束缚，他们没有什么可失去的，因而也没有太多顾虑。这使得他们的胆子反而比那些宫廷诗人更大，能够更自由地表达自己的思想和情感。

比如王勃，他有一首《送杜少府之任蜀州》：

城阙辅三秦，风烟望五津。与君离别意，同是宦游人。
海内存知己，天涯若比邻。无为在歧路，儿女共沾巾。

这是一个少年昂扬精神的生动体现。本来，古人送别是相当伤感的。因为那时候没有电话，也没有高铁和飞机。一旦说了再见，彼此很可能这辈子都见不到了。王勃却说"海内存知己，天涯若比邻"，只要彼此心意相通，有着共同的志向，即使相隔千里之遥，也仿佛近在身边。这便是初唐少年豁达爽朗、积极向上的精神风貌。

其中的经典诗句"海内存知己，天涯若比邻"，并非王勃个人原创，而是从曹植的"丈夫志四海，万里如比邻"化用而来。这算抄袭吗？答案是否定的。这其实是"初唐四杰"对"建安风骨"的一种传承。

那么，什么是风骨呢？其一，文学作品中的生命力与感染力；其二，语言表现的力度；其三，与时代相契合的精神，无论是雄浑壮阔、慷慨悲凉的，还是刚健向上的，都应当体现出对时代的关注，能够反映出时代的特点。这么看来，宫体诗缺少一些风骨，因为它既缺乏感染力，也不具备与时代契合的精神，是脱离现实的存在。

这就涉及另一个问题——什么是优秀的文学作品呢？优秀的文学作品既要表达人生感受，也要描写心灵体验。这种体验，并非地位越高就越好。有人或许会说，地位高的人，见识过更多的金银珠宝、奇花异草，品尝过更多的山珍海味，岂不是更有体验？其实并非如此。那些金银珠宝、奇花异草和山珍海味，无论品种再多、质量再好，带来的体验只有一种，那便是优越的生活品质。他们的物质享受或许是丰富的，但情感体验是单一的。

这就好比做题。一道题，原本你不会做，可突然之间你会做了，这种体验是不是比你连续做十道本来就会做的题更强烈呢？毫无疑问，是前者。假如你从会做又变得突然不会做了，那种体验肯定更强烈。

"初唐四杰"之后，一位大诗人陈子昂横空出世。他有一首《登幽州台歌》：

前不见古人，后不见来者。
念天地之悠悠，独怆然而涕下。

在时间的维度上，"前不见古人，后不见来者"，于无穷无尽的时间长河中，唯有一个"孤独"的我。从空间层面来看，无边无际的天地之间，也仅有一个我。这首诗虽以幽州台为题，却并未描写幽州台的景象，也未提及周围的风景。无须修饰，不必刻画，在无限的时间与广袤的空间之中，赫然矗立起一个伟大而孤傲的自我。这是唐代诗人的一种理想人格。

以后，我们会频繁提及"自我"或者"自我精神"这些词汇。优秀的文学作品应当反映自我，展现清醒且严肃的自我认知。齐梁诗在这方面存在一些不足，尽管其创作技巧高超，却缺少真情实感，缺少诗人自身的体验，更缺少对重大人生问题和社会问题的关注。正因如此，陈子昂特别反对这种风气。

那么，陈子昂提倡什么呢？他提倡"建安风骨"和"正始之音"。建安诗人具有时代精神，他们密切关注着社会问题，或是悲天悯人，或是渴望建功立业。正始诗人热衷于讨论人生的重大问题，如生命能否永恒、应当如何处世等。这些都是士大夫文学的源头之一。陈子昂并非主张让文学恢复到建安和正始时期的状态，而是想要对文学进行革新。他深知，革新不能空喊口号，必须有坚实的理论依据。于是，他选择了建安和正始两个时期的文学作为参照，借助其特点来推行自己的主张。

初唐文学的重要人物大致如此。在初唐文学的发展过程中，一个重要的转折点是新文风与以齐梁诗为代表的浮艳萎靡风格之间的较量。这场较量的结果促成了盛唐文学的兴起。那不仅是李白、杜甫、王维、高适等著名诗人活跃的时代，也是中国文学最辉煌的时代之一。

第十六讲

盛唐诗
——边塞诗

    从唐玄宗在位时的开元、天宝年间，直至安史之乱爆发，这一阶段是文学史上的盛唐时期。彼时，国力强盛，经济发达，读书人都渴望施展才华，成就一番事业。盛唐文学的发展与文人们的积极活动紧密相关。当时的文人们享有极大的自由，他们的人生经历普遍比前代文人更加丰富多彩。例如，有的文人漫游全国各地，有的在朝廷担任官职，有的在地方上充任幕僚，还有的在山林里隐居读书。当然，像李白这样的文人，几乎体验遍了这些生活方式。正因为融合了多种人生体验，李白的诗作才在盛唐文学中展现出独特的高度与魅力。

    丰富的人生经历往往会催生出多姿多彩的文学。以漫游为例，盛唐文人几乎都有过这样的经历：盛唐之际，国家统一，天下太平，交通极为便利，且无割据势力的干扰，文人们能够自由地四处游历。相比之下，三国至南北朝时期，或是纷争不断，或是南北对峙，这样的漫游几乎是不可能实现的。即便如曹植这般身份尊贵的人，一旦走出曹操控制的地盘，也会面临不小的风险。可见，游历在当时是一件奢侈之事，既需要全国统一，又需要天下太平。

诗人为何要漫游呢？他们不仅是为了开阔视野，更是为了仕途顺遂。文人们若想做官，不仅要参加科举考试，还需要得到名流的赏识与推荐。这些名流有的居住在长安，有的居住在洛阳，还有一些散居在其他地方。因此，文人们必须四处奔走，前去拜见他们，并献上自己的诗文，以求获得赏识与推荐。这一过程被称为"干谒"。在这种场合下，文人们必定会献上自己最出色的作品。许多优秀的诗文，正是在这种背景下诞生的。

比如，李白有一首《上李邕》：

大鹏一日同风起，抟摇直上九万里。
假令风歇时下来，犹能簸却沧溟水。
世人见我恒殊调，闻余大言皆冷笑。
宣父犹能畏后生，丈夫未可轻年少。

这首诗是李白拜见文坛前辈李邕时所写的，从中能感受到盛唐的雄浑气势和豪迈精神。他将自己比作大鹏，向前辈表明：不要轻视年轻后生，有朝一日，自己定会建立一番惊天动地的伟业。这种类型的诗歌有一个专门的名称，即干谒诗。

盛唐文人在外出游历时，都怀揣着满腔壮志，渴望寻得实现抱负的契机，故而当时流行着一个词——"壮游"。他们纷纷踏上旅途，一走便是数月、数年，甚至有人一生都不曾归家。这种心境与我们今天有所不同。如今，交通极为发达，旅游形式多种多样，包括自驾游、亲子游、休闲游，甚至还有"穷游"，但"壮游"这种形式很少见。不过，我仍然建议你，若有条件，一定要多出去走走，切不可整日待在家里玩手机。多出去旅行，不仅能改善体质，还能积累更多的人生体验。这样一来，你笔下的文字会更加生动，你对世界的认识也会更加深刻和全面。

事实上，达官贵人并非轻易就能见到。因此，文人在"壮游"时大多处于闲暇状态，经常前往名胜古迹游览一番。这些地方要么本身是名山大川，要么是坐落在山顶、水边、城上的著名建筑，视野极为开阔，风景格外优美。与热爱旅游的现代人一样，古代诗人经过这些地方时，也会前去游览。这种活动就是"登览"。看到这样的景象，诗人们往往有感而发，挥笔写下诗篇，或者描绘山河的壮丽，或者抒发自己的豪情，又或者被眼前的风景触动了内心的忧愁。这类诗被称为"登览诗"。我们非常熟悉的《登鹳雀楼》，就是一首标准的登览诗。

登览未必一定要站在高处，因为诗人有时游览的是江河湖泊这样的水景。例如，李白的《望天门山》很可能是在船上创作的，而《望庐山瀑布》也很可能是在离庐山很远的地方眺望而得，但这些作品仍然属于登览诗的范畴。倘若名胜之地带有历史底蕴，诗人来到此处，便容易想起这里曾经发生过的故事。如果诗人在作品中侧重于历史内容，那么这便成了"怀古诗"。

文人在各地游历时，常常会遇到志同道合的友人。彼此交谈一番，若兴趣相投，他们便会结为朋友。比如，李白在洛阳结识了杜甫，又在陈留与高适相遇。这三人都是当时的文学才俊，曾聚在一起痛饮狂歌。盛唐文人正是通过参加这种大大小小的聚会，构建起一个极其紧密的社交网络。那时的诗人只要年纪差不多，都有机会互相认识。聚会时必然要饮酒，而饮酒之时，诗人们可能会写诗。比如，《将进酒》就是李白在与朋友元丹丘和岑勋一同饮酒之际创作的。聚会总有离别之时，而在离别的时候，诗人们往往会写下送别诗。比如，《别董大》便是高适与音乐家董庭兰分别时所作的。

文人们并非总是在朝廷当官。在唐代，各地尤其是边疆地区，有许多手握实权的地方官或将领，他们有权自行招募下属。这套班子便是幕府。到幕府中谋取职位称为入幕。入幕需要展示真才实学。因此，文人们也经常在各个幕府之间奔走，从而见识了更多不同的风光，结识了更多的人。诗文就在这样的经历中被创作出来了。

在盛唐文人的漫游过程中，有一个极为重要的地方，就是边塞。因为唐朝在西北、东北地区都有驻军，他们前往边疆效力，比较容易建功立业，这在当时算是一条升官的捷径。

唐朝国力强盛，军队在边塞开疆拓土的同时，还在当地屯田、定居，并与边境各民族进行和平交往。众多诗人颇为关心边疆事务，有的甚至前去参军。因此，盛唐诗中有一类主题十分成熟，那便是"边塞诗"。

在唐代的边塞诗人中，极有名的当数高适和岑参，二人合称"高岑"。以岑参为例，当他来到西北边塞时，第一眼看到的便是辽阔的大漠、雄伟的山脉，以及一望无际的荒原，他的内心无比激动与好奇。毕竟，这些景象他此前从未见过。岑参是一个充满好奇心的人，他写的边塞诗也以瑰丽神奇著称。

比如，新疆吐鲁番盆地有一座火焰山，山上布满红色的岩石。夏天中午，这里酷热无比，沙子里甚至可以烤熟鸡蛋。《西游记》中"三调芭蕉扇"的火焰山，原型之一便是这里。如此神奇的景象，在中原地区是见不到的。岑参有一首《火山云歌送别》，专门描写这座山：

火山突兀赤亭口，火山五月火云厚。
火云满山凝未开，飞鸟千里不敢来。

岑参更为人所知的作品是《白雪歌送武判官归京》，开篇是：

北风卷地白草折，胡天八月即飞雪。
忽如一夜春风来，千树万树梨花开。

这四句诗好在哪里呢？梨花是白色的，雪也是白色的，二者颜色相似，当然可以拿来作比喻。但是，梨花在春天盛开，一提到梨花，便会给人一种美好、充满青春活力的感觉。而"胡天八月即飞雪"，描绘出气候之恶劣。气候如此恶劣，是否会让人感到心情低落呢？但在这首诗里是看不出来的。这是因为他用了"梨花"作比喻，给大雪增添了一种青春美丽之感。岑参并未掩饰天气的恶劣，可尽管天气恶劣，诗中却蕴含着一种积极昂扬的状态。别小看这个比喻，这正是盛唐气象的体现。即使身处环境艰苦的边疆，人们依然保持着乐观向上的精神。

当然，这两句诗的技巧远不止于此，还描绘了一个充满动感而非静态的场景。后人评价岑参的诗"清新奇异"，是非常有道理的。

高适比岑参年纪大一些，性格与岑参很不一样。高适年轻时曾担任基层小官，对社会现实问题颇为关注。岑参前往边塞时，看到的大多是美丽风光和有趣的事物。而高适眼中的边塞，既有士兵们勇敢杀敌的场景，也有他们的艰辛及妻离子散的悲痛。

比如，他有一首《燕歌行》：

> 汉家烟尘在东北，汉将辞家破残贼。
> 男儿本自重横行，天子非常赐颜色。
> 摐金伐鼓下榆关，旌旗逶迤碣石间。
> 校尉羽书飞瀚海，单于猎火照狼山。

这首诗非常豪迈，描绘了军情紧急、军容雄壮的场景，士兵们胸怀壮志，准备与敌人大战一场。随后，情感一下子就发生了变化。

> 山川萧条极边土，胡骑凭陵杂风雨。
> 战士军前半死生，美人帐下犹歌舞。

北方的边疆，天气极其寒冷。士兵们或忍饥挨冻，或奋力迎敌，生死未卜。然而，将军们在大帐里寻欢作乐，欣赏美人唱歌跳舞。这是何等的不公！高适既不忽略将士们的勇敢无畏，也不回避军中的不公现象。

> 铁衣远戍辛勤久，玉箸应啼别离后。
> 少妇城南欲断肠，征人蓟北空回首。

"玉箸"即眼泪。这些士兵有家有业，家中还有年轻的妻子在殷切盼望。但战争尚未结束，他们不知何时才能回去。这种妻离子散的痛苦，难道是他们理应承受的吗？正因如此，《燕歌行》一诗的情感是非常沉重且复杂的。高适并没有强烈地批判某一方，或者赞美某一方，只是尽量详尽地描述了边塞生活。在格局和视野方面，高适可能要比岑参更宏大一些。

盛唐边塞诗的代表诗人，还有王昌龄和李颀等。比如，王昌龄有一组《从军行》：

> 青海长云暗雪山，孤城遥望玉门关。
> 黄沙百战穿金甲，不破楼兰终不还。

> 大漠风尘日色昏，红旗半卷出辕门。
> 前军夜战洮河北，已报生擒吐谷浑。

王昌龄是撰写绝句的高手。绝句篇幅短小，却极不好写。绝句本质上就是一种短歌，需要写得流畅动听。因此，王昌龄的诗句至今仍广为传唱。比如《出塞》：

> 秦时明月汉时关，万里长征人未还。
> 但使龙城飞将在，不教胡马度阴山。

将士们守卫的是唐朝的边疆，但王昌龄在诗中写道"秦时明月汉时关"。这一表述瞬间将主题置于宏大的历史背景之下。毕竟，守卫边疆的历史远早于唐朝，自秦始皇修筑长城以来，汉朝便已派兵驻守边疆。唐朝的士兵们从事的事业，与前辈们如出一辙。如此一来，整首诗便拥有了雄浑苍茫且颇具历史深度的韵味。

你务必要掌握这一技巧。当你描写一个事物时，要思索它是否具有宏大的背景。如果有，那就一定要将其置于大背景中进行书写。一个典型的例子是旅游时参观名胜古迹。比如，爬黄山时，一种简单且常见的表达方式是："这条山路，曾留下衣袂飘飘的李白的足迹，也曾印下行色匆匆的徐霞客的身影；如今，我沿着前辈们的足迹奋力向上攀登。"李白和徐霞客确实曾到访此地，如此一来，这条山路便不再仅仅是眼前的山路，而是一条具有历史深度的山路了。这个技巧与"秦时明月汉时关"的写法是一样的。你可能会问，攀爬其他山峰又该怎么写呢？这就需要你下一番功夫，去了解那座山的历史。至于其他话题，只要你愿意，总能找到能够涵盖这个话题的大背景。一旦拥有了大背景，你的文章就会更有深度与内涵。这正是王昌龄给予我们的深刻启示。

第十七讲

盛唐诗

——山水田园诗

在盛唐时期，还有两位致力于创作山水田园诗的大诗人，即孟浩然和王维。

唐代的山水田园诗比南北朝时期更为丰富。这是因为当时的诗人大多喜欢漫游，一旦漫游就免不了游山玩水。同时，文人们热衷于干谒，而达官贵人也经常大宴宾客，招待这些文人。聚会的场所往往是达官贵人的私人庄园。文人们在应酬的同时，也会创作一些山水田园诗。

孟浩然在唐代诗人中是一个另类的存在。当时很多人渴望做官，孟浩然却淡泊名利，一辈子几乎未曾担任官职，而是选择了隐居。在这一点上，他与陶渊明颇为相似。但孟浩然酷爱游历，去过很多地方。尽管他没有当官，结识的人却着实不少。许多文人都对孟浩然心生羡慕，纷纷跟他交朋友。

李白曾坦言"我爱孟夫子，风流天下闻"，在某些方面，他对孟浩然的推崇甚至超过了对陶渊明的推崇。陶渊明一生大多居于乡村，很少外出游历，也很少会见朋友。相比之下，孟浩然的交游更为广泛，游历也更多。因此，孟浩然既擅长书写山水之美，又能细致勾勒田园风光，并且在创作技巧上更加成熟。

山水诗起源于南朝。那时的诗人大多为贵族，他们崇尚自然，有足够的财富去游历，并且热衷于在山水中寻找趣味。他们常常在山水诗里融入一些哲理，似乎认为游山玩水之后，若不抒发点感慨、讲出些大道理，便不算完美。

我们今天写作文时也经常遇到这样的情况。比如，写一篇以助人为乐为主题的作文，最后有些人总会来一句："啊，真是有意义的一天！"这句话真的有意义吗？但要是不写这句话，文章好像就不完整，但这只是一种错觉。

再以谢灵运的《石壁精舍还湖中作》为例：

> 昏旦变气候，山水含清晖。清晖能娱人，游子憺忘归。
> 出谷日尚早，入舟阳已微。林壑敛暝色，云霞收夕霏。
> 芰荷迭映蔚，蒲稗相因依。披拂趋南径，愉悦偃东扉。
> 虑澹物自轻，意惬理无违。寄言摄生客，试用此道推。

前面都是写景，无须赘述。最后一句的含义是，我想告诉那些注重养生的人，应以山水之美启迪智慧，进而领悟养生之道。切勿盲目夸奖谢灵运的这两句诗，其水平实际上与随手写下的"啊，多么有意义的一天"并无二致。这就如同在一首优美的诗篇之后，附加了一个平庸的结尾。

我们不可苛求谢灵运，毕竟在他所处的时代，诗歌写作技巧还不成熟，诗歌艺术也在不断发展之中。数百年后，孟浩然创作的山水诗就不一样了。在他的笔下，山水诗上升了一个档次，比如《宿建德江》：

移舟泊烟渚，日暮客愁新。野旷天低树，江清月近人。

这首诗流露出旅途中的淡淡忧愁和思乡之情，但并没有直接表达"啊！我是多么思念自己的家乡啊"这样直白的情感。诗人描写天比树低，暗指他低落的心情。月亮明明在天上，离人遥远，可倒映在水中，却似离人近了。至于诗人看到月亮想起了什么，是家乡的亲人，还是牵挂他的朋友？这些都不必明言。因为一旦言说，这首诗的意境就会变得复杂混乱，也就失了趣味。

故而，孟浩然的山水诗单纯而明净，结构相当完美。这是因为他把情感巧妙地写进了景物里，产生了情景交融的效果。如此一来，他就没有必要去刻意书写自己的情感了。

我们在写作文时一定要注意，不可随意描写景物。要牢记"一切景语皆情语"，任何景物都是个人情感的寄托。比如，你语文考了50分，回家将要挨一顿数落，此时就不能写"小鸟在欢唱，白云在飘荡"，因为这与你的心情并不一致。"几只不识趣的鸟吵得人心烦"就会好一些，"几朵云呆呆地在天空中立着"也会更合适。

陶渊明率先创作田园诗，到了孟浩然时，田园诗又进入新境界。孟浩然的田园诗风格淡雅，且富有人情味。比如《过故人庄》：

故人具鸡黍，邀我至田家。绿树村边合，青山郭外斜。

开轩面场圃，把酒话桑麻。待到重阳日，还来就菊花。

这首诗在风格上与陶渊明的作品类似。需要注意的是，孟浩然在诗歌技巧方面有了显著的提升。陶渊明所处的时代尚无格律要求，故而他写诗虽极具技巧，但在格律方面并不受约束。而《过故人庄》是五言律诗，在平仄对仗方面有着严格的规定。因此，读起来更加朗朗上口。

王维则与孟浩然有所不同。王维的家境较为优渥，在仕途上也有一定成就，担任过不小的官职。他在终南山有一座大宅子，名为"辋川别墅"。他的田园诗融于山水之中，既蕴含着山水的哲理，又充满了田园的乐趣。比如《山居秋暝》：

空山新雨后，天气晚来秋。明月松间照，清泉石上流。

竹喧归浣女，莲动下渔舟。随意春芳歇，王孙自可留。

这已经难以明确归入"山水"或"田园"的范畴了，因为其内容实在是包罗万象：既有山林雨后的清新景致，又有田园生活的美妙画面。因此，这首诗是当之无愧的"山水田园诗"的代表作。

王维是一位全能的艺术家，他不但是诗人，还是画家和音乐家。盛唐时期的绘画也很繁荣，其中的代表人物就包括王维。苏轼评价王维："味摩诘之诗，诗中有画；观摩诘之画，画中有诗。"的确，王维擅长将绘画的技巧融入诗歌中。

比如色彩：

雨中草色绿堪染，水上桃花红欲然。

比如构图：

山下孤烟远村，天边独树高原。

千里横黛色，数峰出云间。

大漠孤烟直，长河落日圆。

比如光影：

返景入深林，复照青苔上。

明月松间照，清泉石上流。

假如你会画画，那么你大概率能写好作文。因为画画和写作文本质上是相通的。只要从色彩、构图、光影这几个角度去构思，你就更容易写出生动形象的文章。

那么，是不是一首好诗就必须像画一样呢？也不一定。比如：

荆溪白石出，天寒红叶稀。山路元无雨，空翠湿人衣。

山路上明明没有下雨，衣服却湿了，为什么呢？因为山里飘浮着轻盈的雾气。雾气通常是无色或者呈白色的，为什么被称为"空翠"呢？因为在绿意盎然、郁郁葱葱的山林之中，雾气似乎被染上了一层青绿色。可见，绘画能调动人的视觉，而诗歌却能激发人的多重感官体验，包括视觉、听觉、嗅觉、味觉、触觉等。这正是诗比画更卓越之处。

又比如：

坐看苍苔色，欲上人衣来。

苍苔里有只绿色蜥蜴，要爬到衣服上来，这是合乎情理的说法。但苍苔只是植物，为什么像活了一般，要往人的衣服上爬呢？因为苍苔实在太绿了，绿得仿佛要流淌、扩散开来，让人感觉它仿佛在动。这是一种赋予静止事物动感的高明写法。若将这句诗翻译成现代汉语，同样是优美的景物描写：我静静地坐在石头上，凝视着那苍苔浓郁的绿色，感觉它好像快要浸染到我衣服上来一样。

我们在写作文描写事物时，一定要谨记：我们使用的是文字，而文字可以呈现各种感官体验，绝非仅限于视觉。我们要向王维学习，充分调动所有的感官，这样文章就能更出彩。

第十八讲

盛唐诗
——李白

在文学史上，有几个人值得独占一讲，这是一种荣耀，表明这个人的成就是划时代的，是文学天幕上最亮的星辰之一。之前我们单独讲过的文人，只有屈原、司马迁、陶渊明三位。如今这第四位，便是李白。

李白的母亲在生他时，梦见了太白金星，因此给他起名白，字太白。李白的父亲是一位大商人，虽然富有，但商人在唐代的地位较低，甚至被限制参加科举考试。因此，李白从小读了很多书，却从不考科举。可李白志向又高远，经常自比姜尚、诸葛亮，希望成为顶天立地的政治人物。于是，在 24 岁那年，他就像其他文人一样，壮游天下，到处求见达官显贵，渴望获得他们的赏识和推荐，从而步入仕途。

在这段时间，他结识了众多名流，又四处题诗，名气越来越大。他满心以为自己的远大理想即将实现，却没想到苦苦"折腾"了十多年仍毫无成果。直至 42 岁那年，他才被某位公主推荐给皇帝，得以见到唐玄宗。

万万没想到，唐玄宗将李白召入宫中，并非让他辅佐朝政、出谋划策，而是担任宫廷御用文人。此时的唐玄宗已经上了年纪，热衷于吃喝玩乐，时常需要有人新谱写一段曲子或新编一段舞蹈。那么，由谁来撰写歌词呢？李白是非常合适的人选。这说明唐玄宗把李白"请"来，只是为了哄自己开心，供自己消遣娱乐。李白十分高傲，在宫中干了不到三年，就再也无法忍受了。最终，他选择辞官回家，再度到处漫游。

这时候，李白已经名满天下，无论到哪里都有人热情接待，他索性尽情写诗。若能得到李白的一首诗作，便是一件令人艳羡的事。公元 755 年，安史之乱爆发，李白前往庐山隐居。当时天下大乱，各方诸侯纷纷招兵买马。唐肃宗李亨的弟弟、永王李璘听闻李白就住在附近，认为像这样的大文豪，怎能轻易错过呢？于是，他亲自派人邀请李白，不惜重金聘请，希望李白能辅佐自己。

李白欣然同意，以为自己的远大理想终于要实现了。怎料李璘野心颇大，表面上抗击叛军，暗地里却图谋不轨。没过多久，李璘便与哥哥李亨兵戎相见，最终李璘战败，被擒获并处死。李白一下子就倒霉了。他因为曾在李璘麾下效力，所以受到牵连，被判有罪，遭流放至夜郎。幸运的是，在抵达流放地之前，恰好遇上全国大赦，李白重获自由。此时的他已经将近 60 岁了。

随着朝廷在对抗叛军的斗争中渐渐占据上风，李白认为自己的宏伟理想还有可能实现，便准备前往北方前线参军。但他实在年岁已高，走不动了。最终，李白在当涂去世。

李白是首屈一指的诗人，但并非他的每一首诗都能达到巅峰水准。在格律诗方面，他擅长创作绝句，包括五绝和七绝；而在古体诗方面，他擅长创作乐府诗和歌行体。相对而言，他不太擅长格律诗里的七律。

在这里需要强调的是，在文学史的讲述中，我们之所以经常提及诗歌的体裁，是因为体裁和内容是相互对应的。想表达什么内容，就应该使用相对应的体裁。

前文提及，南朝之后，诗歌创作开始注重声韵格律。到了唐代，就发展出成熟的格律诗。格律诗又称近体诗或今体诗，主要包括五绝、七绝、五律和七律等形式。与格律诗相对应的是古体诗，在唐代流行的古体诗有乐府、歌行、古风等形式。

为什么李白非常擅长写绝句呢？这是因为他精通音乐。要知道，五绝和七绝都源于南朝乐府民歌，而精通音乐的诗人，往往能把绝句写得更好。毕竟，绝句本质上是一首短歌，必须写得流畅好听。比如李白的《独坐敬亭山》：

众鸟高飞尽，孤云独去闲。相看两不厌。只有敬亭山。

山本身是不会审视人的，也没有思想；云彩也谈不上闲或不闲。但是，李白精于此道。他在写诗的时候，常将自己的情感，就像泼水一样，"哗啦"一下，尽情地倾泻在外界的事物之上。无论是云朵还是山峦，只要进入李白的视野，便被赋予了情感，能与他对话、交朋友。

这种特点叫作什么呢？我们一般这么表述："李白拥有一个强大的自

我。"或者说，"李白的诗，具有强烈的主观色彩，自我意识非常强烈。"这么说有点拗口，但如果你翻阅李白的诗集，就会发现"我"这个字在他的诗作中频繁出现。例如，"天生我材必有用""我醉欲眠卿且去""我寄愁心与明月，随君直到夜郎西""我爱孟夫子，风流天下闻"。

他甚至将自己的名字嵌入诗中，这也是罕见的。譬如，"李白乘舟将欲行，忽闻岸上踏歌声""舒州杓，力士铛，李白与尔共死生""纪叟黄泉里，还应酿老春，夜台无李白，沽酒与何人"。

钟情于书写自己的名字，乃是一种非常自我的行为。古代文人大多表现得谦虚谨慎、温文尔雅，最多在诗中提及自己的别号，或者只写名不写姓。然而，李白与众不同，他常常连名带姓一起写，显得非常大胆且特异。他的诗篇中充斥着"我要怎么样""李白要怎么样"，这就是强烈的自我意识。

虽然李白的一生，始终怀揣着济苍生、安社稷的宏大抱负，但他真实的政治水平到底如何，难以准确评判。他沉迷炼丹修道，一心想要成为神仙，可终生也未能如愿。他身为普通百姓，却藐视权贵，这体现了他非常自我的一面，也使其作品具有震撼人心的力量。

在当今时代，自媒体人常常在网络直播时喊出自己的名字，其目的是让观众记住自己，以增强自身的存在感。同理，李白喜欢在诗中书写自己的名字，也是一种增强存在感的行为。不过，他的这种行为完全是自发的，并非出于某种功利性的目的。

除格律诗外，李白还擅长乐府诗和歌行体。汉代至南北朝时期的诗歌，主要分为能唱和不能唱这两类。其中，能唱的诗歌被称为"乐府"。即便到了唐代，人们依然创作这类乐府诗。我们通常不加以区分，统称为"乐府"。

　　比如，李白有一首非常著名的《长干行》，"青梅竹马"和"两小无猜"这两个成语就源于此。

妾发初覆额，折花门前剧。郎骑竹马来，绕床弄青梅。
同居长干里，两小无嫌猜。十四为君妇，羞颜未尝开。
低头向暗壁，千唤不一回。十五始展眉，愿同尘与灰。
常存抱柱信，岂上望夫台。十六君远行，瞿塘滟滪堆。
五月不可触，猿声天上哀。门前迟行迹，一一生绿苔。
苔深不能扫，落叶秋风早。八月蝴蝶来，双飞西园草。
感此伤妾心，坐愁红颜老。早晚下三巴，预将书报家。
相迎不道远，直至长风沙。

　　《长干行》是一个乐府曲调名。长干即"长干里"，是一个街巷的名字，一度非常繁华。

　　也就是说，《长干行》并不只是一首诗，而是乐府古题。任何人都可据此进行诗歌创作。至于这个曲调是怎么唱的，现在已经无人知晓。除了李白、崔颢、李益等诗人也都写过《长干行》。这些诗作大多围绕青年男女之间的感情展开。

　　《长干行》既然是乐府古题，那自然是能吟唱的，其本质上就是歌的歌词。作为歌词，它应当流畅、清晰和动听。

　　李白精通音乐，他在作品中描写女孩 14 岁如何、15 岁如何、16 岁如何……这种写法叫作"复沓"，是歌词中常用的手法，可以产生回环反复的效果。再者，"一一生绿苔"之后紧接"苔深不能扫"，上一句的最后一个字在下一句中重复出现。这种写法叫作"顶针"，同时也是歌词中的手法。这些写法可能是李白从《西洲曲》中学来的。

李白还有一首乐府的代表作——《蜀道难》。如果说《长干行》更多是对前代诗人及其诗歌的继承，那么《蜀道难》则是一次卓越的创新。《蜀道难》也是一个古老的乐府题目，但李白将这个题目推向了顶峰。其开头三句：

噫吁嚱，危乎高哉！蜀道之难，难于上青天！

噫、吁、嚱、乎、哉，七个字中竟有五个感叹词，情感之强烈，无与伦比。也只有李白敢这么写。再看这句式，先是三个字，接着四个字，然后突然蹦出一个九字句。假如将这几句诗竖着排起来，恰似一座陡然拔起的山峰。

相对于乐府，李白的歌行写得更好。在唐代，从乐府诗中衍生出一种更复杂且能吟唱的诗体，叫作"歌行"。比如，《梦游天姥吟留别》便是一首典型的歌行体。

海客谈瀛洲，烟涛微茫信难求。
越人语天姥，云霞明灭或可睹。
天姥连天向天横，势拔五岳掩赤城。
天台四万八千丈，对此欲倒东南倾。
我欲因之梦吴越，一夜飞度镜湖月。
湖月照我影，送我至剡溪。

谢公宿处今尚在，渌水荡漾清猿啼。

…………

安能摧眉折腰事权贵，使我不得开心颜！

这首诗的风格大开大合，驰骋想象，如滔滔江水一泻千里。最后一句"安能摧眉折腰事权贵"更是直抒胸臆，意思是：我怎么能低声下气，去侍奉那些权贵呢？这是李白的心声。

乐府和歌行的区别在于：如果标题为乐府古题，就归为乐府；若是标题中有"歌""行""吟"等字，但并非乐府古题，则算作歌行。例如，《长干行》虽带有"行"字，但因其是乐府古题，就归为乐府；而《梦游天姥吟留别》并非乐府古题，是诗人自写自唱之作，就算作歌行。还有一点是，歌行多以七言诗为主，如白居易的《琵琶行》、杜甫的《茅屋为秋风所破歌》等。

乐府需要严格遵循古题进行创作，所抒发的情感具有普遍性，易于被大众理解。以《长干行》为例，长干地区靠近长江，那里有众多家庭，丈夫常常在外经商，妻子则在家苦苦等候。因此，这个题目表达的是一种普遍的情感——李白并不一定真正认识这么一对年轻夫妇，却能将这份深情厚谊融入诗中，使之流传千古。

而歌行往往讲述诗人自身的经历，或者通过叙述一个特定的故事，抒发个人情感。诚如"我欲因之梦吴越""湖月照我影"中的"我"字，说明李白正在抒发个人情感。可见，乐府更像大众歌曲，能够引起广泛共鸣；歌行则更像自弹自唱，凸显诗人的独特心境与人生经历。

李白还会写一种名为"古风"的诗体。古风的源头可追溯至汉魏时期的五言"古诗"。在此，以《古风（其一）》为例：

> 大雅久不作，吾衰竟谁陈？王风委蔓草，战国多荆榛。
>
> 龙虎相啖食，兵戈逮狂秦。正声何微茫，哀怨起骚人。
>
> 扬马激颓波，开流荡无垠。废兴虽万变，宪章亦已沦。
>
> 自从建安来，绮丽不足珍。圣代复元古，垂衣贵清真。
>
> 群才属休明，乘运共跃鳞。文质相炳焕，众星罗秋旻。
>
> 我志在删述，垂辉映千春。希圣如有立，绝笔于获麟。

我猜你可能看不太懂——看不懂也正常，毕竟全篇都是大道理。这首诗反映的是从《诗经》至唐代文学的演变历程，若详细阐释，足够写成一本书，堪称李白的文学宣言，也可以说是一部"极简文学史"。比如，"大雅久不作"，就是在慨叹《诗经》开创的"赋、比、兴"的传统，应当有人延续；"绮丽不足珍"，则是在批判南朝诗歌的纤弱狭窄之风，认为其不足为法。随后，李白自比孔子，称"我志在删述"，期望自己能成为孔子那样的人物，制定流芳百世的文学规范。不得不说，李白的口气着实不小，他的野心也大，而且他还确实做到了。

虽然这首诗也是五个字一句，它却与《长干行》分别属于古风和乐府两种不同体裁。古风是不能吟唱的，它不仅不像歌行那般流畅，反而有些晦涩，让人读起来略感费劲。前人曾言五言古风必须"高古雄浑"。

李白的一生极为传奇，其天纵之才华，几乎不可复制。换言之，想要效仿他，成为下一个李白，是极为困难的。这是因为：

第一，李白生活的时代太特殊，他处于中国历史上最鼎盛的时期之一。

他那奔放高亢、热情乐观的特质，与盛唐的时代精神高度契合。并非所有文人在智力、才华和学问方面都比不上李白，只是他们缺乏开放包容的时代背景。在一个逐渐衰落的时代中，文人们若天天保持高调乐观的态度，便容易显得不合时宜。

第二，李白的诗可谓浑然天成，其思维方式极具跳跃性。倘若要效仿他，是非常冒险的行为，因为成功率很低。

第三，李白对魏晋南北朝时期的文学已然钻研至精通的程度。在这里，需要介绍一部名为《文选》的书。它是南梁昭明太子萧统组织编纂的一部诗文总集，在当时颇有影响。李白在一生之中，曾三次模拟《文选》。他时常反复研习、仿写《文选》里的文章，将其当作自己的修习课程。可见，他看似天纵奇才，实则背后有着深厚的功底作为支撑。千万别认为李白只是喝点酒，就能随意写一首诗。他若没有下过苦功，断不可能成为天才。

不过，这也提示了我们以下几点：

第一，我们在写文章时，尽管让思维天马行空，但也要了解时代的需求，不可脱离现实。要清楚这个时代流行什么、提倡什么、鼓励什么，再尽量地围绕这些内容去书写，更容易写出精彩之作。

第二，天才不完全是天赋，也是能够通过学习培养出来的。尤其在一项技艺成熟之前，必然有一个大量模仿的过程，如写书法要临帖、画画要临摹和写生。我们写作文也是一样，切不可拿起笔来，由着自己的性子随意写，还声称是在展现个性。倘若没有扎实的技巧训练，没有对优秀作品的模仿，又怎么能有效地表达个性呢？你只看到了李白天才的一面，却未意识到他对前人的学习与模仿，只是他并未刻意强调罢了。

第三，要多写。李白一生创作了海量的诗歌，但留存下来的仅有 900

多首。有些是因为失传了，有些是他自己觉得不够好，便没有保留。即使是传世的 900 多首诗，也并非每首都堪称完美、无可挑剔，也有一些比较普通、略有凑数之嫌的作品。我们不要迷信权威或名人，要相信自己的努力。我们也许成不了李白，但一定可以成为一个能自如驾驭文字的人。

第十九讲

盛唐到中唐

——杜甫

    李白出生于公元 701 年，杜甫出生于公元 712 年，两人相差 11 岁。公元 744 年，李白和杜甫第一次见面，当时杜甫 33 岁，李白 44 岁。两人年龄虽有差距，但并不妨碍他们结下深厚情谊。安史之乱是盛唐到中唐的转折点。在安史之乱前，李白早已名满天下，但杜甫名气不大。杜甫的重要作品大多创作于安史之乱后，而他本人也于唐代宗大历年间逝世。因此，尽管杜甫成长于盛唐时期，许多学者却把他归为中唐诗人。

    先简单介绍杜甫的生平。杜甫，字子美，生于河南巩义。他的家世背景非凡，祖父杜审言是初唐时期的著名诗人，被誉为"文章四友"之一。李白和杜甫合称"李杜"，而李峤和杜审言也并称"李杜"。杜甫写诗有着家学传承，因此他年仅 7 岁就能作诗。

杜甫从小便立下雄心壮志。在 20 岁时，他踏上漫游全国的旅程。李白从未参加科举考试，希望通过展示才华打动高官显贵，并被直接举荐给皇帝；而杜甫则乖乖地参加科举考试，可惜运气欠佳，考了两次都没有考中。历经周折，他才谋得一个管理盔甲兵器的小官。

杜甫刚上任没几个月，安史之乱就爆发了。唐玄宗李隆基丢下长安逃跑，而他的儿子李亨在灵武登基，即唐肃宗。杜甫被叛军抓住，但由于官职较小，未引起过多关注。于是，他设法从长安悄悄逃脱，前去投奔唐肃宗。当杜甫见到唐肃宗时，衣衫褴褛，鞋子也破烂不堪。唐肃宗深受感动，任命他为左拾遗。这是个专门给皇帝提意见的官职。因此，杜甫后来被称为"杜拾遗"。

没想到的是，杜甫没当几天官，就因直言进谏而惹怒唐肃宗，被贬至华州，担任华州司功参军。然而，他在华州也没待太久，几经辗转后，抵达成都。他在成都有一个好友，即剑南节度使严武。严武是封疆大吏，在他的帮助下，杜甫的生活状况得到了改善。杜甫在当地修建了一座草堂，生活了约五年。后来，严武去世，杜甫在成都失去了依靠，便顺江而下，前往夔州住了两年。

杜甫日渐苍老，思乡之情愈发浓烈，想要早日回到故里。此时已是唐代宗大历三年，即公元 768 年。他决意离开夔州，计划沿江东下，而后北上。然而，时局依然动荡，杜甫被迫在湖南一带漂泊了两年。公元 770 年，他在湘江的一条小船上病逝，享年 59 岁。

李白的主要作品诞生于大唐盛世。而对杜甫而言，安史之乱是他创作生涯的重要转折点。杜甫传世的诗作有 1400 余首，其中写于蜀地的就有1000 余首，占比超过三分之二。尤其在夔州期间，杜甫的创作迎来大爆发，两年内竟然写了 400 多首诗。从这个角度看，李白和杜甫虽在年龄上仅仅相差 11 岁，在文学史上却仿若两代人。

我们所熟知的杜甫诗，像是"两个黄鹂鸣翠柳，一行白鹭上青天""迟日江山丽，春风花草香"等，都不是杜甫最具代表性的作品。只是由于浅显易懂，它们常被选入小学课本中。杜甫独具特色的作品是那些深刻反映社会现实的诗作，比如《兵车行》、"三吏"、"三别"等。

如果说李白是盛唐气象的化身，那么杜甫便是唐王朝由盛转衰之际的时代之音。我们曾强调，诗人的作品最好能够深刻反映自己所处的时代。然而，这里存在一个问题：假如某位诗人的人生经历与时代步伐并不同步，那他就比较倒霉了。试想，在一个欣欣向荣的盛世，他却运气不佳，过得极为凄惨；而在一个乱世之中，他反而运气极佳，一路升官发财。这样一来，他很难精准把握时代的脉搏，成为一流诗人。

李白和杜甫有一个共同特点：他们的人生经历与所处时代高度契合。这对诗人来说，是一件极其幸运的事情。杜甫在一生之中始终四处碰壁，或是落榜，或是被贬官。偏偏他所处的时代也是这般情况，不是战乱频仍，就是割据动荡。因此，杜甫容易将个人的苦难与国家的兴衰、民族的命运紧密结合起来，创作出震撼人心的诗篇。

比如，杜甫在《兵车行》中描述了安史之乱爆发之前，唐玄宗为开疆拓土，在西南地区大规模征兵的场景。这一举措对百姓们而言，无疑是一场灾难。地方官在民间强行抓人，将百姓们一队队押送至前线。一旦到了前线，他们很可能有去无回。即便没有战死沙场，他们也可能会一辈子留在前线，无法归家。

或从十五北防河，便至四十西营田。

去时里正与裹头，归来头白还戍边。

少年 15 岁时就投身军旅。古时习惯以虚岁计龄，他实际仅 14 岁。这个稚嫩的少年，一直到头发白了还在当兵。这就是穷兵黩武给老百姓带来的无尽苦难。

安史之乱爆发后，杜甫的切身体验愈发深刻。在这一时期，他非常有名的作品当数"三吏""三别"。"三吏"指《新安吏》《石壕吏》《潼关吏》，"三别"则是《新婚别》《垂老别》《无家别》。以《石壕吏》为例，这是杜甫路过一个小村落时的所见所闻。彼时，唐肃宗正在组织兵力，力图平息安史之乱，但战事不利，前线频繁打败仗。为了补充兵力，官府四处抓人，强制征兵。杜甫写道：

暮投石壕村，有吏夜捉人。老翁逾墙走，老妇出门看。

吏呼一何怒！妇啼一何苦！听妇前致词："三男邺城戍。

一男附书至，二男新战死。存者且偷生，死者长已矣！

室中更无人，惟有乳下孙。有孙母未去，出入无完裙。

老妪力虽衰，请从吏夜归。急应河阳役，犹得备晨炊。"

夜久语声绝，如闻泣幽咽。天明登前途，独与老翁别。

这首诗好在哪里呢？其精髓在于杜甫并未直接表达个人情感，而是巧妙地将情感隐匿于故事中，让这份情感更为深沉厚重。"天明登前途，独与老翁别"，全诗于此终结，余韵悠长。你还记得汉乐府的白描手法吗？这正是杜甫学到的本领。

杜甫描写的是战乱之下普通人的悲剧，这正是他的伟大之处。后世之所以尊称杜甫为"诗圣"，即诗中的圣人，是因为他所关注的事情已经触及了普通百姓。

"三吏""三别"都是这样的作品，它们共同描绘了当时的现实图景。正因如此，杜甫的诗作被誉为"诗史"，即以诗为载体，记录历史的变迁。过去不乏以诗写史的先例，但杜甫与众不同的是，他不但记录历史事件，还关注历史变迁对普通百姓的影响。

杜甫对人与社会的关注极为深切。基于此，他的诗歌风格有一个公认的评价：沉郁顿挫。其中，"沉郁"指的是意境开阔宏大、情感深沉苍凉；"顿挫"则指的是语言运用上的曲折有力，既不肆意奔放，亦非流畅无阻。李白的诗天然飘逸，他人难以效仿，但杜甫的诗是可以借鉴学习的。因为他在创作过程中的千锤百炼与苦心孤诣，所以每一句诗都情感深厚且技巧精湛。

"三吏""三别"都是古体诗。实际上，杜甫在文学创作上备受推崇的体裁，莫过于七律。七律在当时属于一种新体裁，尚未完全成熟。就连诗仙李白也很少创作七律，其作品以五律为主。七律相较于五律，每句多了两个字，正因为这额外的两个字，七律的变化更为丰富，但也更难写好。七律正是在杜甫的笔下走向成熟的。比如，我们来看一首《登高》：

风急天高猿啸哀，渚清沙白鸟飞回。

无边落木萧萧下，不尽长江滚滚来。

万里悲秋常作客，百年多病独登台。

艰难苦恨繁霜鬓，潦倒新停浊酒杯。

这首诗被誉为"七律之冠"，全诗字字对仗，这实在是太难了。一般而言，律诗只要求中间两联对仗。

《登高》这首诗结构严谨，前四句写景，后四句抒情；既描写自然，又抒发自身情感，且转换自然，毫不突兀。从"不尽长江"到"万里悲秋"，这一过渡极其流畅，毫无阻滞之感。"万里悲秋"承接"不尽长江"，看似理所当然，实则暗含深意。诗人以"万里悲秋"为引子，引出自己"长作客"的处境，将自己的心情巧妙地展现出来。他将自己置于"不尽长江""万里悲秋""百年多病"这般宏大的背景之中，使得自身的感慨显得格外悲凉。这样的写法，今天写记叙文时也可以效仿。

我们先前已提及，李白以创作乐府诗见长，且擅长模拟《文选》。尽管李白的诗作那般奔放热情，杜甫的诗作如此沉郁顿挫，但实际上，李白是前代文学的集大成者，相对守旧；杜甫反而是新文学的开创者。李白的出现，标志着魏晋南北朝文学传统的终结；而杜甫的出现，则预示着新的文学力量的开端。故而，后世诗人较少学习李白，却经常将杜甫奉为祖师。

中唐诗（上）

　　杜甫去世于唐代宗大历五年，即公元 770 年。在杜甫之后，一些比他小十几岁的诗人逐渐成长起来。这些诗人年轻时遭遇安史之乱，历经磨砺，终于熬出头来。在他们的作品趋于成熟时，恰逢安史之乱结束，进入了唐代宗大历年间。

　　安史之乱这八年的战乱，给年轻一代的心态带来了极大的影响。盛唐对他们而言，已然成为一个遥不可及的传说。李白那非凡的自信与磅礴的气势，在他们身上难觅踪迹；杜甫那反映战乱和社会现实的深沉情怀，他们也无法企及。总之，他们生活得疲惫不堪。

　　年轻一代多感孤独落寞，于是转而追求内心的宁静与淡泊。对于"济苍生，安社稷"之事，他们只觉"别来烦我"；对于"以天下为己任"之念，他们也表示"我也不管"。正因如此，大历年间的文学风气尽显冷淡闲散，看什么都是淡淡的、平常的，而诗人们只想安安稳稳地过日子。

在年轻一代的诗人中，你应该熟悉韦应物和刘长卿。他们的诗作都被选入了小学课本。比如，韦应物的《滁州西涧》：

独怜幽草涧边生，上有黄鹂深树鸣。
春潮带雨晚来急，野渡无人舟自横。

这首诗中的景物描写极其简洁，展现了诗人清闲的隐居生活。与孟浩然有所不同的是，孟浩然的诗句"开轩面场圃，把酒话桑麻"，还有很浓的人情味；而韦应物的诗句虽营造了一个清幽宜人的环境，却不见人影，特别是在提到"野渡无人"时，更添冷落与寂寥之感。

又如，刘长卿的《逢雪宿芙蓉山主人》：

日暮苍山远，天寒白屋贫。柴门闻犬吠，风雪夜归人。

远处是山峦，傍晚的太阳洒落余晖。天气寒冷彻骨，家里贫困潦倒，大门是破烂的柴门，此时外面还刮着大风雪。那些用来评价大历诗人的词汇，几乎都适用于这幅画面，如衰飒、索寞、冷漠、寂寥、孤苦、凄楚、惆怅、萧索、暗淡等。

在大历诗人群体中，除了韦应物和刘长卿，还有十位才华横溢的诗人，合称"大历十才子"。这十位诗人分别是李端、卢纶、吉中孚、韩翃、钱起、司空曙、苗发、崔洞（一作"峒"）、耿湋和夏侯审。

当然，还有别的说法。比如，有人认为刘长卿和李益也应纳入其中。这里所称的"大历十才子"，是一个流传较广的说法。这十人之所以被称为"大历十才子"，是因为他们经常在一起唱和，才华横溢，于是有了"十才子"之美誉。这些才子的诗作风格与刘长卿差不多，写的大多是秋风、秋水、落叶、落日、寒林、寒雁等意象，总是离不开孤苦衰败的心情。

像秋风、落日、寒林等意象，在一首诗里出现，或许并无不妥，但倘若每首诗都使用这些意象，那就有问题了。这样会造成重复之感。比如，刘长卿的《移使鄂州次岘阳馆怀旧居》：

万里通秋雁，千峰共夕阳。

你可能认为写得挺好，但再看看以下诗句：

寒渚一孤雁，夕阳千万山。

夕阳孤艇去，秋水两溪分。

山含秋色近，鸟度夕阳迟。

门临秋水掩，帆带夕阳飞。

汉口夕阳斜渡鸟，洞庭秋水远连天。

巴路千山秋水在，江花独树夕阳微。

秋水、夕阳等意象反复出现，都成套路了，显得有些无趣。这是大历诗人不如李白和杜甫的地方。

我们在写作文时也要注意这一点，很多固化的词汇并非不能使用，但一定要适度。就像我小时候描写老师时，常常喜欢说"老师像蜡烛，燃烧了自己，照亮了别人"。这句话本来没什么问题，但如果人人都用，用的次数多了，再好的句子也变得俗套了。

杜甫于大历年间去世，彼时正值"大历十才子"的辉煌时代。同时，又有一股新生力量在悄然崛起。

公元768年，韩愈出生。

公元772年，刘禹锡、白居易、李绅出生。

公元773年，柳宗元出生。

公元779年，贾岛出生。

大历年间往前约80年，一大批盛唐诗人纷纷出生，诸如王之涣、孟浩然、王昌龄、李白和高适等。他们年纪差不多，可算作同一辈人。韩愈、刘禹锡、白居易和柳宗元等诗人的年纪也大致相当，也可算作同一辈人。这意味着，大历年间往后约40年，即唐宪宗元和年间，随着这一代诗人的成长，唐代文学又将迎来一个新的高峰。这个高峰丝毫不亚于盛唐时期，甚至可能更为丰富多彩。我们或许可以断言，引领整个唐代文学潮流的，正是这两辈人。可见，天才往往是成批出现的。其他时期并非没有天才，而是天才多由时代造就。

为何这个时代再度造就了一批大文豪呢？这是因为唐王朝历经几十年

的休养生息，逐渐恢复了元气。安史之乱所造成的破坏，也渐渐得以修复。韩愈、刘禹锡、白居易和柳宗元这批诗人，在安史之乱结束后才出生。待他们成年之际，恰好赶上唐王朝的中兴。与大历诗人相比，他们拥有蓬勃的朝气与创新精神，毕竟他们的心灵尚未历经风霜。这便是他们比大历诗人幸运之处。

在这批诗人中，非常值得一提的当数韩愈。韩愈极其喜欢结交朋友，他的身边聚集了众多文人雅士。比如，写下《游子吟》的孟郊，写下《寻隐者不遇》的贾岛，写下《马诗》的李贺，擅长乐府诗的张籍，以及诗风古怪的卢仝和刘叉。其中，孟郊的资格最老，韩愈的影响力最大。因此，这一文人集团被称为"韩孟诗派"。

对文学的发展而言，韩孟诗派的出现是一件极其重要的事情。在此之前，文人之间虽也互相唱和（如李白和杜甫曾一同交游，王维和孟浩然也时常往来），但都未曾像韩孟诗派这般紧密抱团，更没有形成如他们那样明确的理论主张。

韩孟诗派在诗歌创作上有何独特理论呢？韩愈主张"不平则鸣"，意在揭示文学创作的深层动因：人可能会历经坎坷与不公，或者遭受流离失所之苦。这些磨难往往能促使人写出好诗。经历磨难后，情绪得以宣泄，作品也会更加真实感人。

韩孟诗派还主张"笔补造化"。"造化"即大自然。"笔补造化"的意思是，大自然固然无比伟大，但文学作品在描绘大自然的时候，应当比大自然更伟大，能弥补大自然的不足。诗人描绘大自然时，不应仅局限于外界的表象，照葫芦画瓢肯定是不行的。诗人必须有自己的选择和创新，写出超越自然的景象。在诗里，诗人应当成为大自然的主宰。你看，这是多么宏大的气魄。如此气魄，实为前代诗人所罕见。

韩孟诗派的成员们性格各异，经历也各不相同，但都追求新奇，致力于写下前人未曾写的话语，抒发前人未曾抒发的感情，描绘前人未曾描绘的意境。这就是韩孟诗派的共同特点。

盛唐时期的诗人，如李白、王维等，深受魏晋南北朝文风的影响。就拿李白来说，他的《行路难》明显模仿了鲍照的《拟行路难》。甚至可以说，整个盛唐时期的文学，实际上是前几百年文学的总结与集大成。进入中唐时期，韩孟诗派更是自立门户，意欲开创全新的文学局面。这种气魄是盛唐诗人所少见的。尽管唐王朝开始走下坡路，但文学领域又迎来了一片新的天地。

比如韩愈，他这个人性格刚硬，其诗作的特点是气势宏大、瑰丽奇崛。就像他笔下的瀑布：

> 是时新晴天井溢，谁把长剑倚太行。
> 冲风吹破落天外，飞雨白日洒洛阳。

李白笔下的瀑布确实写得极好，但那句"疑是银河落九天"，再怎么有气势，也无非是将瀑布比作银河。而韩愈写瀑布时，却将其比作一把长剑。这个比喻可谓前无古人。长剑这一意象，容易让人联想到英雄，忆起披荆斩棘、勇往直前的豪迈气概，而这恰恰是韩愈的心声。

而且，这瀑布位于盘谷，即在太行山深处。洛阳距离盘谷有数百里地，但这瀑布的水花竟能飞溅到洛阳。这想象是多么奇特，气势又是多么宏伟。这句诗无非就是在表明，这瀑布的水花，能够飞溅到数百里之外；而我韩愈的影响力，也定要遍布天下。

韩孟诗派里的"孟"就是孟郊。孟郊与韩愈有所不同。他比韩愈年长，却运气欠佳，直到 40 多岁才考中进士，一生未能显达。他也热衷于在诗作中运用一些新奇意象，如描写一个秋夜的情景：

> 冷露滴梦破，峭风梳骨寒。

他做了一个梦，这个梦却被秋天的寒露惊醒了。一阵风吹来，他用"峭"字来形容这风——它尖利、强硬且寒冷，宛如梳子一般，把骨头都梳得发冷。故而，这两句诗着实令人心头一震。关键在于他所用的"滴"和"梳"这两个动词，极为精妙，让人瞬间感到寒意袭来，身上甚至隐隐作痛。

此外，韩孟诗派中还包括"诗鬼"李贺。李贺的人生经历极为坎坷，身体状况也不佳，27 岁便英年早逝。或许正因如此，他在诗作中偏爱运用奇异的想象和冷艳的画面。例如，在描述音乐家李凭弹奏箜篌的场景时，他是这样创作的：

> 吴丝蜀桐张高秋，空山凝云颓不流。
> 江娥啼竹素女愁，李凭中国弹箜篌。
> 昆山玉碎凤凰叫，芙蓉泣露香兰笑。
> 十二门前融冷光，二十三丝动紫皇。
> 女娲炼石补天处，石破天惊逗秋雨。

> 梦入神山教神姬，老鱼跳波瘦蛟舞。
>
> 吴质不眠倚桂树，露脚斜飞湿寒兔。

在《李凭箜篌引》这首诗中，李贺将箜篌的乐音比作玉碎之声，响声叮叮当当；又比作芙蓉泣露之声，仿佛是在低声哭泣的艳丽芙蓉。听到箜篌的声音，海里的鱼和蛟都跃动起舞，本应是欢快的场景，可偏偏是"老"鱼、"瘦"蛟。可见，李贺的诗作不像大历诗人那般，通过堆砌秋风、夕阳等意象来表达愁苦，而是冷艳而凄美，即凄冷中透着艳丽。这正是他独树一帜的艺术风格。

李贺的想象极其奇特，甚至有些荒诞。比如，他对马的描写：

> 向前敲瘦骨，犹自带铜声。

马是瘦的，但敲击其骨时，能发出铜器般坚韧的声响。这大概是诗人以马自喻，虽瘦弱穷苦，却傲岸不屈。又比如，"羲和敲日玻璃声"，羲和即太阳神，当她敲击太阳时，竟有如玻璃般清脆的响声。这些宛如奇幻世界的画面，如今都能用来制作特效动画。

这涉及文学作品的评价标准，即作品应体现的生命意识及作者的生命力。不能说一首诗只喊口号、堆砌气势磅礴的词汇，生命力就强；也不能认为一首诗满是忧伤，生命力就弱。实际上，生命力在于作者在作品中的表达欲望。不要因李贺既病又弱就小瞧他，这只是身体层面的状况，而他的生命意识极为强烈。

我们可以清晰地看到，文学并非一成不变，而是在始终不停地发展。并且，文学与时代背景也息息相关。在此，我要阐述一个观点——孟子提出的"知人论世"。若要了解一个历史人物，就不能片面地展开研究，而应关注与其相关的时代背景，这样才能做出准确评价。

第二十一讲

中唐诗（下）

中唐时期也是一个人才辈出的时代。继韩孟诗派之后，白居易与元稹崭露头角，形成"元白诗派"。

我们在谈到中唐时期的著名诗人时，常常会提及韩愈、孟郊、元稹和白居易。诚如清代学者赵翼所言，韩愈、孟郊的诗作"尚奇警，务言人所不敢言"，元稹、白居易的诗作则"尚坦易，务言人所共欲言"。

在中唐时期，诗人们的创作道路分化为两大流派。一方面，韩愈、孟郊、李贺等力求翻新出奇，敢于尝试前所未有的题材，不惧险怪生僻的内容；另一方面，白居易、元稹则倡导通俗易懂，偏爱描绘日常生活中的景象。事实上，这两大流派都颇具开创性，只是创新的方向有所不同。

我们经常提及，古代有一种采风制度：朝廷设有主管音乐的机构，负责收集各地的民歌。周天子通过这些民歌来观察各地的风俗人情。在汉代，由这一机构整理的诗歌被称为乐府诗。乐府诗不仅可以吟唱，而且能够反映社会现实。白居易尤其重视这一点。

你想必还记得，韩愈曾提出"不平则鸣，笔补造化"，而白居易则提出"文章合为时而著，歌诗合为事而作"。二者都凸显了诗歌创作的重要意义。在他们看来，写诗的目的在于反映社会现实问题，让高高在上的皇帝知晓当下政治的不足之处，进而采取相应措施予以纠正，推动社会风气的良性发展。

白居易与韩愈的观点截然不同。"不平则鸣"强调写诗是个人情感的抒发，是纯粹的个人行为；而"歌诗合为事而作"则强调诗歌的社会政教功能，将诗视为一种工具。的确，许多社会问题若无文学作品的记录，关注者可能会少很多。时至今日，文学的这一功能依然发挥着作用。

比如，在当时的京城长安，出现了一种奇特现象——"宫市"。唐德宗贞元末年，宫中经常派遣宦官前往民间市场，强行采购商品，并故意压低价格。当商家不同意时，宦官们便声称："我们是'宫市'，也就是代表皇上采购，你敢向我们要钱吗？"随后，他们便直接取走商品，这实际上等于公然掠夺。

当时宫里还设有一种名为五坊的特殊衙门，主要为皇上饲养猎鹰和猎犬。按照所养动物的种类，细致地划分为雕、鹘、鹞、鹰、狗五坊。五坊中的人也仗势欺人，于是百姓们气愤地称其为"五坊小儿"。某天，五坊小儿去酒肆吃饭喝酒，酒足饭饱之后却分文不付。店家向他们索要饭钱时，五坊小儿竟掏出一口袋蛇来，恶狠狠地说道："先将这些蛇抵押在这儿，你可得听好了，这些都是专门给皇上抓鸟用的。要是有一条死了，你便罪责难逃，定不轻饶！"那谁敢收下啊？店家吓得赶忙求饶，哀求他们将蛇拿走，饭钱也不敢要了。

五坊小儿想敲诈谁，就把抓鸟的网挂在人家门口。待屋里人出来取下网后，他们就大喊："你把皇上的鸟吓跑了！"接着上前打人。这些人都是地痞无赖，长安的老百姓恨透了他们，却没人敢管。

针对这类社会丑恶现象，白居易写下一首题为《卖炭翁》的诗。诗中描绘了一位可怜的卖炭翁，在那寒冬腊月、大雪纷飞的时节，他在深山里辛苦烧制了满满一车的炭。随后，老人赶着牛车，拉着炭，前往长安城中售卖。经过一路的艰难跋涉后，他刚抵达城内，却意外遭遇宫市的宦官。宦官手持一纸诏书，声称奉皇帝之命采购木炭，随即拉走了他的牛车。老人试图跟他们理论，可这两人拿了半匹红绡、一丈绫，往牛头上一挂，声称这就是炭钱。要知道，这可是满满一车的炭。区区半匹红绡和一丈绫，其价值几何？卖炭翁敢怒不敢言，只得忍气吞声走了。《卖炭翁》问世后，迅速在民间广泛传唱。等到唐德宗驾崩，宫市制度就被废止了。

白居易创作了大量这类诗歌，它们被统称为"讽喻诗"。这里的"讽"并非尖利的讽刺，而是劝告之意。所谓"讽喻"，就是诗人用含蓄委婉的语言来进行劝说，使人们领悟某些道理。这些讽喻诗源自白居易对社会问题的深切关注，以及他对社会丑恶现象的不满与批判，比如皇帝荒废政事、官员横征暴敛、贵族奢侈浪费等。从皇帝到地方官，白居易的批判无所不涉。他的胆识远胜常人，就连杜甫也未曾这般广泛地展开批判。因此，白居易对当时的文坛产生了极大影响。

白居易的诗以通俗易懂著称。他有两首长诗代表作，即《长恨歌》和《琵琶行》。《长恨歌》讲述的是唐玄宗与杨贵妃的爱情故事。据白居易自述，他创作此诗的初衷是劝诫皇帝莫要贪恋女色，没想到却成就一段曲折深沉的爱情传奇。比如，杨贵妃死后，唐玄宗对她的思念可谓刻骨铭心：

蜀江水碧蜀山青，圣主朝朝暮暮情。
行宫见月伤心色，夜雨闻铃肠断声。

当唐玄宗回到马嵬坡时，他的脚步似有千钧重：

天旋地转回龙驭，到此踌躇不能去。
马嵬坡下泥土中，不见玉颜空死处。

当唐玄宗回到长安时，悲伤如汹涌的潮水般向他袭来：

君臣相顾尽沾衣，东望都门信马归。
归来池苑皆依旧，太液芙蓉未央柳。
芙蓉如面柳如眉，对此如何不泪垂？
春风桃李花开日，秋雨梧桐叶落时。

周围的一切景色，都化作对杨贵妃的思念。后来，元朝有一位名为白朴的戏曲作家，创作了戏剧《梧桐雨》。“梧桐雨”这个题目，正是来源于“秋雨梧桐叶落时”。

最后，唐玄宗因思念杨贵妃成疾，派道士寻觅她的芳魂，终于在蓬莱仙山找到了。她依旧风姿绰约，容颜如初：

玉容寂寞泪阑干，梨花一枝春带雨。

杨贵妃回想起往昔与唐玄宗的甜蜜往事，于是托道士将定情信物——钿盒与金钗带回去。白居易在结尾处写道：

天长地久有时尽，此恨绵绵无绝期。

这首描述爱情悲剧的诗篇，触动了无数人的心弦。或许连白居易本人都忘记了劝诫君王远离女色的初衷。

再来说说《琵琶行》。在创作这首诗时，白居易已被贬官至江州，政治生涯的失意笼罩着他。一天夜里，白居易在江边为客人送行，偶遇一位琵琶女，并邀请她弹奏一曲。这位琵琶女曾在长安红极一时，如今年老色衰，只能委身给一个商人。白居易觉得自己与琵琶女命运相似，挥笔写下这首《琵琶行》。

这首诗的一大成功之处，在于其对琵琶乐曲的描写。比如，琵琶的声音是：

大弦嘈嘈如急雨，小弦切切如私语。
嘈嘈切切错杂弹，大珠小珠落玉盘。

"嘈嘈切切"及"珠落玉盘"，生动地展现了琵琶的音色之美。

银瓶乍破水浆迸，铁骑突出刀枪鸣。

当琵琶演奏至高潮时，其声音宛如银瓶突然炸裂，里面的水浆一下子迸射而出；又似有千军万马在战场上刀枪碰撞，激烈厮杀。这是何等的紧张，何等的惊天动地，却戛然而止：

> 曲终收拨当心画，四弦一声如裂帛。
> 东船西舫悄无言，唯见江心秋月白。

琵琶声停了，但听众依然沉浸其中。此时唯见江心之中月影荡漾，周围归于一片寂静。

音乐向来是很难描写的。毕竟古代没有录音机之类的设备，无法留存声音，只能靠文字构建的意象来模拟音乐之美。白居易精心挑选的"嘈嘈切切""珠落玉盘""银瓶乍破""刀枪鸣"等词汇，构成了古诗中描绘音乐的一座难以逾越的高峰。

白居易最成功且传颂千古的作品，其实并非讽喻诗。虽说他的讽喻诗关注了诸多社会问题，但有些作品是为了讽喻而讽喻，缺乏真情实感。《长恨歌》和《琵琶行》则在当时就脍炙人口，深受大众喜爱，甚至流传到遥远地区。那时有这样两句诗："童子解吟长恨曲，胡儿能唱琵琶篇。"连远方的人们都能吟唱《琵琶行》，足证白居易的知名度之高。

与白居易风格相近的诗人，还有元稹、张籍和王建。元稹的《连昌宫词》与《长恨歌》在主题上颇为相似，叙述了连昌宫在唐代的兴衰历程，反映了从唐玄宗时代到唐宪宗时代近一个世纪的王朝变迁。

不过，元稹为人所熟知的当数他的悼亡诗。元稹的发妻是韦丛，两人伉俪情深，可惜她年纪轻轻就因病去世了。元稹伤心欲绝，挥笔写下五首真挚感人的《离思》，其中"曾经沧海难为水，除却巫山不是云"成为表达爱情的千古名句。

张籍与王建都以创作乐府诗见长，善于运用这形式来关注社会问题。两位诗人的作品并称为"张王乐府"。

在中唐时期的诗坛中，韩愈和孟郊代表了一派，而元稹和白居易则代表了另一派。这两派诗人声势浩大，影响深远。除了他们，还有一些诗人同样拥有独特的个人风格，例如刘禹锡和柳宗元。刘禹锡的诗风独树一帜，他主张写诗既要立意高远，又要对所写内容有深刻的感悟。

以韩愈为例，他在描写瀑布时，并非专注于瀑布本身，而是着力于表现其气势，运用生动新颖的比喻。而白居易在创作《卖炭翁》时，也无须深入了解卖炭翁所遭受的不公，而是将所见所感如实地记录下来。当然，白居易的笔触细腻，能够做到详略得当，节奏分明。

但刘禹锡并非如此，他甚少创作篇幅特别长的诗歌，其作品多为律诗和绝句。在诗歌创作中，这种短诗颇具挑战性，需要在短短几十个字的篇幅内，清晰地表达对某一问题的深入思考。比如，他那首相当有名的《乌衣巷》：

朱雀桥边野草花，乌衣巷口夕阳斜。
旧时王谢堂前燕，飞入寻常百姓家。

乌衣巷是南京一条颇负盛名的街巷，曾是晋代王、谢两大家族的宅邸。但随着朝代更迭，数百年后，这些权势滔天的世家大族已不复存在。这无疑折射出历史的沧桑与变迁。

但是，该如何传达这种历史的沧桑感呢？倘若只是简单地说"旧时王谢权贵府，今日都成百姓家"，虽能表意，却显得有些平淡无奇。刘禹锡通过细致的观察与思考，选取了一种贯通古今的意象——燕子。无论世事如何变化，燕子是不变的，它们始终凭借本能的指引，穿梭于天地之间。无论是权贵的宅邸，还是百姓的居所，燕子都一视同仁地筑巢栖息。在权贵和百姓之间，燕子扮演了一个生动形象的桥梁角色。这首诗虽简短，却是刘禹锡深思熟虑后的成果。

又比如，刘禹锡被贬官后，好友白居易对他深表同情，感慨道："你看其他人都升迁了，只有你如此不幸，被贬到边远之地。"对此，刘禹锡写下这样的诗句："沉舟侧畔千帆过，病树前头万木春。"显然，沉舟和病树都是他对自身的比喻。在沉舟的旁边，千帆依然竞相驶过；在病树的前方，万木仍旧踊跃争春。这其实是刘禹锡在劝慰白居易，不必为他的不幸感到忧伤。至此，贬官失意这一话题被赋予了新的意义。

刘禹锡对秋天的描绘别具一格。他这样写道：

自古逢秋悲寂寥，我言秋日胜春朝。
晴空一鹤排云上，便引诗情到碧霄。

我们之前提及，大历诗人偏爱描绘秋天，秋风、秋叶、秋水等已然成为他们表达萧索落寞之情的惯用意象。但刘禹锡认为秋天胜于春天——当秋高气爽之时，目睹一只白鹤振翅高飞，向着那高远的天际直冲而去，仿佛连写诗的灵感也随之飞扬。在他的笔下，秋天也被赋予了新的意义。在语言创新层面，刘禹锡与韩愈、孟郊、元稹和白居易也不太一样。韩、孟二人追求语言的新颖与独特，元、白二人致力于使语言通俗易懂，而刘禹锡则在立意上寻求创新。

柳宗元是刘禹锡的好友之一。柳宗元存世的诗作并不算多，仅有100多首，但都是当之无愧的精品。苏轼曾评价柳宗元的诗"外枯而中膏，似淡而实美"，其中"膏"有滋润之意。也就是说，这些诗作的外表看似枯淡，内里却极为充实美妙。以《江雪》为例：

千山鸟飞绝，万径人踪灭。孤舟蓑笠翁，独钓寒江雪。

这首诗里既没有艳丽的色彩，也无千奇百怪的事物。在漫天的大雪之中，鸟的踪影全无，道路也隐匿不见。但它并非只剩令人绝望的孤独寂寞。苍茫之中，一位钓鱼的老者静静而坐，成为这肃杀天地间唯一的鲜活存在，使整幅画面瞬间灵动起来，有了一些生命力。这位老者也许衰老、孤独，却一直伫立在天地之间。这就是柳宗元诗枯淡背后的充实感。

通过观察中唐诗的演变，我们可以汲取许多宝贵的经验，并将其应用于写作实践中。一方面，要善于吸收和运用丰富多彩的语言；另一方面，也应具备多角度思考的能力。

在中唐时期，文人所用的语言极为丰富，创作风格也多样化，为后世留下了一个取之不尽的文学宝库。其中，韩愈的诗作宛如一把锋利的长剑，气势雄浑；而孟郊的诗作则如同刺骨的峭风，冷冽孤寂。我有一个小诀窍，就是将这些诗句翻译成现代白话文，有助于丰富语言表达。

假如你想表达自己低落的心情，只须将孟郊的"冷露滴梦破，峭风梳骨寒"转化为"凛冽的风如同尖锐的梳子，一下一下地刮过我的骨头，我感觉自己浑身都在止不住地颤抖，发出咔嚓的声响"。又比如，假如你想形容一个刚毅正直的人，只须将李贺的"向前敲瘦骨，犹自带铜声"转化为"他这个人极其刚毅正直，敲击他的骨头，似乎都能听到铜器般坚韧的回响"。

元白一派的讽喻诗多关注社会问题，其歌行体的突出特点是节奏清晰明快；刘禹锡则擅长从常见的话题中发掘新意。这些都是我们在写作时应当关注的角度。难道写作文就不需要考虑节奏感，展现新意吗？当你讲述一个故事时，怎样才能吸引读者的注意？这时，你可以参考《长恨歌》，学习白居易的巧妙构思。面对一个看似普通的题目，你是否具备创新意识？这些都是我们应当深思和学习的要点。

第二十二讲

晚唐文学

　　唐代在文学史上可划分为四个阶段：初唐、盛唐、中唐和晚唐。中唐即唐代宗大历至唐文宗大和年间。而从唐文宗开成元年至唐朝灭亡，即公元836—907年，这70多年是唐王朝的晚期，通常被称为晚唐。

　　在晚唐时期，社会各方面的问题已经非常严峻，如日益增强的藩镇势力。"藩"字的原义是保卫宅院的篱笆。从字面上理解，"藩镇"有保卫、镇抚之意。唐初，朝廷在一些重要的州设置都督府，随后设立节度使这一官职，赋予其保卫朝廷、镇抚当地的重任，通称"藩镇"。然而，随着时间的推移，藩镇的权力不断膨胀，逐渐演变成类似"土皇帝"的地方割据势力。例如，发动安史之乱的安禄山和史思明，都是藩镇节度使。尽管安史之乱最终被平定，但各地的藩镇节度使仍然手握兵权，拥有足以与朝廷相抗衡的实力，这种现象被称为"藩镇割据"。

"藩镇割据"是唐王朝的心腹大患。安史之乱几乎覆灭了唐朝的统治。此后，朝廷虽尝试削弱藩镇的权力并进行讨伐，但终究无法根除这一问题。唐末，农民起义频发，各藩镇节度使以镇压起义为借口，纷纷扩大势力，甚至割据一方，最终加速了唐王朝的灭亡。可以说，唐朝亡于藩镇。

藩镇割据，宦官专权、赋税沉重等问题，除了使得百姓日渐贫苦，也让读书人晋升的通道越发狭窄。众多有识之士已经看到唐王朝的气数已尽，但他们又无力改变现状。于是，在晚唐时期，处处弥漫着一种压抑悲凉的气氛。在这一时代背景下，值得关注的是四种诗：爱情、怀古、苦吟、独处。值得留意的八个诗人是：姚贾、李杜、温韩、皮陆。

其中有一位名为贾岛的诗人，一生经历了中唐至晚唐时期。贾岛成名较晚，被归类为晚唐诗人。贾岛常与孟郊并称为"郊岛"，他与孟郊一样清贫度日，甚至一度出家为僧。他们的诗歌风格都倾向于愁苦，如贾岛的《题李凝幽居》：

闲居少邻并，草径入荒园。鸟宿池边树，僧敲月下门。
过桥分野色，移石动云根。暂去还来此，幽期不负言。

荒园、鸟儿、僧侣、月光，这些意象共同勾勒出一幅幽冷清寂的画面。孟郊在创作诗歌时专注于苦吟。所谓苦吟，即作诗时苦苦思索，对每一个字词都要反复斟酌。相传，贾岛在长安街上吟诵诗句时，构思出了"鸟宿池边树，僧敲月下门"的佳句。但面对"僧推月下门"与"僧敲月下门"的选择，他一时难以决断。他边走边想，竟然不小心冲撞了韩愈的仪仗队，被卫士们当场擒获并押送至韩愈面前，等候发落。韩愈爱才，很赏识贾岛的才华，与他共同探讨究竟应选择"推"还是"敲"。

还有一回，他在街上苦吟"秋风吹渭水，落叶满长安"时，又冲撞了京兆尹刘栖楚的仪仗队。但此举是他故意为之，还是无心之失，实难定论。

关于孟郊和贾岛，有一个说法叫作"郊寒岛瘦"。什么是寒？就是画面孤寂寒冷。什么是瘦？就是意境清苦枯寂。

与贾岛齐名的诗人还有姚合，两人合称"姚贾"，皆为苦吟诗人。贾岛和姚合都存在一个问题，即生活视野较为狭窄，诗作内容多局限于琴、棋、茶、酒、僧侣、竹子等意象。在创作过程中，他们往往先构思出两句佳句，随后逐渐补充完整。比如，贾岛关于"推敲"的诗句，可能是事先想出"鸟宿池边树，僧敲月下门"，余下六句则依次搭配而成。这种创作手法并非孤例，晚唐诗人普遍使用，就连此前的杜甫，有时也采取这种技巧。

贾岛和姚合都性格孤僻，一生坎坷失意，未曾担任高官。他们把全部精力都倾注到雕琢字词上，由此形成颇具特色的"苦吟诗"。同时，另有一些性格开朗、胸怀壮志的诗人。若是他们身处盛唐，或许能成为如李白、高适般的人物。可惜，他们生于晚唐，这个衰落的时代难以容纳其才华。于是，他们创作怀古咏史诗，即怀念古代、追忆历史。在那样糟糕的社会环境中，追忆往昔成为一种精神层面的慰藉。其中，擅长写怀古咏史诗的当数杜牧。

杜牧的出身极为不凡，其祖父杜佑是中唐时期的名臣，而杜佑曾撰写史学巨著《通典》。成长在这样的家庭环境中，杜牧从小就眼界颇高、志向远大，并对政治、军事等兴趣浓厚。只可惜，他未能赶上大唐盛世，其一身才华毫无用武之地，只能将满腔的抱负和感慨倾注于怀古咏史诗中。

比如：

六朝文物草连空，天淡云闲今古同。

鸟去鸟来山色里，人歌人哭水声中。

深秋帘幕千家雨，落日楼台一笛风。

惆怅无因见范蠡，参差烟树五湖东。

简单来说，六朝即东吴、东晋以及南朝的宋、齐、梁、陈，这六个朝代都建都于南京。这些朝代昔日的文物已不复存在，如今只剩蔓延的荒草。王朝的衰亡不可抗拒，现实的衰败也难以挽回，曾经多少繁华，都随着历史的长河，消散在春色与水声之中。一代代人消逝在永恒的时间里，留下的唯有那天淡云闲、草色连空之景。

杜牧的另一首《泊秦淮》，写道：

烟笼寒水月笼沙，夜泊秦淮近酒家。

商女不知亡国恨，隔江犹唱后庭花。

秦淮河是流经南京的一条重要河流。六朝中的最后一个朝代是陈朝，后来被隋朝灭掉了。陈朝的亡国之君是陈后主，他整天沉湎酒色，与一众美女纸醉金迷、吟诗作乐。他所写的《玉树后庭花》，虽然辞藻极为华美，堪称传世之作，但陈后主因荒淫昏庸而导致国家走向灭亡，使得这首诗沦为亡国之音。

杜牧的意思是，今夜，我将船停靠在秦淮河畔，正好靠近一家酒馆。

突然间，远处传来歌女的歌声，她们唱的正是《玉树后庭花》。可叹啊，这些歌女不知道这首曲子是亡国之音，仍然兴致勃勃地唱着。

杜牧并非在指责歌女，而是表达了对亡国之音的感慨。这原本是一首承载着沉重历史的歌曲，歌女们却对它的深意一无所知，仅因曲调悦耳便随意歌唱，而众人也听得津津有味。历史上曾有无数次的兴衰更替，你以为都很沉重吗？其实根本无人在意，转瞬就成了过眼烟云。

当然，杜牧此诗另有深意。彼时唐王朝渐趋衰败，皇帝昏庸，大臣无能，恰如当年陈后主的处境。但这些人还不醒悟，仍在寻欢作乐。

又比如，杜牧还有一首《赤壁》：

折戟沉沙铁未销，自将磨洗认前朝。
东风不与周郎便，铜雀春深锁二乔。

这首诗的意思是，假如周瑜在赤壁之战时未能得遇东风，那么东吴可能面临灭亡的命运，而东吴的两位绝世佳人——大乔和小乔，恐怕就被曹操掳走并囚禁于铜雀台。杜牧似乎暗示，周瑜之所以能战胜曹操，并非全然归功于自身卓越的军事才能，而是因为仰仗了东风这一偶然因素。言外之意就是，杜牧自身也并非没有才能与本领，只是缺少好运罢了。

与杜牧齐名的还有李商隐，两人也合称"李杜"。请注意，唐朝有三对"李杜"组合：李白和杜甫，合称"大李杜"；李商隐和杜牧，合称"小李杜"；而在初唐诗人中，杜甫的爷爷杜审言与李峤既是"文章四友"，也合称"李杜"。

相较于杜牧，李商隐的诗作在艺术造诣、情感深度与内涵的丰富性等方面的表现更为突出。如果从晚唐诗人中选出一位代表性人物，李商隐是不二之选。

李商隐是晚唐诗人。彼时，初唐四杰、李杜、韩孟元白等诗坛前辈几乎已将各种题材尽书笔下，后世诗人该怎么办呢？李商隐独辟蹊径，重视描写人物的心灵感受。

李白、杜甫等的诗作所传达的内容往往清晰明了，如《早发白帝城》直白地描绘了早晨从白帝城出发时的所见所感，《春夜喜雨》也是围绕一场春雨展开。白居易更是如此，他笔下的《卖炭翁》，明明白白地展现了一位卖炭老人的悲惨境遇。但李商隐暗自思索：如果他写得不那么直白清晰，让诗歌呈现出一种朦胧美感，是否更为可取？于是，李商隐走上了一条独特的创作道路，将许多诗都写得很朦胧，令读者很难确切地把握其中的具体内容。有人说，李商隐一生中曾经历刻骨铭心的爱情，因此不少诗作是对逝去爱情的追忆。也有人说，李商隐一生在政治上不甚如意，于是借诗抒发仕途中的种种苦闷。这些言论虽有一定道理，但也未必客观真实，比如这首《锦瑟》：

> 锦瑟无端五十弦，一弦一柱思华年。
> 庄生晓梦迷胡蝶，望帝春心托杜鹃。
> 沧海月明珠有泪，蓝田日暖玉生烟。
> 此情可待成追忆，只是当时已惘然。

锦瑟即装饰华美的弦乐器，这种乐器有五十根弦。每当弹奏锦瑟时，好像每一根弦、每一根弦柱，都在追忆那些似水年华。其中，庄生和望帝各有典故。庄生就是庄子，即著名哲学家庄周。他有一次做梦，梦见自己变成了一只蝴蝶。醒来之后，他心生疑惑：到底是蝴蝶变成了庄周，还是庄周变成了蝴蝶呢？望帝则是传说中的蜀国国王，他在去世后化作一只杜鹃鸟，其鸣叫之声格外凄切哀婉。

这两个故事都很美丽，但李商隐到底在讲什么呢？他没有明说，我们也不能妄加揣测。我们往往有一种先入为主的思维误区，即认为一首诗必须描述某件具体事情，抒发某种明确情感，但其实未必如此。

在读李商隐的这首诗时，你会感受到其中蕴含着诸多复杂的情感，并非只有喜悦，而是既有怅惘、感伤和寂寞，又有向往和追忆。这些情感并不清晰明确，而是一种朦胧的意境。

要知道，诗歌内容越明确，其涵盖的范围反而越窄。以白居易的讽喻诗为例，其详细叙述了宦官的累累恶行。若你亲历其境，定会产生共鸣。若你未曾遭遇此类事件，可能会不以为意——这是对社会黑暗面的抨击，写得很好，但除此之外呢？

然而，《锦瑟》一诗虽难以理解，但只要你拥有类似的情感，就容易联想到此诗。例如，你曾有一位自小学时便相伴相知的好朋友，后来你转学到另一座城市，两人并未留下联系方式。20年过去了，你再也没有见过他。当你想念这位朋友时，可能会想起《锦瑟》这首诗。那一根根弦、一根根弦柱间弹奏出的旋律，仿佛在为你们那逝去的年华低吟浅叹。尽管诗歌内容模糊而朦胧，但其引起共鸣的范围扩大了。

李商隐的一些朦胧诗，则明显写的是爱情，如"身无彩凤双飞翼，心有灵犀一点通"。两人的身上虽没有彩凤的双翼，不能比翼齐飞，彼此的心意却像灵犀一样可以互通。灵犀是一种神奇的犀牛角。传说这种犀角中有白纹如线，直通两头，感应灵敏。因用以比喻两心相通。

李商隐的爱情诗之所以广受赞誉，与他丰富而复杂的情感经历有很大关系。晚唐时期，除了李商隐，温庭筠也是以爱情诗著称的著名诗人，二人常被并称为"温李"。韩偓同样是晚唐擅长写爱情诗的大家，他的诗集名为《香奁集》，香奁就是女子盛放香粉、镜子等梳妆用品的匣子。除了爱情诗，温庭筠的其他诗作也非常出色，比如他在描述商山旅途的经历时，对清晨景象的勾勒：

鸡声茅店月，人迹板桥霜。

这两句诗完全由名词构成，未使用一个动词。一旦不使用动词，画面就显得尤为丰富。短短十个字，描绘出了六种不同的事物，将商山清晨的寒意和人们在旅途中的辛劳，都十分细腻地刻画出来。

最后，我们来谈谈"皮陆"，即皮日休和陆龟蒙。这两位诗人生活于唐王朝即将覆灭之时，如陆龟蒙大概是在公元881年辞世，而唐朝灭亡于公元907年。当时社会极度动乱，各地势力或混战不休，或割据一方。皮日休和陆龟蒙都住在苏州，此地还算相对太平。皮日休时任苏州的一个小官，陆龟蒙则在太湖边上隐居，潜心研究农具和渔具。两人素来是好友，互相写诗唱和，其诗作内容多是淡泊名利、退隐江湖，以及畅享悠闲的田园生活等，在当时声名远扬。他们可被视为江湖隐逸诗人的代表，后世也有很多效仿者。

晚唐诗歌还有一些其他主题，如李商隐的政治诗，其对当时的朝廷和社会加以批评讽刺。另外，还有一位名叫罗隐的诗人，也写了不少政治讽喻诗。鉴于篇幅有限，在此便不逐一详述了。

唐代散文

在整个唐代，除了诗歌达到了空前的繁荣，散文和小说也有显著的发展，尤其散文的成就不亚于诗歌。

在这里，需要提及两个概念：古人撰写的文章一般分为两种类型，一种叫作骈文，另一种叫作散文。骈，指的是两马并驾一车，因而骈文从头到尾都讲究对仗工整。而散文的句式长短不一，并无固定格式。比如，来看一篇非常有名的骈文《滕王阁序》：

豫章故郡，洪都新府。星分翼轸，地接衡庐。

襟三江而带五湖，控蛮荆而引瓯越。

这几句都是两两对仗，且句式整齐，辞藻华丽。为什么要这么写呢？

　　在先秦时期，类似的文章并不多见。比如，节选自《韩非子》的《守株待兔》和节选自《孟子》的《弈秋》等文章，其行文便相对质朴简洁。但后来，文人们觉得这样写文章太过平淡，写起来不尽兴，更不足以展现他们的才华。于是，他们渐渐追求华美的文风。从魏晋时期开始，文人们逐渐偏爱撰写骈文。到了初唐，骈文已经发展至高度繁荣的阶段，如王勃的《滕王阁序》，就是这一时期骈文的代表作。

　　但是，这样也慢慢出现了一个问题：骈文注重形式美，讲求对仗、典故和华丽辞藻等，却也限制了内容的表达，使文章显得空洞无物。简而言之，形式限制了内容。其实，我们撰写文章时也会遇到类似的问题。一些学生在背诵完好词好句后，不管是否合适，在写作时就生搬硬套。结果往往是，整篇文章只是看起来文笔优美，并未讲述任何实质性的内容，更不能解决任何实际问题。

　　在初唐时期，文人们已经察觉到了这一问题，开始有意识地将文章写得浅显流畅，力求做到言之有物。到了中唐时期，韩愈和柳宗元更是提出了系统的文学主张，这便是中唐古文运动。

　　请注意，这里的"古文"与如今所说的古文很不一样。在现代语境中，古文通常指文言文，包括古代文人撰写的骈文、散文等。但韩愈和柳宗元身处唐朝，他们口中的"古文"，指的是在骈文兴起之前，先秦与两汉时期常见的散文样式，如《孟子》《庄子》《史记》中的篇章。这些文章的风格质朴平实，少有华丽的修饰之语，值得后世借鉴学习。韩愈和柳宗元都是文坛领袖，他们一旦提倡古文，就掀起一股学习的浪潮，并逐渐形成一股风气，史称"古文运动"。

　　这就像服装界的流行趋势。时尚总是周期性运转的，一种时尚流行一段时间后，必然会被新的时尚所取代。比如，曾经流行奢华风格，人们穿着金光闪闪、珠光宝气的服饰。但时间一长，人们感到厌倦，于是流行简约穿搭，颜色越少越好，装饰越简单越好。再过几年，人们觉得这样穿着太过朴素，于是又在衣物上增加装饰。时尚总是一波接一波地更迭，慢慢向前发展，文章的风格也是这样。

韩愈和柳宗元虽然提倡复兴古文，但并非完全仿效《孟子》《史记》等中的篇章，而是以此宣扬自己的主张。比如我们看一段韩愈的《马说》：

> 世有伯乐，然后有千里马。千里马常有，而伯乐不常有。故虽有名马，祇辱于奴隶人之手，骈死于槽枥之间，不以千里称也。
>
> 马之千里者，一食或尽粟一石。食马者不知其能千里而食也。是马也，虽有千里之能，食不饱，力不足，才美不外见，且欲与常马等不可得，安求其能千里也？
>
> 策之不以其道，食之不能尽其材，鸣之而不能通其意，执策而临之，曰："天下无马！"呜呼！其真无马邪？其真不知马也！

这篇文章虽简短，却蕴含着深刻的哲理。你若想让千里马日行千里，必须让它吃饱，给予足够好的待遇，这样它才能发挥出真正的本领。反之，你若是饿着它，让它吃不好也睡不好，还又打又骂，即便是千里马，也无法发挥其潜能。明明千里马就在眼前，你却仍感不满，抱怨自己遇不到好马。这是因为你根本不懂马，更不懂得如何正确对待一匹好马。

韩愈并非单纯讲养马，而是借养马来讲如何对待人才的道理。人才也是不会自发地给你干活的。你若是不尊重人才，不给他良好的待遇，对他呼来喝去，把他当作小工使唤，还给少得可怜的工资；再加上他提了意见你也不听——在这种情况下，你还想让人才发挥作用、展现才能，怎么可能呢？要么他会灰心丧气，要么他的本领会慢慢荒废。如此一来，就算是人才，也跟普通人没什么区别了。

这篇仅 151 字的短文，充分展现了韩愈的卓越才华。我们都比较熟悉这篇文章，可能会轻视其价值。但假如也让你写一篇 150 字左右的文章，必须清晰而深刻地表达对人才的重视和善待，同时打造出几个令人难忘的"金句"。这是一项相当困难的任务。

如果你认真地阅读《马说》数遍，审视其中是否有可以删减的无用句子，就会发现，其中的每一句话都是不可或缺的。这篇文章就像一位散打运动员，看上去瘦瘦小小的，实则全身都是肌肉，一招一式都蕴含着惊人的爆发力。

韩愈主张"文以明道"，即撰写文章的目的是阐明道理。其中的"道"，主要是指正统的儒家思想。乍听之下，这似乎不足为奇，毕竟文章就是用来阐述某些道理的。

但你仔细想一想，并不是所有人都是这样做的。有些人写文章或许为了炫耀，似乎在说："看我掌握了多少好词好句，看我的才华多么出众。"而另一些人写文章则可能将其作为实现个人抱负的工具，如李白可能就有这样的动机。他渴望做官，却没有参加科举考试，只能到处拜访达官显贵，向他们呈上自荐信，如《上韩荆州书》就是这种自荐信的经典例子。

韩愈特别在乎语言是否精练，尤其擅长撰写"金句"。他随便写的一篇文章，往往包含众多金句。这些金句一旦广为流传，就可能慢慢演变为成语。据说，韩愈一共创造了 300 多个成语。当然这个数字未必真实，但当我们翻阅他的文章时，总能发现其中包含许多成语。

比如，"痛定思痛"出自韩愈的《与李翱书》："仆在京城八九年，无所取资，日求于人，以度时月，当时行之不觉也。今而思之，如痛定之人，思当痛之时，不知何能自处也。"后来，"痛定思痛"成为一个成语，意思是回想当时所遭受的痛苦，并吸取教训，警惕未来。

又比如，"崭露头角"源于韩愈的《柳子厚墓志铭》："虽少年，已自成人，能取进士第，崭然见头角焉。"崭即高峻、突出，这句话生动形象地描绘了柳子厚少年时期的非凡才华。后来，"崭露头角"也成为一个成语，意思是显示出超群的才华。

韩愈为什么能创造出这么多成语呢？是因为他写文章时讲究"陈言务去""词必己出""文从字顺"，一概不用俗话、套话，以及已被用滥的词语，并且一定要有自己的创新。别看韩愈主要写散文，但他在创作时的用心程度不亚于骈文作家。在一篇几百字的文章中，他用心雕琢每一个词语，选用极有力度、精到凝练的表达。

韩愈还非常擅长把握文章的节奏。例如，让你写一段描述学生戏谑老师的文字，你打算怎么写呢？怎么才能写出讽刺效果呢？我们来看在《进学解》中，韩愈是如何描述学生与老师的对话的。

他首先赞扬了先生的辛勤工作，总结道："先生之业，可谓勤矣。"接着，他又说先生的文章写得极好，再总结道："先生之于文，可谓闳其中而肆其外矣。"他还称赞先生的为人："先生之于为人，可谓成矣。"一连三段，都在讲先生有多么优秀。最后，他突然话锋一转，"然而公不见信于人，私不见助于友，跋前踬后，动辄得咎"。先生如此勤奋，又才华过人、心地善良，为何境遇却这般凄凉？这段戏谑之语，显然是韩愈精心设计的。在三次强调先生的厉害之处后，最终指出他的失败，讽刺效果就显现出来了。

我们今天写作文时也要这样。虽然我们未必比得上韩愈，但至少脑子里要时刻绷紧三根弦：第一，文章是用来讲清楚道理的；第二，文章需要加工锤炼，最好要有"金句"及有力度的表达；第三，行文应经过精心设计。比如，我们写一篇关于保护环境的文章时，可以借鉴韩愈的风格。

保护环境的理由，孩子都能娓娓道来，可以说家喻户晓了；

保护环境的口号，街头巷尾挂满标语，可以说铺天盖地了；

保护环境的行动，每月每周都有报道，可以说紧锣密鼓了。

但是为什么还有很多地方，污染照旧，尘沙满天，是因为他们不懂理由，没听过口号，没参加过行动吗？

这样一来，问题不就提出来了吗？接下来，你再去分析为什么会这样。这就是我们下一步的讨论要点。而我们提问题的方式，也正是韩愈的文章所传授的写法。

与韩愈齐名的是柳宗元。韩愈的文风雄奇恣肆，而柳宗元的文风幽深精密。柳宗元固然擅长写议论文和寓言，但他的山水游记也极具特色。比如，《小石潭记》中对鱼的描写：

潭中鱼可百许头，皆若空游无所依。日光下澈，影布石上，怡然不动，俶尔远逝，往来翕忽，似与游者相乐。

这段话为什么写得好呢？第一，它是由一系列短句构成的。"日光下澈，影布石上，怡然不动，俶尔远逝，往来翕忽"，想象一下水中的小鱼，一条接一条地迅速游动，忽而这边，忽而那边，是不是给人一种突如其来的动态感？如果你将这句改为"这些鱼在清澈的水中原本是一动不动的，忽然摆动尾巴，游向远方"，虽然意思未变，但是否过于啰唆、缺乏节奏感，不再像鱼儿的游动了呢？

第二，它对环境的描写实在绝妙。比如，你在形容水很清澈时，会怎么写？我只能想到"这水很清澈""这水很透明""这水清澈见底"，但柳宗元仅用了一句"皆若空游无所依"，即鱼仿佛在空气中自由游动，没有任何依托。他并未直接提及潭里有水，却将水的清澈程度呈现出来了。

如果某一事物的存在感非常低，你不妨将其描绘得几近消失。当然，这种写法也可供借鉴。假如你考试不及格，该怎么形容你走回家的样子？你不要说"我心是慌的，脚是软的"，而要说"坚硬的水泥路仿佛消失了，我好像在太空中漫步，飘飘荡荡地向家走去"。你要想形容一个人在赛场上的气势很强，可以说他"旁若无人"，或者"如入无人之境"。他的周围并非没有人，而是他的气势太强，强到让人感觉身边的人似乎都消失了。这些都是套话和俗语，你改成"他在场上往来奔突，身上仿佛笼罩着一层光辉；其他人只如淡烟轻雾，光芒所至，皆被驱散"，是不是就更好一些？

第二十四讲

唐代小说

接下来，我们讲一讲唐代的小说，即著名的"唐传奇"。所谓"唐传奇"，指的是唐代文人创作的情节离奇或人物行为超越寻常的故事。

中国古代小说萌芽于神话、传说和寓言，其发展历程相当漫长。到了魏晋南北朝，志怪小说《搜神记》和轶事小说《世说新语》的问世，为唐传奇的创作提供了丰富的素材和写作经验。

唐代城市经济的繁荣激发了百姓们对文化娱乐的多样化需求。当时的城市中流行着一种名为"市人小说"的说书艺术，有点类似于现在的评书。白居易等文人都喜爱这类表演，常常一听就长达数个时辰。客观而言，这些民间艺人也为文人的创作提供了宝贵的灵感和素材。

在唐代，干谒之风盛行于士人阶层。他们为求仕途通达、声名远扬，常向达官显贵呈献诗文等作品。

某些士人创作传奇小说，因为这类故事不仅内容丰富，而且能够展现他们的文学才华和诗歌造诣。中国古典四大名著里就有不少人物写诗的情节：在《红楼梦》中，大观园的才女们能写诗；在《西游记》中，唐僧途经荆棘岭时，被四个树精拉去吟诗。这些情节是文人们在传奇小说中展示诗才的遗风流韵。

唐传奇在初期阶段尚未成型，因而与志怪小说的区别不大。到了中唐时期，也就是白居易和元稹活跃的时代，唐传奇迎来了它的鼎盛期。白居易的弟弟白行简尽管在写诗方面不及其兄长，却在小说创作方面展现出卓越的才华。

白行简那篇脍炙人口的《李娃传》，源自市人小说《一枝花话》。白行简在其中融入了大量的创新元素。故事讲述了荥阳公子郑生在赴京考试期间，与名妓李娃热烈相恋，甚至放弃了科举之路。当钱财耗尽后，郑生流落街头，不得不为丧葬店唱挽歌谋生。后来，他的父亲荥阳公来到京城，认为郑生的行为辱没了家风，将他痛打一顿，几乎将他打死。于是，郑生沦为乞丐，过着饥寒交迫的日子。李娃偶遇郑生后，由于感念郑生的旧情，收留并照顾他，同时督促其发奋读书。后来，郑生考中科举，成为高官。李娃也得到皇帝的嘉奖，被封为汧国夫人。

元稹创作的《莺莺传》，讲述了张生与崔莺莺之间的爱情故事，其结局是张生屈从于家庭安排的婚姻，抛弃了崔莺莺。这个故事在当时不算太成功，却对后世产生了深远的影响，最终演变成家喻户晓的戏剧——《西厢记》。

李公佐所著的《南柯太守传》，讲述了一个名叫淳于棼的人的梦境。淳于棼的家毗邻一棵大槐树。某天，他醉酒后在家睡觉，梦见自己被两位紫衣使者邀请，前往一个名为"槐安"的国家。淳于棼在王宫中受到国王的接见，并获赐与金枝公主成婚，随后被任命为南柯郡的太守，任职长达20年，其间政绩卓著。但他未曾料到，邻近的檀萝国对槐安国发起了进攻。淳于棼打了败仗，金枝公主随后也因病去世。后来，国王就将他逐出了槐安国。

淳于棼醒来后发现，这一切都只是一个梦。他仔细一看，发现槐树根下面，有一个大蚂蚁窝，这就是所谓的"槐安国"。槐树还有一根朝南的树枝，上面也有一个蚂蚁窝，这就是所谓的"南柯郡"。淳于棼在这一瞬间大彻大悟：人们在世间争权夺利，到底图个什么？若跳出其中来看，不就像一群忙碌又喧闹的蚂蚁吗？这便是"南柯一梦"这个成语的由来。

沈既济创作的《枕中记》，讲述了一位名叫卢生的读书人的故事。在邯郸的一个小旅店中，卢生遇到一个名为吕翁的道士。当时，店家正在为他们准备黄粱饭，在等饭蒸熟的间隙，卢生与吕翁攀谈起来。卢生感叹自己穷困潦倒，吕翁听后取出一个青瓷枕头，告诉卢生，只要枕着它睡一觉，便能获得功名富贵。卢生依言躺下，很快进入了梦乡。在梦中，他不但娶了清河崔氏家族的女儿，还考中进士，平步青云，从此享尽人间的荣华富贵，直至80多岁高龄才寿终正寝。当卢生再次睁开双眼时，惊觉这也不过是一场短暂的梦，甚至黄粱饭都还没蒸熟。卢生顿悟到人生如梦似幻，彻底摒弃了对功名利禄的追求。这个故事后来衍生出一个成语——黄粱一梦。

最后来讲讲《柳毅传》。《柳毅传》的作者是李朝威。故事中提到，洞庭湖的龙王名为洞庭君，他的女儿即洞庭龙女被远嫁至泾川。龙女的丈夫即泾河龙王的儿子，经常虐待龙女。某天，龙女偶遇一位名为柳毅的书生，请求他帮忙将一封家书带去洞庭龙宫。柳毅到了龙宫后，向洞庭君递上了书信。洞庭君的弟弟钱塘君听闻龙女的悲惨遭遇后，勃然大怒。钱塘君是钱塘江的龙王，早年因引发洪水而触犯天条，被一根黄金锁链锁在洞庭湖底的玉柱上。愤怒的钱塘君不顾一切地挣脱枷锁，飞身前去搭救龙女。这段情节写得非常精彩动人：

> 语未毕，而大声忽发，天坼地裂，宫殿摆簸，云烟沸涌。俄有赤龙长千余尺，电目血舌，朱鳞火鬣，项掣金锁，锁牵玉柱，千雷万霆，激绕其身，霰雪雨雹，一时皆下。乃擘青天而飞去。

赤龙正是性烈如火的钱塘君。他按捺不住性子，风驰电掣般奔赴泾川，满心只想着给龙女讨回公道。归来后，洞庭君问他："哎呀，你也太鲁莽了，这次斩杀了多少水族？"钱塘君答道："六十万。"洞庭君又问："有没有损毁百姓们的庄稼？"钱塘君回答："损毁了八百里地的庄稼。"洞庭君再问："那个薄情寡义的小子在哪里呢？"钱塘君淡然道："已经被我吃了。"龙女也被平安接回。后来几经周折，龙女和柳毅结为连理。大团圆结局，可谓皆大欢喜。

在唐代的寺院中，流行着一种名为"俗讲"的讲经活动。这种活动由僧侣主持，召集民众，讲解佛经。因为佛经内容过于深奥，民众大多听不懂，所以僧侣们在讲解经文时，会穿插一些故事和说唱。有时，俗讲并不讲解高深的佛学道理，而是专门讲述佛教故事，这种形式被称为变文。随着时间的推移，变文的内容不再局限于佛教故事，也包括历史故事和民间传说等。

变文有说有唱，配合画面，营造出一种特别热闹的氛围。表演者手持一个长长的画轴，画卷上描绘的正是故事情节。表演者一边讲故事，一边翻动画卷。故事讲到哪个部分，相应的画面就会展现在观众面前。表演者通过指着这些画面来辅助讲述，这仿佛是如今的幻灯片演示。

有一段著名的变文，叫作《降魔变文》。它讲述了佛门弟子舍利弗和六师外道劳度叉之间的斗法故事。劳度叉变成一座宝山，舍利弗就化身为一位金刚力士，将宝山击碎。随后，劳度叉变成一头水牛，舍利弗就化身为一头狮子，不断追咬水牛。劳度叉又变成一条毒龙，舍利弗则化身为一只金翅鸟，啄瞎了龙的眼睛。这般反复之下，劳度叉无论变成什么形态，舍利弗总能化作更强大的存在，稳稳压制对方。

你是否看过《西游记》中孙悟空与牛魔王斗法的精彩场面？牛魔王变成一只獐子，孙悟空就化身为一头老虎。牛魔王变成一只白鹤，孙悟空就化身为一只凤凰，既热闹又精彩。从这个角度看，《降魔变文》可谓《西游记》的源头之一。

我们在学习文学史时，就会发现许多情节并非某位作者灵光一现，凭借天赋创造出来的，而是经历了长期的演变过程。绝大多数现象也并非孤立发生的，而是有前因后果且有迹可循的。因此，演变思维不仅是我们学习文学史时的重要基础，也是我们研究其他学科的关键能力。

第二十五讲

北宋文学

从现在开始，我们讲宋代文学。

宋代和唐代很不一样。甚至可以说，整个社会形态都发生了显著变化。唐宋之间呈现出一道清晰的历史分界线，而宋代的社会结构与文化特征，至今仍对我们的生活有着深远影响。因此，我们有必要了解宋代发生的变化，以便更好地探讨宋代文学。尽管唐代在某些方面延续了魏晋南北朝的特色，但宋代几乎开启了一个全新的社会时代。

宋代社会的结构和运作更加成熟复杂。宋代的一个显著特点是，世家大族的影响力急剧衰退。在唐代，名人似乎总是集中在几个特定的姓氏之中，如李、崔、卢等。比如，杜甫的祖父杜审言和杜牧的祖父杜佑，都出自世家大族。而知名的文学家，也多来自这些世家大族。

但你会发现，宋代名人的姓氏多种多样，分布比较均衡。这其实说明社会流动性增强，社会资源不再被某些大家族把持。以欧阳修、苏轼、黄庭坚等人为例，他们的出身都不算太高。一个家族中出现数十位高官的现象，在宋代是很少见的。

尽管唐代实行科举制度，但官员的选拔并不完全取决于考试成绩。试卷上的姓名是公开的，因此考官在决定录取某人时，还会考虑其出身、背景，以及家族权势等。然而，宋代科举考试采取密封试卷的方式。这样一来，一个人无论出身高低，家族是否有权势，只要他勤奋学习并参加考试，就有可能考中，进而晋升为高官，跻身社会上层。对普通人而言，宋代在选拔官员方面更加公平。

对文学来说，这既是好事，又是坏事。

之所以是好事，是因为普通人的晋升通道变宽了。他们不必一味地抱怨怀才不遇，若有真才实学，尽可参加考试。考试提供了一个相对公平的竞争环境。

之所以是坏事，是因为出现了新的问题。唐代皇帝对地方的控制力度并不大，但到了宋代，皇权更加集中，文官制度也更为成熟。这种权力结构使得文人对朝廷的依赖性也随之增强。这无疑是一把双刃剑：既然朝廷提供了晋升通道，文人便不得不依赖于此；但朝廷仅提供这一条通道，无论文人的个人才华如何，都只能按部就班地前进。

我们曾经提到，唐代文人的人生选择极为丰富。他们可以像白居易那样考取进士，或像岑参那样入幕当僚属，或像李白那样到处干谒，或像杜牧那样因出身而年少成名。当然，他们也可以像孟浩然那样选择隐居山林，或像贾岛那样出家为僧。

但是，宋代文人的人生选择相对较少。他们主要通过科举考试走上仕途，逐步晋升官职。即便是苏轼这样经历丰富的人物，他的一生也是先扮演勤奋的学生，埋头于考试答题；之后成为一名尽职的官员，在宦海中沉浮起落。他不可能像李白那样在年轻时成为游侠，或像贾岛那样先出家为僧，后还俗再做官。

宋代文人的生活相对单调，其思想的开放性和多元性也不及唐朝。他们主要致力于学习，通过精通学问为朝廷效力，忠于君主和国家。皇帝当然也乐于引导文人遵循这样的道路，这在一定程度上限制了文人的思想。

宋代在对外关系方面，整体处于弱势地位。北宋在与辽的战争中多次失利，后更因金军大举南侵、攻破其国都（今开封），导致北宋灭亡，朝廷被迫南迁，建立了南宋。南宋存续的 100 多年间，其处境也一直非常艰难。

这些事件对宋代文人产生了双重影响：一方面，整个宋代被一层忧患的色彩和危机感所笼罩；另一方面，文人们展现出浓厚的家国情怀，以天下兴亡为己任，对国家命运的重视超过对个性的关注。他们倾向于谈论宏大的道理，强调爱国和道德教化，而那种任情恣性、自由奔放的心态则较为少见。

与此同时，宋代又出现一个新现象：随着经济的繁荣，城市平民文化慢慢兴起。唐代实行坊市制度。以长安城为例，所有人都居住在被称为"坊"的一条条封闭的街道内。坊设有坊门，每到傍晚，鼓声响起，提醒居民回家，街上逐渐变得寂静无人。坊门关闭后，所有人都不能随意外出，夜间还有士兵巡逻。试想，假如今天要求你傍晚必须返回居住区，并且大门会在夜间上锁，直到第二天清晨才重新开启，你能适应这样的生活吗？

宋代的城市生活与现代颇为相似，居民享有较高的居住自由。只要经济条件允许，人们可以自由选择住所，不受严格的禁令限制。城市中的夜市热闹非凡，既有唱戏、说书等娱乐活动，还有烧烤摊和水果摊。这种繁荣的商业环境促进了平民文化的发展。其中，唱歌、唱戏和说书等活动，都是文学在民间发挥作用的重要方式。

在宋代，另一个显著的变化是印刷术的普及促进了文化繁荣。过去人们若想看书，大多只能手抄，效率极为低下。由于印刷术的进一步发展，书籍得以快速印制，知识的传播速度大幅提升。

于是，普通百姓也渐渐享受文化生活。百姓们喜欢什么呢？听曲、听评书和看戏等。在这一时期，宋词、小说和戏曲都取得了极大的发展，这是唐代所无法比拟的。

北宋初年，受到晚唐诗人贾岛的影响，文人（如林逋）在西湖旁边隐居。他既不娶妻，也不生子，自诩为"梅妻鹤子"（也就是以梅为妻，以鹤为子），过着闲散飘逸的生活。

与此同时，还有一些人学习白居易和李商隐。特别是那些学习李商隐的文人，其中很多是高官，喜欢在诗作中运用典故。这些文人还共同编纂了一部名为《西昆酬唱集》的诗集，由此衍生的文学风格被称为西昆体。

晚唐体、西昆体和白体是北宋初年诗歌的三大流派。不过，这三个流派各有不足之处。在学习贾岛的晚唐体诗人中，隐士和僧侣占据了多数。其中，有九位僧侣因风格相近而被世人统称为"九僧"。这些僧侣的生活相对单一，多描写隐逸闲趣及林下生活，其诗作风格清奇雅静，但有时也略显单调。

譬如，有位名叫许洞的文人，在与九僧共同创作诗歌时，提出了一个挑战："今天作诗，不许使用山、水、风、云、竹、石、花、草等字。"九僧听到这个要求后，纷纷放下了笔，感慨道："写不了。不使用这些字，我们实在写不出诗。"

西昆体的不足则在于过分堆砌典故，似在炫耀诗人的学问和高雅的生活品位。而那些学习白居易的白体诗人，有时为追求通俗易懂，未免流于直白。因此，北宋初年的文学显得平庸，且没有出现才华非凡的大诗人。

数十年后，历史的车轮驶入了北宋中期。这一时期出现了两位杰出的文人，即欧阳修和王安石。

欧阳修的文学成就并非登峰造极，但他担任了一个至关重要的职位——知贡举，即科举考试的主考官。这一身份有助于他发掘和提拔青年才俊，如王安石。作为欧阳修的后辈，王安石曾两次得到欧阳修的推荐。此外，"三苏"即苏洵和儿子苏轼、苏辙，也得益于欧阳修的赏识。尤其是苏轼，他在考试中所写的文章，深得欧阳修的喜爱。欧阳修曾赞叹道："阅读苏轼的文章，令人畅快淋漓，仿佛浑身出汗，真是痛快至极！老夫愿意给他让路，放他出一头地也。""放他出一头地也"意味着他愿意避让，让苏轼在众人中脱颖而出。"出人头地"这个成语就是这么来的。

当时的年轻学子沉迷于撰写一些艰涩险怪、用词生僻的文章。欧阳修对此极为不满。在一次考试中，他发现一名考生的文章充斥着晦涩的字词，内容空洞无物。于是，他拿起一支大红笔，在这张试卷上从头到尾划了一道醒目的红线。过去的试卷是一张长条形的纸张，这种划线手法被戏称为"红勒帛"，比喻用朱笔涂抹或批删文章。并且，欧阳修还将这张试卷张贴展示，以此警示其他学子：这类文章是不被接受的，以后也不许写类似的文章。

结果，学子们变得急躁起来，质疑道："我们平时都是这么写文章的，为何突然不许写了？"甚至，他们还在欧阳修骑马出行时围拢过来，阻止欧阳修离开，并与其争辩。但欧阳修坚持己见，认为必须改变文风。最终，欧阳修成功地引导了年轻学子，使他们的文风渐渐变得流畅而文雅，空洞的言辞也逐渐消失了。

欧阳修的文笔流畅连贯，情感表达时而舒缓，时而激昂，可谓恰如其分。他学识渊博，号称"六一居士"，其中之"一"指他收藏的一千卷金石。然而，他从不刻意使用生僻字或堆砌典故来炫耀自己的学问。比如《醉翁亭记》中的一段：

> 已而夕阳在山，人影散乱，太守归而宾客从也。树林阴翳，鸣声上下，游人去而禽鸟乐也。然而禽鸟知山林之乐，而不知人之乐；人知从太守游而乐，而不知太守之乐其乐也。醉能同其乐，醒能述以文者，太守也。太守谓谁？庐陵欧阳修也。

这段话的精妙之处在于其严密的逻辑结构。每一句都紧接前一句，环环相扣。夕阳西下，人影散去，太守也归去。随着人群的离去，鸟儿获得了自由。这就是因果关系。鸟儿一旦获得自由，就高兴地唱起歌来。它们之所以感到高兴，是因为山林恢复了宁静，但它们并不理解这群人为何也感到愉悦。这是一种递进关系。那么，这群人为何感到愉悦呢？是因为他们能够跟随太守出游。但是，他们并未意识到太守本人也感到喜悦。这又是一种递进关系。那么，太守为何感到喜悦呢？是因为他看到人们和鸟儿都如此快乐。你看这一连串的因果和递进关系，就像一串环环相扣的链条，每一环节都是首尾相接的，缺一不可。

在每句话的末尾，欧阳修都使用了"也"字。"也"在文言文中表示判断，相当于如今的"呀"字，带有一点感叹的意味。在现代语境下，我们经常说"这样的呀"或"那样的呀"，会给人一种轻松愉快的感觉。因此，欧阳修使用一连串的"也"，也营造出一种欢快的氛围。用一句专业术语来说，即"萦回曲折"。

欧阳修在撰写文章时，非常讲究言辞的凝练。有一次，他与友人外出游玩，途中一匹马受惊狂奔，不小心踩死一条狗。欧阳修提议："我们分别来描述一下这个场景。"其中一人率先说道："有犬卧于通衢，逸马蹄而杀之。"另一人接着说："有马逸于通衢，卧犬遭之而毙。"欧阳修听后摇摇头说："都不行，太啰唆了。你们要是写史书，恐怕一万卷都写不完。"两人都不服气，反问："那你认为应该怎么写？"欧阳修只说了六个字："逸马杀犬于道。"

显然，狗是被马蹄踩踏致死的，并非被咬死，又何必说"蹄而杀之"呢？若说是意外踩踏所致尚可理解，难道真会是马在远处一声嘶鸣，狗就应声倒地身亡吗？又何必用"遭之"来描述呢？于是，众人对此表示信服。

继欧阳修之后，王安石登上了历史舞台。王安石并不追求纯粹的文学成就，因其首要身份是政治家。此时北宋已经建立了大约100年，积累了诸多问题，如国库空虚、外敌入侵及军事力量不足等。王安石深信，唯有改革，国家才有出路。他一生致力于政治活动和改革事业。但我们必须认识到，当一个人的生活充满意义且理想远大时，他所写的文章必定不俗。

王安石推崇杜甫的诗作。正如杜甫所言"为人性僻耽佳句，语不惊人死不休"，王安石在文学创作上也是这样。他最有名的故事之一，便是对《泊船瓜洲》中"春风又绿江南岸"这句诗的反复推敲。王安石在构思这句诗时，可谓煞费苦心。起初，他写的是"春风又到江南岸"，但不满意，就将"到"字圈出并删掉，在旁边批注"不好"。随后，他将"到"字改成"过"字，但同样不满意，又将其圈出并删掉。在尝试了"入""满"等多个字后，他终于定下了"绿"字。

使用"绿"字并非王安石的独创。李白在其诗作中已有"东风已绿瀛洲草"的用法，而王安石的"春风又绿江南岸"因精妙贴切，也极为有名。

作为一位政治家，王安石常将自己的抱负倾注于诗篇之中，比如《登飞来峰》：

飞来山上千寻塔，闻说鸡鸣见日升。
不畏浮云遮望眼，自缘身在最高层。

诗中描写的是一座高耸入云的塔。诗人站在塔上，就可以目睹日出的壮丽景象。那么，天空中飘浮的云朵，是否会对视线形成遮挡呢？无须担忧。诗人身处塔的最高层，能够远眺，因此浮云不能影响其视野。在这首诗中，"浮云"可能象征着阻碍改革的势力，而"自缘身在最高层"，则可能是诗人表达自己站在国家利益的制高点，怀揣着崇高的理想，拥有宏大格局与广阔视野——这是浮云无法遮蔽的。整首诗可谓大气磅礴，格调很高。

不过，你也要注意，这类富含隐喻的诗作，并非诗歌中的佼佼者。诗作常被用来传达隐喻，但有时不免喊口号，讲大道理，从而冲淡了它本身的文学性。文学拥有其独特的自主性，若仅为隐喻服务，实际上限制了其自由表达的空间。

至此，我们已经大致梳理了北宋初年的文坛情况。在这一时期，词的发展达到了顶峰。虽然词也属于诗歌的一种，但它与以往的诗歌有着显著的区别，因此有必要对其进行专门而深入的探讨。此外，北宋文坛即将迎来最耀眼的星辰之一 ——苏轼。

第二十六讲

宋词的兴起

　　"诗歌"这一广泛的文学体裁，通常简称为"诗"。在文学史的语境中，人们在提及"诗"时，往往将其与"词"并列。绝句、七律、五律、古风、歌行等都是"诗"的不同形式，而《卜算子》《忆江南》《念奴娇》等都是"词"的词牌名。

　　为什么要分这么多类别呢?

　　事实上，无论是诗还是词，最初都源自民歌，随后逐渐被文人所接纳，并在艺术形式上趋于典雅，题材内容也不断拓展。换句话说，诗、词的源头都是带有音乐伴奏的歌曲。

　　诗与词的演变历程各不相同。自《诗经》起，诗开始从民歌中分离出来，逐渐走向典雅。到了唐宋时期，诗已建立起完整的发展体系，内容涵盖政治、军事、社会生活，以及人类情感的各个方面。在唐宋之前，并不存在我们今天所称的"词"。无论是日常琐事还是深奥哲理，人们都以诗的形式来表达。

魏晋南北朝后，随着诗歌格律的日益严格，诗人的写作技巧日渐提升，诗歌的文学性越发增强，并逐渐与音乐分离。许多诗作往往用于正式场合，不再适合吟唱。

但是，人们总渴望表达随性的情感，总希望在饮食之余享受一些娱乐内容。因此，唐代诗人从民歌中衍生出了一种独特的文学体裁——词。词，相当于那个时代的流行歌曲。

在正式场合，如毕业典礼上，我们通常需要发表声情并茂、慷慨激昂的演讲，这类似诗的作用。而在一些轻松的场合，如同学的生日聚会上，我们不宜穿着正装发表演讲，而更适合唱一些简单轻快的流行歌曲，这就如同词的作用。

古代的人情世故，与现代无异。试想，在一场宴会上，舞女们翩翩起舞，乐师们吹奏弹拨，此情此景，该唱点什么呢？你会发现，之前学过的诸多诗篇并不适合唱出来。比如，唱一句"锄禾日当午"或"死去元知万事空"，前者教育大家不要浪费粮食，后者传达深沉的爱国情怀，但恐怕会破坏宴会的欢乐气氛。

文人们推陈出新，写下一些虽不甚高雅却广受欢迎的词作。这些词作富有意味，并且与曲调相得益彰。唐代文化繁荣，文学与音乐同步发展，孕育出众多新颖且复杂的曲调。为了配合这些曲调，文人们纷纷为其填词。从这个角度看，词的创作本质上是依赖于曲调的——先有曲调，再根据其旋律和节奏填写歌词，这一过程被称为"倚声填词"。

比如，在唐代的敦煌，流行着一首曲子：

天上月，遥望似一团银。

夜久更阑风渐紧，为奴吹散月边云，照见负心人。

这是一首历史悠久的词作，被称为"曲子词"。顾名思义，它指的是那些配有曲调的歌词。这首词所配的曲调，即《望江南》或《忆江南》。

既然曲调已经确定，文人们就可以依调填入不同的词。比如，白居易也写过一首《忆江南》，这首词还被选入小学课本：

江南好，风景旧曾谙。

日出江花红胜火，春来江水绿如蓝。能不忆江南？

通过比较字数、句数和节奏，我们不难发现，尽管现今已无法看到原始曲谱，但这两首词源自同一乐谱，它们的唱法基本是一致的。

可惜的是，由于古代没有录音设备，除了极少数曲谱被保存下来，大多数曲谱都未能流传至今。但这些曲谱的名称得以保留，除了《忆江南》，还有《渔歌子》《卜算子》《菩萨蛮》《沁园春》《水调歌头》等，共计1000多个。每一个名称都对应一首曲谱，这些就是词牌名。

其实，如今的流行歌曲也存在类似现象，即一首乐谱可以搭配多种歌词。以我们熟悉的《两只老虎》为例：

两只老虎，两只老虎，跑得快，跑得快。

一只没有眼睛，一只没有尾巴，真奇怪！真奇怪！

这首歌来源于一首名为《雅克兄弟》的法国儿歌：

雅克兄弟，雅克兄弟。在睡吗？在睡吗？
去敲响晨祷钟，去敲响晨祷钟，叮叮铛！叮叮铛！

这首歌曲搭配了众多歌词，甚至还有一个粤语版本，前几句是"打开蚊帐，打开蚊帐。有只蚊，有只蚊"。

无论字词如何变化，无论是以普通话、粤语还是法语演唱，曲调始终保持不变。若将这支曲子置于唐宋时期，它也可以算作一个词牌名。

又比如，我们熟悉的字母歌"A—B—C—D—E—F—G，H—I—J—K—L—M—N"，这个曲调同样可以用来唱《小星星》——"一闪一闪亮晶晶，满天都是小星星"。这首曲谱来自莫扎特的《小星星变奏曲》，也相当于一个词牌名。

由于古代没有录音设备，词的曲谱容易失传。一旦失传，文人们就无法再"倚声填词"，只能按照词牌名规定的格式来创作。这样一来，不同词牌名之间的差异主要体现在语言层面，如每句的字数、句数、韵脚和句式等。比如，小学课本中的《卜算子·送鲍浩然之浙东》：

水是眼波横，山是眉峰聚。欲问行人去那边？眉眼盈盈处。
才始送春归，又送君归去。若到江南赶上春，千万和春住。

这种分为上下两段的格式，每段都是四句，分别是五字、五字、七字、五字，并且要求末尾押仄韵，以符合《卜算子》的曲调。文人们若想撰写其他《卜算子》，只要照着这类格式进行填词即可。

词牌名通常与其原本歌唱的内容相关。例如，《卜算子》可能源自占卜算命者所唱的歌曲，《菩萨蛮》则可能源于西域的曲调。随着这些曲调的广泛传播，后来填入的新词往往与起初的含义无关。就像《两只老虎》的歌词，已经与《雅克兄弟》没有任何关系了。

在早期发展阶段，词通常比较简短。除了《忆江南》，张志和的《渔歌子》也是一个例子：

> 西塞山前白鹭飞，桃花流水鳜鱼肥。
> 青箬笠，绿蓑衣，斜风细雨不须归。

《忆江南》和《渔歌子》都只有 27 字。大约在唐代至五代十国时期，这类简短的词是主流形式，通常被称为"小令"（小令的上限一般是 58 个字）。这些小令主要用于宴会场合，由歌女们演唱。

这种场合固然轻松快乐，但无非是花前月下、吃喝玩乐等简单乐趣。比如，第一部收录词作的集子便叫作《花间集》。

第一位真正将词这种体裁发扬光大的文学家，当数南唐后主李煜。他虽不算是位杰出的君主，却无疑是一位伟大的词人，并在作词方面倾注了大量心血。他年少时曾享受宫廷的荣华富贵，待到国破家亡之后，又被迫在北宋都城过着寄人篱下的生活。这种大起大落的人生经历，不是一般人所能体验的。因此，他将个人的悲欢离合融入词中，如这首脍炙人口的《虞美人》：

春花秋月何时了，往事知多少。

小楼昨夜又东风，故国不堪回首月明中。

雕栏玉砌应犹在，只是朱颜改。

问君能有几多愁，恰似一江春水向东流。

相传，这首词触怒了宋太宗，不久之后，李煜就遭人下毒身亡。这首词并未描绘吃喝玩乐的场景，而是深刻表达了亡国的沉痛心情。回想往事，李煜只觉"故国不堪回首"，国破家亡，物是人非，无限的愁闷涌上心头。这样的词句，不是宴会上的歌女们所能吟唱的，只有亲身经历重大变故的人才能道出。可见，这首词是他真挚情感的流露，也是他心灵深处的深切震动。或许从这时起，词开始从宴会的欢愉气氛中走出，走进了文人的精神世界。

不过，从唐代、五代十国直至北宋早期，词坛仍然以小令为主流，甚少增加更丰富的内容。北宋初期，作词的文人数量尚属有限。他们并非对词这一体裁一无所知，而是仍持有传统观念，认为词不够高雅，因此不太愿意深入探索。到了北宋中期，作词的文人越来越多，其中不乏欧阳修和王安石这样的大家，其词作也具有颇高的艺术成就。

此外，还有晏殊和晏几道父子。晏殊的一生官运亨通，后来官至宰相。他被誉为"太平宰相"，不仅享尽荣华富贵，还在闲暇之余创作了许多首词，其中相当知名的是一首《浣溪沙》：

一曲新词酒一杯，去年天气旧亭台，夕阳西下几时回。

无可奈何花落去，似曾相识燕归来，小园香径独徘徊。

这首词的显著特点在于描绘了真实的富贵景象。或许你会疑惑，如何从中看出富贵？试想，普通人描述荣华富贵时，总是离不开绫罗绸缎、金银财宝、山珍海味以及雕梁画栋等意象。这无非是在堆砌文字，但真正的贵族生活并非如此。贵族根本不缺绫罗绸缎、金银财宝等，因此这些外在的物质条件并不值得大书特书。就像如今一个富有的人，天天炫耀自己驾驶豪车，这可能反而暴露出他浅薄的一面。

如何看出一个人是否富贵？可以观察他家亭台的新旧程度。新造的亭台往往属于那些一夜暴富之人，而旧亭台则是世家大族的象征。可见，这首词的主人公显然不是寒门子弟，而是一位生活优渥的贵族。那么，他为何徘徊不定呢？因为无聊。他已经达到了人生的巅峰，要钱有钱，要名有名，似乎没有其他的追求，只能日复一日地闲逛。唯一让他感到不满足的，就是时光流逝：花朵无可奈何地凋零，去年的燕子又飞回来了，这些他都无法阻止。没有追求，也就没有痛苦，他眼睁睁地看着时光悄然流逝，只能在旧亭台中，在弥漫着花香的园中小路上，抒发着淡淡的哀愁。

北宋时期，词坛迎来了一位杰出的词人，此人便是柳永。

柳永一生在科场中屡屡受挫，仕途不顺，于是他将目光投向市井街巷，积极与普通百姓打交道，吸收了许多市井流行的音乐曲调，并撰写了一批通俗易懂的词作。他的作品视野更为宽广，涵盖个人的爱恨情仇、都市风情和山水风光等。比如，你在高中阶段可能读过这首《望海潮》：

东南形胜，三吴都会，钱塘自古繁华。烟柳画桥，风帘翠幕，参差十万人家。云树绕堤沙，怒涛卷霜雪，天堑无涯。市列珠玑，户盈罗绮，竞豪奢。

重湖叠巘清嘉，有三秋桂子，十里荷花。羌管弄晴，菱歌泛夜，嬉嬉钓叟莲娃。千骑拥高牙，乘醉听箫鼓，吟赏烟霞。异日图将好景，归去凤池夸。

整首词描绘了杭州的自然风光、都市的繁华，以及人们的生活场景，宛如一部生动的风景纪录片。这些内容都是之前的词作中甚少涉及的。据说，金朝的君主完颜亮在读到这首词后，竟萌生了渡过长江、攻占杭州的念头。这虽然只是个传说，却足以证明这首词所蕴含的巨大影响力。

后来，柳永成了当时的文坛翘楚，上至皇帝宰相，下至平民僧侣，无不对其青睐有加。当时有句话说"凡有井水处，即能歌柳词"，即便是如今的知名音乐人，都未必能享有柳永当年的盛名。

柳永的词作被广泛传唱后，进一步提升了词的社会影响力，使之成为备受推崇的艺术形式，从而诞生了能与"唐诗"相媲美的"宋词"。

《望海潮》这首词共计107字，远超过小令的长度，被归类为"长调"。它的配乐节奏较为舒缓，因此也叫作"慢词"。这是一种全新的艺术形式。

柳永的词作以细腻见长，展现出一种柔婉精致之美。创作这类词作的词人群体，我们一般称为"婉约派"。从唐代到柳永所处的时代，婉约派一直是词的主流，但到北宋后期，词坛又出现了另外一个流派，即以苏轼为代表的"豪放派"。

顾名思义，豪放派的创作特色在于其"豪放"的风格。与婉约派相比，他们的题材选择更为广泛，视野也更为开阔，从而在气势上显得恢宏壮丽。其中极具代表性的一首词，是苏轼的《念奴娇·赤壁怀古》：

大江东去，浪淘尽、千古风流人物。故垒西边，人道是、三国周郎赤壁。乱石穿空，惊涛拍岸，卷起千堆雪。江山如画，一时多少豪杰。

遥想公瑾当年，小乔初嫁了，雄姿英发。羽扇纶巾，谈笑间、樯橹灰飞烟灭。故国神游，多情应笑我，早生华发。人生如梦，一尊还酹江月。

这是苏轼在长江之畔所写的，旨在怀念三国时期周瑜大败曹操的辉煌战绩，同时抒发自己功业未建、壮志难酬的感慨。仅看那乱石穿空、惊涛拍岸的磅礴气势，就不是婉约派的风格。这首词临江怀古、感慨今昔，蕴含着深刻的道理，正是诗中常见的主题。在词这一文学体裁的创作上，苏轼是一位突出的贡献者。

由于题材范围的扩大，词渐渐摆脱了对配乐的依赖；随着时间的推移，文人们作词也不再以配乐歌唱为目的。由此，词便从音乐的附属品，演变成一种独立的文学体裁，其发展历程与诗如出一辙。

词与音乐的分离过程，有点像一个孩子慢慢成熟，离开父母的庇护，开始自立门户。这也许是音乐界的损失，却是文学界的幸事。我们如今将"诗词"并称，正是始于这一时期。

第二十七讲

苏轼

　　文学在每个朝代的演进过程，从萌芽至顶峰，往往需要经历很长一段时间。假如你生逢其时，便有机会成为耀眼的星辰。假如你生不逢时，或许只能默默无闻。这并非个人能力的问题，而是时代赋予的机遇。苏轼正是这样的幸运儿，他诞生于北宋的鼎盛时期，历史的浪潮为他提供了施展才华的舞台。

　　苏轼出生于眉州眉山的一个富裕家庭，但并非出身显赫的贵族世家。祖父苏序虽未做官，但颇有文化修养，喜爱作诗。父亲苏洵年少时不爱读书，常常四处游历，直到27岁才幡然醒悟，开始勤奋学习。苏洵有三个儿子：长子苏景先（不幸早夭），次子苏轼，三子苏辙。苏轼自幼由母亲程夫人教导诗书，21岁时，他与弟弟苏辙一同赴京参加科举考试，双双考中进士。此时，苏洵早已声名远扬，父子三人一时之间成为京城的焦点，被誉为"三苏"。

欧阳修在担任科举考官时，发现苏轼才华过人，预言其一定能成为一代文坛宗师。但是，苏轼与其他读书人一样，必须从地方小官做起，逐步向上晋升。

苏轼生性洒脱旷达，爱憎分明，是一位典型的士大夫。他以家国天下为己任，渴望能有一番作为。他对政治充满热情，但仕途不算顺遂：苏轼素来坚持己见，不太懂得变通与妥协，这使得无论哪一派掌权，他都难以获得青睐。同时，才华横溢、声名显赫的他，吸引了众多追随者，这也让朝廷对他保持警惕。因此，苏轼一生在官场上历经坎坷，甚至遭到政敌的陷害，差点因"乌台诗案"而在狱中丧命。

苏轼在后半生中多次被贬谪，最后被贬至儋州。幸运的是，宋徽宗即位后不久，颁行大赦，苏轼得以从儋州返回。只是这时的他已步入暮年，在北归途中不幸患病，逝世于常州，终年66岁。

苏轼极为推崇的两位前辈诗人是白居易和陶渊明。他自号"东坡居士"，人称"苏东坡"。"东坡"二字，源自白居易的诗作。同时，苏轼也仰慕陶渊明，钦佩其淡泊名利、不计荣辱的胸怀。然而，苏轼的境遇不同于两位前辈诗人：白居易后半生仕途颇顺、安享晚年，陶渊明隐居田园、自得其乐，这些苏轼都难以做到。对苏轼本人来说，这种差异可能是一种不幸，但对宋代文坛而言，反而是一种幸运。正是苏轼那自由洒脱的个性，与宋代理性典雅的文化风格相互碰撞，孕育出了诸多伟大的作品。否则，他满足于安享富贵的高官生活，能否超越白居易？或者，他成为终老山林的隐士，又能否超越陶渊明？可见，前人的成功经验固然值得我们学习，却无法完全复制。每个人所走的道路，无论是否与自己的初衷相符，都是全新且独一无二的。

苏轼在年轻时已颇有名气，那时的他喜好展露才思，常以巧慧见长。譬如，在科举考试中，面对统治者如何精准掌握赏罚尺度的议题，他杜撰了一个典故：在上古时期，尧帝治理天下时，宽厚待民，即便有人犯下重罪，他也会出言阻拦，连说三句"不要杀"。考官欧阳修看了这篇文章，赞不绝口，立即录取苏轼，但心中存疑："这个典故是出自哪本书？我怎么没见过呢？一定是我孤陋寡闻。"等考试结束了，欧阳修特意询问苏轼："这段话出自哪本书？"苏轼哑然失笑，答道："想当然耳。"言下之意，是认为尧帝理应如此行事。原来这个典故并无出处，是苏轼考试时的即兴创作。可见，考场作文偶尔可以巧妙编造，只要编得令人信服。

但是，这种事情只是随机应变。随着经验的积累，苏轼的作品越发成熟了。

苏轼的作品具有哪些特点呢？

第一，苏轼非常善于创新。以《留侯论》为例，留侯就是张良。张良出身于韩国贵族世家，在韩国被秦国灭亡后，他怀揣着复仇之心，招募了一位能挥动大铁锤的大力士。张良让大力士埋伏在秦始皇出巡的必经之路上，准备刺杀秦始皇。没想到大力士掷出铁锤后，只砸中了秦始皇的副车，刺杀行动以失败告终。张良逃亡时，在圯桥遇到了一位老人，由此引出了"圯桥三进履"的故事。老人赠予张良兵书，并告诉他，等天下平定后前往谷城山下，若看见一块黄色的石头，那就是老人的化身。

这个故事很有传奇色彩，这位老人难道是神仙吗？苏轼并不这么认为，他指出张良刺杀秦始皇时，虽然年轻且满腔热血，但仅凭热血是不能成事的，还必须具备隐忍的心态和深远的谋略。这位老人很可能是当时的隐士，这次是为考验张良而来。

老人的目的不在于赠予兵书，而是通过让张良为自己穿鞋，磨磨对方的性子。张良出身于富贵之家，不是等闲之辈，死于官兵之手未免可惜。生命是宝贵的。张良具备治国的才能，怎能像刺客那样逞一时之勇呢？他没被秦始皇抓住并处死，实属侥幸。老人故意态度傲慢地羞辱张良，是为了测试他能否忍耐。若张良能忍耐，老人才能放心，明白此人有成大事的潜质。至于兵书，从来不是重要之事。后来，张良不仅学会了隐忍，还教会了刘邦如何隐忍、谨慎地与项羽周旋，最终一战功成。

普通人讲述张良的故事，无非强调尊重长者、弘扬中华传统美德，或尊重他人，他人也会对你施以恩惠。这体现了一种互惠的原则。如在《西游记》中，孙悟空刚从五行山脱困时，因无法忍受唐僧的脾气，愤然离去，向东海龙王倾诉自己的烦恼。东海龙王用"圯桥三进履"的故事劝说孙悟空，告诉他保持耐心，好好保护唐僧。最终，孙悟空护送唐僧成功取得真经，得以修成正果。

苏轼却以一种全新的视角解读这个故事。他认为，并非神仙赠予兵书，而是老人对张良的考验。考验本身就是其目的所在。张良无须与老人进行利益交换，能够通过考验就是他将成大事的标志。这样的解释是不是比单纯讲互惠更高明？

当然，这也是苏轼的一家之言，但他有意识地去发掘故事的其他可能性。我们写作时也应如此，特别是在练习阶段。作文题目通常是人人都能发表见解的，但也正因如此，大多数文章容易流于平庸。因此，当面对题目时，我们更应努力寻找独特的视角，以避免落入俗套。

第二，苏轼很喜欢讲道理，但并非枯燥无味地说教。宋代文人普遍爱讲道理，尤其苏轼能将道理讲得引人入胜，将深刻的道理与优美的文字完美融合。

以《游石钟山记》为例，在鄱阳湖的入口处，有一座名为石钟山的山峰。其为何得名石钟山？有人说，敲击石头时会发出类似钟声的响亮声音；还有人说，是流水冲击石头，使其发出钟声般的声响。苏轼质疑道："一敲就响的石头到处都有，为何唯独这个地方叫作石钟山呢？而且，就算真将一口钟放在水里，它被流水冲击时也不会发出声响。"于是，他大半夜租了一条小船，前往山脚下考察。他发现山脚下布满了孔洞，当水流涌入时，就发出哗啦轰隆的声音，这是因为水的冲击使得洞内空气震动。基于此，他得出结论："事不目见耳闻，而臆断其有无，可乎？"不亲自调查研究，就轻易下结论，是不可取的。这篇文章阐述了这一道理，而且文笔优美，比如其中一段：

至莫夜月明，独与迈乘小舟至绝壁下。大石侧立千尺，如猛兽奇鬼，森然欲搏人；而山上栖鹘，闻人声亦惊起，磔磔云霄间；又有若老人咳且笑于山谷中者，或曰此鹳鹤也。余方心动欲还，而大声发于水上，噌吰如钟鼓不绝。

这段文字将深夜山林的阴森恐怖氛围渲染得相当到位。紧接着，一声突如其来的巨响，宛如钟鼓的回音不绝于耳，瞬间激发了读者的好奇心。这段话的特色用书面语来表达，就是"情景交融的描写与议论相结合，堪称叙事、抒情、说理三者完美融合的典范"；用通俗的话来说，就是写作文时必须注意，叙事、抒情、说理这三个部分都不可偏废。古人有云："言之无文，行之不远。"当你想要阐述一个珍惜粮食的道理时，需要举例说明，如讲述科学家如何辛勤地培育水稻。这正是你展现文采的时刻，需要生动地描述科学家培育新品种水稻的过程，让人对科学家的努力充满敬佩。

在高中阶段，议论文的学习必不可少，而高考也考察学生的议论文写作能力。有些学生会有疑问，记叙文是否变得不那么重要了呢？不是的。记叙文是一切文章的基础。当你发表议论时，常常需要通过举例或讲故事来支撑论点，而这些正是记叙文功底的体现。

第三，苏轼的行文特别洒脱。苏轼在一生中经历了多次贬官。大多数文人在遭到贬官后，情绪会变得非常低落，其诗作多表达抱怨或悲伤。但苏轼始终以一种豁达超脱的态度看待人生的不幸。他的作品展现了对困境的蔑视、对痛苦的超越、对信念的坚守，以及对命运的抗争。用通俗的话来说，就是他"特想得开"。无论遇到什么困难，苏轼总能保持乐观的态度，从困境中走出并找到乐趣。

在"乌台诗案"发生后，苏轼被贬至黄州，担任一个闲散的官职。他很快也在黄州找到了生活的乐趣。初到黄州，他惊叹于这座小城的美食之多，"长江绕郭知鱼美，好竹连山觉笋香"，鱼儿鲜美，竹笋清香。最关键的一点是，这里的猪肉价格低廉，甚至连当地人都不太在意。苏轼于是自行烹制猪肉，并感慨道：

黄州好猪肉，价贱如泥土。贵者不肯吃，贫者不解煮。
早晨起来打两碗，饱得自家君莫管。

一大清早，他就吃了两碗红烧肉，可见是个十足的美食爱好者。

苏轼被贬至惠州后，虽然猪肉不再易得，却发现当地盛产荔枝。他挥笔写下："日啖荔枝三百颗，不辞长作岭南人。"即便被贬至偏远的儋州，他也说："九死南荒吾不恨，兹游奇绝冠平生。"在这南方荒远之地，尽管环境艰苦，历经生死考验，他也毫不悔恨。这是为何？因为这次海南之旅太过奇妙，成为他一生中最难忘的旅程之一。

正因如此，我们在阅读苏轼的作品时，不仅要学习他的写作技巧，更应学习他那旷达乐观的人生态度。这种态度具有很强的感染力，是我们为人处世的一大精神支柱。

苏轼在《定风波》中描写了某次外出时的雨景。那天，他忘记携带雨伞，只能淋雨前行，以致全身湿透。这是否显得很狼狈呢？当然。但他并未感到尴尬或不悦，反而写下这首词：

> 莫听穿林打叶声，何妨吟啸且徐行。
> 竹杖芒鞋轻胜马，谁怕？一蓑烟雨任平生。

不要去听那穿过树林、打在树叶上的雨声，不妨一边吟诗长啸，一边悠闲地前行。拄着竹杖、穿着草鞋，走起路来比骑马还要轻快。这又有什么可怕的呢？穿一身蓑衣，任凭风吹雨打，就这样走过一生。

这首词源于一个小小的意外，或许苏轼也未曾料到，它会为后世无数人提供面对风雨时的精神力量——不仅指自然界的风雨，还包括人生中的风雨。简而言之，既然已经淋湿，该走的路还是要走。与其愁眉苦脸地走，不如带着笑容前行。

现代人的心灵可能与唐代人不太契合，但与苏轼有着深刻的共鸣。我们也在经历着漫长的人生旅程，必须学习和工作，面对生活中的风吹雨打，因而需要拥有苏轼那样的积极心态。这就是苏轼的魅力所在。

最后，让我们探讨一下苏轼的词。正如之前提到的，宋代的词分为两大流派——婉约派和豪放派。苏轼是豪放派的代表人物。当我们深入了解词的发展历史时，便不难发现，婉约词被视为词的正宗，而豪放词则被视为旁支。

词源于流行歌曲，原本是用来歌唱的，与音乐有着密切的关系。但从文学角度审视，这并非全然有利。词即便写得再好，也终究被视为音乐的附庸。过去人们将词称为"诗余"，即词是诗派生出来的一种余绪。在文学地位上，诗被置于高处，而词则相对较低。但苏轼提出了词"自是一家"的新概念，主张词和诗都是文学体裁的一种，二者的外在形式虽存在差异，艺术本质和表达功能却是一致的。换言之，词应当享有与诗同等的地位。

那么，如何实现词与诗地位的平等呢？关键在于拓展题材范围：诗所能表达的内容，词同样可以涵盖。宋代的诗歌题材广泛，几乎囊括了世间万象。然而，词的题材相对局限，主要是抒发柔情蜜意、伤春悲秋等情感。苏轼敢于突破，将各种题材纳入词中，如《念奴娇·赤壁怀古》就是一首怀古的作品。历史上的许多诗人如陈子昂、刘禹锡、杜牧等，曾创作出杰出的怀古诗作。苏轼开创了以词表达怀古情感的新局面，使得词这一文学体裁也能充分展现社会生活和反映现实人生。这种创新手法被称为"以诗为词"。

第二十八讲

南宋诗

　　谈到唐宋时期的诗，有一个相当有名的说法，即"诗莫盛于三元"。"三元"是指三个特殊年号——唐代的开元、元和，宋代的元祐。

　　开元是唐玄宗的年号，象征着盛唐时期的辉煌。在此期间，李白、王维、孟浩然、高适、岑参和杜甫等众多诗人活跃于文坛。

　　元和是唐宪宗的年号，标志着中唐时期的到来。在此期间，白居易、元稹、韩愈、柳宗元、张籍、孟郊和李贺等众多诗人活跃于文坛。

　　元祐是宋哲宗的年号。这一时期是诗歌发展的高峰时期，苏轼是当时的文坛领袖之一。除了苏轼，黄庭坚和以他为代表的江西诗派也扮演了重要角色，对后世诗歌产生了深远的影响。

　　黄庭坚比苏轼小 8 岁，他对苏轼极为钦佩，后来成为苏轼的挚友。黄庭坚是一位纯粹的文人，学识渊博，喜欢运用典故，讲究"无一字无来历"。

比如，他描述一支由猩猩毛制成的毛笔时，写道："平生几两屐，身后五车书。"短短十个字，竟用了三个典故。"屐"是一种木底鞋，"两"即一双，"几两"就是几双。古书记载，猩猩这种动物，酷爱饮酒，醉酒后喜欢穿着木屐跳舞。猎人捕捉它们时，会在旁边摆上美酒和木屐。猩猩过来后，尽管知道这可能是陷阱，却无法抗拒酒香的诱惑，开始畅饮。酒意渐浓时，猩猩便穿上木屐，手舞足蹈。此时，猎人便趁机将其抓获。在这里，黄庭坚巧妙地运用了这一典故。

不仅如此，"平生几两屐"还蕴含着另一个典故。晋朝有一位名士阮孚，他非常喜爱木屐，不但亲自制作木屐，还精心保养，给它们打蜡。在给木屐打蜡时，他常常叹息："未知一生当着几两屐！"意思是人生短暂，能穿多少双木屐呢？这两个典故相互交织，似乎在提问：猩猩一生能落入几次陷阱呢？它们很容易就被抓获，其毛发最终被制成毛笔。

"五车书"这个典故源自战国时期学者惠施。他以学问渊博著称，其著作或藏书之丰富，据说能装满五辆车。成语"学富五车"也由此而来。黄庭坚对猩猩毛笔的刻画，足见其对典故的娴熟运用。

文人们常在诗歌中运用典故，赋予作品更深厚的内涵。我们写作文时也喜欢使用成语，这些成语多源自典故，如"自相矛盾""守株待兔"。但是，如果运用不当，可能会导致作品显得过于堆砌，即所谓的"掉书袋"。"掉"是卖弄的意思。掉书袋指喜欢征引古文，以示渊博，实为卖弄文采。在黄庭坚的作品中，有时也会出现这种倾向。

黄庭坚与苏轼一样，也是文坛领袖。在他的身边聚集了许多诗人，形成"江西诗派"。这时已经到了北宋末年。继黄庭坚之后，陈师道、吕本中、陈与义、曾几等诗人陆续出现，并被后世归入这一诗派。其中，曾几是我们较为熟悉的诗人。他的代表作是《三衢道中》：

梅子黄时日日晴，小溪泛尽却山行。
绿阴不减来时路，添得黄鹂四五声。

色彩斑斓，黄绿相间；光影交错，阴晴不定；环境多变，水陆交织；声音点缀，黄鹂偶鸣，更显得山路幽静。这首诗仅有 28 字，却内容充实且风格清新活泼。

江西诗派的长处在于，哪怕你对诗歌一无所知，缺乏创作经验，也能跟着他们逐步掌握写作技巧。他们拥有一套系统的教学方法，就像是一本详尽的教程，能让你稳扎稳打地成长为一名诗人。虽然你可能无法达到李白、苏轼那样的文学高度，但至少能够将诗写得中规中矩。

江西诗派尊杜甫为宗师，为何不以李白为师呢？这是因为杜甫作诗有一套完整的体系，包括炼字、造句、谋篇布局等，这些都是可学习的技巧。而李白的诗作则难以学习。自宋代以来，许多诗人都继承了江西诗派的风格特点。直到今天，他们的写作技巧仍具有时代价值。

北宋末年，发生了一件惊天动地的历史大事件，即"靖康之变"。彼时，北方的女真族迅速崛起并建立了金，金先是灭掉辽，随后对北宋发动突袭。金军攻陷了北宋的国都，掳走了宋徽宗和宋钦宗两位皇帝，导致北宋的灭亡，引发了大规模的人口南迁。这一年是宋钦宗靖康二年（公元 1127 年），故而史称"靖康之变"或"靖康之难"。

风雨飘摇之际，皇子赵构在应天府称帝，建立了南宋，随后迁都杭州。

南宋在赵构及其继任者的治理下，存续了超过一个半世纪。国家相对稳定之后，南宋社会再度迎来繁荣，经历了一段短暂的中兴时期。在这一时期，出现了四位杰出的诗人，合称为"中兴四大诗人"，分别是陆游、杨万里、范成大和尤袤。因为尤袤流传至今的诗作较少，所以我们主要介绍其余三位诗人。

陆游是中兴四大诗人之首，他是曾几的学生，与江西诗派渊源颇深。他的个性豪迈热情，人生经历跌宕起伏，精力旺盛，而且他很长寿。宋代诗人的寿命达到 60 岁以上的人相对较少，但陆游享年 85 岁。他比别人多出了 20 多年的寿命，也就多写了 20 多年的诗。若身处唐代，陆游或许能成为如李白般的人物；若身处北宋，他也可能比肩苏轼。然而，他成长于南宋，豪迈热情的个性与命运多舛的时代相互碰撞，使得他的诗作呈现出与李白、苏轼完全不同的风格。正是这样的遭遇，铸就了独一无二的陆游。

在陆游的青年时期，南宋尚存较多抗金力量。那时，陆游满怀报国之志，其诗作中洋溢着高涨的爱国热情。但随着南宋与金议和，战事渐息，壮志未酬的陆游因此情绪低落，开始借酒浇愁，以歌舞自娱，试图以此平息内心的激情。尽管他的生活后来经历了起伏，但他始终忧国忧民。比如，他在七律《书愤》中写道：

> 早岁那知世事艰，中原北望气如山。
> 楼船夜雪瓜洲渡，铁马秋风大散关。
> 塞上长城空自许，镜中衰鬓已先斑。
> 出师一表真名世，千载谁堪伯仲间。

"塞上长城"借用了南朝宋名将檀道济的典故，"出师一表"则指的是三国时期诸葛亮的《出师表》。陆游回忆起年轻时的自己，空有一番壮志豪情，却未曾料到岁月匆匆，如今他已是白发苍苍的老人。

陆游在临终前，还给儿子们写下一首《示儿》：

死去元知万事空，但悲不见九州同。
王师北定中原日，家祭无忘告乃翁。

陆游是一位高产的诗人，流传至今的诗作有 9000 多首。尽管他诗集中的部分作品艺术成就较为一般，但其中包含了大量充满爱国热情的诗篇。后世对陆游的评价很高，称其"亘古男儿一放翁"，赞扬了他的男子气概和爱国精神。

在中兴四大诗人中，杨万里和范成大的知名度也较高。杨万里，号诚斋，他独创了一种名为"诚斋体"的诗歌风格。这种风格自然流畅、风趣活泼，擅长从日常生活中发现独特的趣味。比如《小池》：

泉眼无声惜细流，树阴照水爱晴柔。
小荷才露尖尖角，早有蜻蜓立上头。

这只是池塘中的一角景致。杨万里却能从这些常见景象中捕捉到新意：新长出的荷叶刚刚露出水面，尚未完全展开，仍是一个尖尖的小角时，就已有蜻蜓立在上头了。这类场景虽寻常可见，但经由他的观察并付诸笔端后，便焕发出一种生机勃勃的趣味。

小荷是一个新生命，它那露出的尖角，本来就是可爱的。这个新生命并不孤独，蜻蜓的到访为它增添了几分生机。同样，蜻蜓也是一个充满活力的小生命。小荷作为植物，静谧而内敛；蜻蜓作为动物，活泼而灵动。这种不同生命之间的互动，赋予了诗篇一种生动自然的趣味。

范成大擅长写田园诗。田园诗大致可分为两类：一类以陶渊明、孟浩然为代表，主要描写闲适的田园生活，以及诗人淡泊名利的人生态度。另一类则聚焦于农民的辛勤劳动，并批评官府的压迫行为。这两种风格一般难以融合。然而，范成大的田园诗开辟了一片新的天地。他细致地描写了农村生活，展现其自给自足的特点，让人感受到劳动带来的充实感。但范成大也注意到，农民常常被官府压榨，生活得相当辛苦。比如《四时田园杂兴》：

昼出耘田夜绩麻，村庄儿女各当家。
童孙未解供耕织，也傍桑阴学种瓜。

村民们忙忙碌碌，各自在门前屋后为家庭的生计操劳。小孩子尚且年幼，还不懂得怎么耕田和织布，却已经在桑树的阴凉下学着种瓜。这一切显得如此真实生动。

继中兴四大诗人之后，南宋诗坛依然比较活跃，涌现出了多样化的诗人群体和流派。虽然国家面临着诸多挑战，但诗人的心气和豪情并未完全丧失。在这期间，一批布衣或下层官吏等非主流诗人仍在努力地写诗，他们自成一派，被称为"江湖诗派"。江湖诗派或描绘山水、花草等田园风光，或抒发羁旅之思，反映了诗人对自然美景和人生境遇的深刻感悟。

"永嘉四灵"是南宋后期的代表性诗人，包括徐照（字灵晖）、徐玑（号灵渊）、赵师秀（字灵芝，一说号灵秀），翁卷（字灵舒）。这四位诗人均生长于浙江永嘉，且他们的字或号里都带有"灵"字，故而并称"永嘉四灵"。我们对翁卷比较熟悉，因为他的《乡村四月》是小学生必背的古诗：

> 绿遍山原白满川，子规声里雨如烟。
> 乡间四月闲人少，才了蚕桑又插田。

赵师秀也有一首生活气息浓郁的诗：

> 黄梅时节家家雨，青草池塘处处蛙。
> 有约不来过夜半，闲敲棋子落灯花。

永嘉四灵对生活的观察和体会极为细致。比如，"绿遍山原白满川"描绘了山坡田野草木茂盛，稻田水面与天光交映，泛出一片白茫茫的景象。只须用"绿"和"白"两种颜色，就已生动地勾勒出这幅景象。此外，"子规声里雨如烟"提到的子规，即杜鹃。杜鹃常栖息于树上，与前文的"绿"相呼应。"雨如烟"指如烟似雾的细雨，与"白满川"又形成呼应。因此，这两句诗相互映衬，构成了一幅细腻而丰富的画面。

最后，我想重点提及一位伟大的爱国诗人——文天祥。文天祥是南宋末年的重臣，一直坚持抗元斗争。在被元军俘虏后，他被押解至大都。面对威逼利诱，文天祥宁死不屈，在监狱里写下不少诗，最终慷慨就义。

文天祥年轻时写过一些描绘自然景物的诗，但在他肩负起历史的重任后，他的诗作风格发生了显著变化。比如，他在被俘后，过零丁洋[①]时写下了《过零丁洋》，最后两句是：

人生自古谁无死，留取丹心照汗青。

更早时期的古人在竹简上书写文字。这种竹简取自青翠的竹子，必须以火烤去掉其中的水分。在烤制过程中，竹子中的水分仿佛汗水般渗出，因此史书又称"汗青"。这两句诗是说，自古以来，人总有一死，只要史书能记下我的赤诚之心，那么死亡又有什么可怕的呢？在南宋这 100 多年的动荡岁月中，陆游、杨万里和文天祥等人的作品，为这段历史注入了不朽的光辉。

[①]　零丁洋即伶丁洋，现在广东省珠江口外。——编者注

从北宋词到南宋词

　　讲完了宋诗，我们回过头来，再谈一谈苏轼之后的宋词。

　　苏轼推动了宋词的发展，与他同时代的文人，如黄庭坚、晏几道、秦观、贺铸、晁补之和周邦彦等，也在词坛上留下了深刻的印记。

　　黄庭坚、秦观、晁补之和贺铸都是苏轼的好友或晚辈，但晏几道与苏轼的关系较为疏远。秦观和晏几道都在情感上经历挫折。秦观为人自负其才，却终其一生未得志；晏几道则在爱情中遭到重大打击。正是这些经历，使得两人的词作柔肠百转，蕴含着深沉的情思。

　　比如，秦观有一首《鹊桥仙》：

纤云弄巧，飞星传恨，银汉迢迢暗度。
金风玉露一相逢，便胜却人间无数。

柔情似水，佳期如梦，忍顾鹊桥归路。

两情若是久长时，又岂在朝朝暮暮。

其中，最为人称道的是"两情若是久长时，又岂在朝朝暮暮"。即便牛郎与织女一年仅能相会一次，他们的爱情依然坚贞不渝。若两人的感情真挚持久，又何必日日厮守在一起呢？这两句堪称千古流传的爱情佳句。

晏几道对爱情也有着深刻体会。他曾钟情于一位名为小苹的歌女，并为其写下一首《临江仙》，以表怀念。其中"落花人独立，微雨燕双飞"勾勒出一幅凄迷的景象：词人的心上人不在身旁，他孤独地站在落花之中，细雨蒙蒙更添相思之情，偏偏燕子成双飞舞，更加深了他的思念之苦。落花与微雨营造了一种相思的氛围，而"人独立"和"燕双飞"的对比，更是将这种铭心刻骨的情感表现得淋漓尽致。

词按照长度可分为三类，除58字以内的小令外，59字至90字的词被称为中调，91字以上的词被称为长调。晏几道善于写小令，周邦彦则以长调著称。周邦彦不但是文学家，还是杰出的音乐家。他曾管理大晟府，即北宋时期主管朝廷音乐的官署。由于能自己作曲，周邦彦的词作都合音律，富有乐感。值得一提的是，宋代精通音乐的词人多以婉约词见长，而像苏轼这样的豪放派词人，则不那么注重音律。

在精通音律的词人中，北宋有周邦彦，南宋则有姜夔。姜夔承袭周邦彦之遗风，既能自作曲调，又能自填词章。在姜夔流传下来的词作中，配有曲谱的共有17首，这是宋代重要的音乐文献。也就是说，如今我们根据姜夔的曲谱，还有可能复原、演奏并歌唱这些古曲。

贺铸是北宋时期的一位颇具特色的词人。他长相奇特，面色铁青，被时人称为"贺鬼头"。贺铸还有一个雅号叫作"贺梅子"，这源于其代表作《青玉案》中的一段描述："若问闲愁都几许？一川烟草，满城风絮。梅子黄时雨。"

这首词并未言明词人究竟为何事发愁，然而一旦品读，就能感受到那股淡淡的忧愁。此刻春日将近尾声，绿草如烟，茫茫一片，难以辨识，恰似那迷惘的心绪。絮即思绪，柳絮飘散，宛如人心中纷扰的愁绪。梅雨季节，阴雨连绵，甚少放晴，也像人忧郁的心情。可见，春光易逝，年华易老。他忧愁的事情越是模糊不清，越能激发读者的共鸣。

这些北宋词人相对幸运，他们在"靖康之变"前离世，并未目睹国家灭亡的惨况。但是，比他们年轻的一代人就没那么幸运了。年轻一代的一生被"靖康之变"一分为二，前半生享受着幸福和安宁，后半生则饱受颠沛流离之苦。

北宋末年在中国历史上具有特殊性。不同于其他王朝末年的兵荒马乱和民生凋敝，北宋直到灭亡前夕，还保持着一定的繁荣，尤其大城市中的生活依旧热闹非凡、奢华无度。北方的金朝迅速崛起，突如其来的攻击导致了北宋的灭亡。随后，许多人逃往南方，这一历史事件被称为"南渡"。其间，文人们感受到了巨大的心理落差，李清照正是这一情感体验的典型代表。

李清照是齐州章丘人，从小就是远近闻名的才女。她与才子赵明诚结为夫妇，两人的婚姻生活相当美满。他们一起读书、写诗，共同探讨学术，使得李清照的早年生活充满了幸福与满足。比如，她早期的一首《如梦令》：

常记溪亭日暮，沉醉不知归路。

兴尽晚回舟，误入藕花深处。

争渡，争渡，惊起一滩鸥鹭。

这首词充满了生活情趣，风格欢快活泼，展现了一个青春少女旺盛的生命力。

后来，由于赵明诚出仕，两人时有别离，李清照写下表达相思之情的《一剪梅》：

红藕香残玉簟秋，轻解罗裳，独上兰舟。

云中谁寄锦书来，雁字回时，月满西楼。

花自飘零水自流，一种相思，两处闲愁。

此情无计可消除，才下眉头，又上心头。

尽管心中带着淡淡的忧伤，但她仍能与丈夫经常互通"锦书"，倾诉衷肠。锦书，是对心上人书信的美称。仅从这个词，你就能体会到两人之间的深厚情感。并且，李清照此刻还能身穿罗裳，登上兰舟，过着悠闲自在的生活。

遗憾的是，李清照在 44 岁这一年遭遇了北宋的灭亡，不久后丈夫赵明诚也因病去世。面临国破家亡的双重打击，南渡后的李清照情绪低落，生活变得凄苦，其晚年满是伤心和绝望。比如，她写了一首《声声慢》，开篇即是：

寻寻觅觅，冷冷清清，凄凄惨惨戚戚。

枯坐无聊，茫然若失，悲凉之感油然而生，此前较少有人这样遣词造句。她选用的这几个字，颇具匠心：你细读之下，会发现它们的声母多为摩擦音，爆破音较少；韵母多为细音，发音口型开口度较小。这样的音韵组合，使得字句显得格外凄婉惨切。如"堂堂正正"一词，听来便觉昂扬振奋。可见，读音和情感之间是有关联的。李清照不愧是中国历史上最杰出的女词人之一。

第三十讲

南宋词

"靖康之变"后，宋人猛然间发现，曾经的繁荣已被现实彻底摧毁。南宋初年，从朝廷至民间，抵抗外敌的呼声愈发高涨。因此，南宋的词坛迎来了新的飞跃，其中的代表人物就是辛弃疾。

辛弃疾是济南历城人，在他出生时，家乡已处于金朝的统治之下，因而他自幼心怀对故土的哀思和对国家的深厚感情。辛弃疾起初并非以文人自居，他在22岁时就组建了一支队伍，并加入抗金义军。在抗金的队伍中，出现了一位名叫张安国的叛徒。得知此事后，辛弃疾带领50名骑兵勇闯敌营，成功将张安国擒获。辛弃疾投奔南宋朝廷后，渴望贡献自己的力量，收复失地。但是，南宋朝廷内部派系林立，整体局势错综复杂。尽管辛弃疾多次努力，都未能如愿，他只能怀抱未酬的壮志，终老于江南地区。

辛弃疾和苏轼虽同为豪放派的代表人物，并称

"苏辛"，他们的风格却存在一定差异。苏轼虽具豪放气概，但毕竟是文人出身，未曾投身战场。而辛弃疾不仅亲自带兵打仗，更是一位真正的英雄。他在年轻时就已有英雄般的壮举，想要实现更伟大的事业。苏轼性情旷达，这种性格使他在面对困难时能保持乐观，不被挫折击倒。相比之下，辛弃疾的性格更为进取。因此，苏轼偏爱白居易、陶渊明等文人，辛弃疾则赞颂孙权等英雄人物。这反映了他们不同的自我定位。例如，辛弃疾的《南乡子·登京口北固亭有怀》：

> 何处望神州？满眼风光北固楼。
>
> 千古兴亡多少事？悠悠。不尽长江滚滚流。
>
> 年少万兜鍪，坐断东南战未休。
>
> 天下英雄谁敌手？曹刘。生子当如孙仲谋。

京口北固亭是三国时期东吴孙权的重要军事据点。孙权在 19 岁时就接管东吴，因而辛弃疾形容他"年少万兜鍪"。"兜鍪"指的是头盔，借指士兵。年轻的孙权统领着千军万马，控制了江南的大部分地区。在天下群雄之中，谁是他的对手呢？唯有曹操和刘备两人。

"生子当如孙仲谋"，这句话是曹操对孙权的评价。公元 213 年，曹操率领大军攻打东吴，与孙权的军队在濡须口对峙。曹操远远一看，对面的队伍军容严整、旗帜飘扬、威风凛凛，就知道其统帅非同小可。细看之下，统帅正是孙权。彼时，孙权年仅 32 岁，而曹操已经 59 岁了，与孙权的父亲同辈。曹操对这位年轻人既喜爱又敬佩，脱口而出道："生子当如孙仲谋。"仲谋是孙权的字，意即生子当以孙权为榜样。

辛弃疾巧妙地运用比喻，将自己与孙权进行类比。这与苏轼的做法截然不同。苏轼虽然也喜欢描写三国人物，如在《念奴娇·赤壁怀古》中写道"遥想公瑾当年，小乔初嫁了，雄姿英发"，赞美周瑜的英姿勃发和赤壁之战的辉煌战果，但他始终是以旁观者的身份来叙述的，并未将自己代入周瑜的角色。而辛弃疾则有一种代入感，自认为是三国时期的豪杰，坚信若有机会，他也能"万兜鍪"，也要"战未休"。

辛弃疾始终怀有征战沙场的壮志。即便年事已高，他还在梦里回到军营，建功立业，这是他毕生的追求。比如，他的名作《破阵子·为陈同甫赋壮词以寄之》：

> 醉里挑灯看剑，梦回吹角连营。
> 八百里分麾下炙，五十弦翻塞外声，沙场秋点兵。
>
> 马作的卢飞快，弓如霹雳弦惊。
> 了却君王天下事，赢得生前身后名，可怜白发生。

他身边常备宝剑，每当酒后便取出观赏，凝视间仿佛重返两军阵前。的卢是一种千里马，炙则是烤制的肉食。在这首词中，弓箭、战马、利剑、沙场、连营、号角，无一不洋溢着力量与激情。

我们之前提到，与诗不一样，词的主流风格是婉约，更倾向于表达含蓄、委婉和朦胧的情感，较少讲述大道理。此外，词的语言风格也更轻灵细腻。比如，秦观的这首《浣溪沙》：

漠漠轻寒上小楼，晓阴无赖似穷秋。淡烟流水画屏幽。

自在飞花轻似梦，无边丝雨细如愁。宝帘闲挂小银钩。

寒是轻的，楼是小的，感觉是若有若无的，情绪是无聊的，烟是淡淡的，水是流动的，雨是如丝如缕的，帘子是悠闲的，钩子也是小的，而且泛着洁白的银光。可见，词作描绘的多是精美、细腻、轻盈的事物。但辛弃疾拓展了词的题材范围，即书写军旅生涯，描绘刀光剑影，展现沙场点兵的壮阔景象。辛弃疾为词增添了浓厚的英雄气概和激昂的豪情，这些特质在苏轼的作品中相对少见。

在辛弃疾的笔下，宋词展现出更为高远的境界。北宋时期涌现了众多词人，他们或豪放，或婉约，但多数是文人出身，生活圈有限。即使他们目睹过战争，但由于未曾参与战事，仅作为旁观者，他们的作品显得不够真切。而辛弃疾与岳飞一样，曾亲自带兵打仗。据说，辛弃疾的相貌非常威猛，身材魁梧，虎背熊腰，面色红润，目光炯炯有神，壮健如虎。一个人的经历与气质，无疑影响着其作品的格调。

辛弃疾以其独特的词风，开创了"辛派"。除了辛弃疾，辛派的词人还有张孝祥、陆游、陈亮和刘过等。他们的创作风格与辛弃疾相近，均以豪放著称。尽管这四位词人也未曾参与战事，但他们身处南宋抗金的时代背景中，其作品不但充满了忧国忧民的情怀，还气势磅礴，读起来令人精神振奋。这些词作实际上反映了南宋人民坚持抗争的强烈呼声。

但问题是，并非所有人都能坚持抗战。在南宋100多年的历史中，那种激昂的抗争精神是逐渐减弱的。随着时间的流逝，人们开始适应并接受了现状，对收复失地的热情也慢慢消退了。对许多人来说，安稳度日似乎更为实际，何必为了一个不确定的结果去承受流血牺牲的代价呢？因此，南宋朝廷起初还能与金朝进行一些激烈的战斗，后来，人们越来越意识到，无论是国力还是士气，都不足以支撑长期的抗争，希望逐渐变得渺茫。

南宋时期的词与诗，在时代洪流中命运相似。随着辛派词人的逐渐离世，南宋词坛的铁血豪情和忧国忧民之声渐渐沉寂。朝廷中的诸位大臣各自为政，忙于争权夺利甚至以权谋私，家国情怀日渐淡薄。与此同时，另有一群人活跃起来，他们多是未入仕的文人，甚少涉足官场，而是游走于江湖之间，通常被称为江湖游士。这些文人将词视为一种艺术形式，追求精致与婉约，注重音乐性的表达。

南宋末年，部分词人亲历了南宋的灭亡，并在元朝度过了一段岁月。他们被称为遗民，即前朝留下的百姓。吴文英便是其中之一，其号梦窗，所著词集因而得名《梦窗词》。到了吴文英所处的时代，宋词的题材似乎已近穷尽。因此，吴文英开始尝试将诸多优美的意象和深邃的情感相融合，创作出看似华美的作品。这种风格被誉为"七宝楼台"，但细究其构成，则显得零散无章。

在南宋遗民词人中，蒋捷亦占有一席之地。他有一首相当知名的《虞美人》：

少年听雨歌楼上，红烛昏罗帐。
壮年听雨客舟中，江阔云低断雁叫西风。

而今听雨僧庐下，鬓已星星也。

悲欢离合总无情，一任阶前点滴到天明。

这首词是他在南宋灭亡后所写，短短八句便概括了他的一生。从少年时的放纵享乐，寻欢作乐；到中年时的四处漂泊，饱经忧患；再到晚年时的心灰意冷，落寞萧索。蒋捷的一生，仿佛映射了整个大宋王朝的兴衰历程。

四

第三十一讲

元杂剧

南宋灭亡后，中国历史进入了一个新的朝代——元代。

元代具有三个显著特点：第一，统治者实行严格的等级制度，汉人的地位相对较低。元朝的科举考试时断时续，导致文人们无法像宋代那样，通过科举稳定地进入官场。但对文人们来说，这既是一种不幸，也蕴含着某种机遇。

不幸在于传统文人的上升通道变窄了，部分人甚至在社会底层艰难度日。当时，社会中出现了"九儒十丐"的说法，即文人是第九等，乞丐则是第十等。在元代初期，文人的社会地位显著下降，这对文化的传承与发展是不利的。

而机遇则在于文人们察觉到社会地位的变化，对朝廷的态度开始有所保留。他们不再需要为生计而依附于朝廷，也不再一味地歌功颂德。依靠自身的才华和能力谋生，让他们保持了一定的独立性。

元代的文人若能脱颖而出，往往具有一定的独立性，无须依附于朝廷。常言道"拿人手短，吃人嘴软"，人只有在经济上自给自足，人格才能独立。随着社会地位的下降，文人们若想追求高位，往往需要付出代价，甚至可能包括以人格进行交换。

第二，城市经济比较发达。像大都、汴梁、杭州、大同之类的城市都是一片繁华景象。在这些城市之中，聚居着一个庞大的市民阶层。这一阶层需要丰富多彩的娱乐生活，有着较高的文化消费欲望，比如听评书、看戏等。这些正是文人大显身手的舞台。

第三，思想相对自由。元代又处于民族融合的特殊历史阶段，不同民族文化相互碰撞、交融，文化环境可谓兼容并包。

那么，元代的文人都在做些什么呢？一些人开始创作戏剧。戏剧之所以兴起相对较晚，是因为它是叙事文学的一种形式，其核心在于讲述故事。一个成熟的市民阶层是戏剧发展的必要条件。像唐代那样实行宵禁制度，居民被限制在各自的坊内，不得外出，那还怎么看戏呢？此外，优秀戏剧的创作也需要文人们的参与，因为他们接受过良好的教育，拥有丰富的文化知识。

此前，文人们多忙于科举考试和政治活动，努力跻身于上层社会，少有闲暇时间创作面向普通百姓的作品。而上层社会重视什么呢？一方面是文章，无论是皇帝颁发的圣旨还是官府发布的政令，都必须措辞严谨、叙述清晰，戏剧显然并不适用；另一方面是诗歌，因为它具有教化民众的功能。可见，诗和文多是为上层社会服务的，而小说和戏剧则更能为百姓们提供娱乐。同时，元代相对宽松的文化环境，使许多文人有机会参与书场、戏台的活动，元杂剧由此而来。

元杂剧采用"四折一楔子"的结构。楔子是作为开场的简短部分，用于介绍剧情背景或人物关系。随后，剧情被划分为四个阶段，每个阶段即一折，每折展现一个特定场景。在京剧、歌剧等现代戏剧中，所有演员都可参与演唱，但元杂剧则不同，一般由一人主唱，其他角色则负责念白。

元杂剧较多地受到了说唱艺术的影响。如前所述，唐代寺庙中的俗讲，通常由一位主讲者在台上讲述，偶尔会有伴奏音乐，有点像如今的大鼓书。元杂剧则是一种融合了说唱艺术的戏剧形式，以主唱人为核心，辅以其他角色的念白和表演。这正是中国戏剧的特色所在。元杂剧一度非常繁荣，见于书面记载的作品有 500 余种，有姓名可考的杂剧作家有 220 余人。

在众多元杂剧作家中，关汉卿毫无疑问是佼佼者。据统计，关汉卿创作的杂剧存目共 67 种，题材类型多样化。悲剧《窦娥冤》是他的重要代表作之一。

窦娥是楚州的一个寡妇，其父窦天章是一位清贫的书生，进京赶考后便音讯全无。本已命苦的窦娥又遭到无赖张驴儿的陷害。张驴儿在一碗羊肉汤中投毒，企图谋害窦娥的婆婆，未料张驴儿的父亲误食了这碗汤，结果中毒身亡。张驴儿趁机诬陷窦娥投毒，将她告到衙门。楚州太守桃杌是个贪官，他听信了张驴儿的诬告，不仅不理会窦娥的申诉，还将窦娥屈打成招，更判她斩首示众。

临刑前，窦娥满腔悲愤地许下三桩誓愿：第一，要在旗杆上悬挂一匹白练。假如她是冤屈而死，头落之时，鲜血全部飞溅到白练上。第二，如今正值六月，假如她是冤屈而死，则天降大雪。第三，假如她是冤屈而死，楚州将大旱三年。窦娥立下誓愿后，刽子手随即行刑。随着窦娥的头颅落地，热血喷涌，染红了白练，同时狂风怒吼，乌云密布，天降鹅毛大雪。自那日起，楚州遭遇了长达三年的干旱。幸运的是，窦天章后来考中进士，官至高位，并奉命巡视楚州。恰在此时，窦娥的鬼魂显灵，向父亲哭诉冤情。窦天章震惊之余，重审此案，终为女儿沉冤昭雪。

为什么这个故事能流传至今呢？它生动地展现了元代社会的阴暗面。在那个时代，弱小善良的人受到欺凌，而有权有势的人则能任意妄为。这类冤案在古代并不算罕见，但敢将其写进戏剧并广泛传播的人很少。这不正是在挑战权贵的颜面，揭露了所谓太平盛世的虚假吗？可见，关汉卿勇气可嘉。并且，窦娥不仅控诉官府的黑暗，甚至质疑天与地的公正性。在古代，天与地被视为至高无上的主宰，是具有权威性的存在，谁又敢对它们表达不满呢？窦娥就敢于表达，比如她有一段唱词：

【滚绣球】有日月朝暮悬，有鬼神掌着生死权。天地也，只合把清浊分辨，可怎生糊突了盗跖、颜渊？为善的，受贫穷更命短；造恶的，享富贵又寿延。天地也，做得个怕硬欺软，却原来也这般顺水推船。地也，你不分好歹何为地？天也，你错勘贤愚枉做天！哎，只落得两泪涟涟。

盗跖是传说中的大盗，象征着邪恶。颜渊即颜回，是孔子的得意门生，代表着正义。窦娥含泪控诉："地啊，你如果不能分辨是非对错，那还算什么地；天啊，你如果连贤良和愚昧都分不清楚，那还算什么天。"这种对天地的责问，可谓直击人心。于是，窦娥立下上述三桩誓愿：血染白练、六月飞雪、大旱三年。窦娥去世后，她的誓愿逐一应验，将这场悲剧的效果推向了顶点。

《单刀会》是关汉卿的另一部知名戏剧，讲述了三国时期关羽与鲁肃围绕荆州的斗争。东吴都督鲁肃想要索还荆州，但又忌惮关羽的威名和实力。于是，他精心设计了一场酒宴，邀请关羽前来赴宴，并暗中设下埋伏。若关羽答应归还荆州，他便不会采取任何行动；但若关羽不答应，埋伏着的士兵将一拥而上，当场捉拿关羽。关羽明知有诈，却仗着万夫不当之勇，手持青龙偃月刀，勇闯龙潭虎穴。在宴席上，关羽痛斥鲁肃，并抢先将其挟持，最终全身而退。

《单刀会》中有一支曲牌《驻马听》，其中提到关羽乘船前往东吴时，在长江上所唱的内容：

> 水涌山叠，年少周郎何处也？不觉的灰飞烟灭，可怜黄盖转伤嗟，破曹的樯橹一时绝，鏖兵的江水犹然热，好教我情惨切！（带云）这也不是江水，（唱）二十年流不尽的英雄血！

历史上的单刀赴会可能发生在公元215年，距离赤壁之战结束大约七年。昔日的豪杰有不少已经凋零。关羽在此追忆智破曹军的周瑜、以苦肉计充当先锋的黄盖，同时感慨这些人如同当年的战船一般灰飞烟灭。但世间的争夺并未停歇，江水似乎还在沸腾。为何如此呢？关汉卿用了一句生动的比喻：江中流淌的并非江水，而是二十年来流不尽的英雄血。这段话既慷慨激昂，又有一种历史的沧桑感。

关汉卿的艺术才华是多方面的，他在悲剧、喜剧和历史正剧方面都有代表作，堪称元杂剧的领军人物，被后世尊称为"曲圣"。

　　与关汉卿齐名的是王实甫。王实甫的代表作之一是《西厢记》，讲述了张生与相国之女崔莺莺的爱情故事。该剧至今仍被不断地改编和演出。

　　元杂剧还有两位代表人物——马致远和白朴。马致远的《汉宫秋》讲述了王昭君出塞的故事，而白朴的《梧桐雨》则讲述了唐玄宗和杨贵妃的爱情故事。其中，关汉卿、马致远和白朴，都是元曲四大家之一。

散曲

除了杂剧，元代还流行散曲。杂剧通常是由一支支曲牌组成的。比如，在《窦娥冤》中，窦娥所唱的"有日月朝暮悬"，便是一支独立的曲子，其曲牌名为《滚绣球》。曲牌与词牌类似，每个曲牌都有特定的曲谱和唱法。

我们曾经提到，元杂剧一般分为四折，每折的唱词由若干曲牌组成。但是，这些曲牌并不能单独演唱，因为它们与剧情紧密相关，相关角色需要边唱边进行表演。若将它们孤立地呈现，便会不知所云。这种曲牌叫作"剧曲"，而和"剧曲"相对应的是"散曲"。散曲不受剧情的限制，可以独立传唱。

散曲与词颇为相似。例如，马致远不仅擅长写杂剧，也是著名的散曲家。他有一首《天净沙·秋思》：

枯藤老树昏鸦，小桥流水人家，古道西

风瘦马。

夕阳西下，断肠人在天涯。

《天净沙》是一支曲牌。无论由谁创作，《天净沙》的曲调总是保持一致。其他文人也尝试谱写《天净沙》，但唯独这首散曲被誉为"秋思之祖"，这是为什么呢？

这首散曲的构思非常精妙。前三句省略了动词，只有九个名词。此方法对文学技巧的要求极高，因为必须精准挑选每个名词，才能确保意境的完整传达。

这九个名词的选择恰到好处。藤蔓枯萎，树木苍老，乌鸦在黄昏时分徘徊，古道幽深，西风凛冽，马匹瘦弱，每一幕都显得阴郁而萧索，流露出一种深沉的忧伤。然而，在这幅画面中，仍有一抹亮色——那座小巧的桥、潺潺的流水，以及路边的几户人家。按理说，这些景象应该带来一丝温馨，但紧接着又是断肠人远在天涯的感慨。原来，曲中的旅人孤身在外，那些人家并非自己的归宿，而是别人的家。这更加凸显旅人内心的无助、凄凉、孤独与迷茫。有人将这首《天净沙》比作唐人绝句，这番见解可谓独具慧眼。

《天净沙·秋思》是一首独立的散曲，并非从戏剧中摘录出来的，意在抒发对故乡的秋日思念。从这个角度看，曲与词一样，是一种新的诗歌体裁。

为什么会出现元曲呢？这又要追溯中国古代诗歌的发展历程。诗歌，如汉乐府，起初是与音乐紧密结合的，是可以配乐演唱的。但这样一来，诗歌成为音乐的附庸。自文人们创作了大量无须演唱的诗歌后，诗歌逐渐从音乐中分离出来，也从民间走向更为高雅的艺术殿堂。

到了唐代，诗歌已然趋向于高雅化，不再广泛用于配乐演唱。但普通百姓仍旧需要歌曲来表达情感，于是词应运而生。词是一种流行的曲调，也源自民间，与汉乐府共同丰富了中国古代的文学形式。

宋代以来，文人们纷纷参与词的创作。词也逐渐从音乐中分离出来，由通俗转为高雅。与此同时，从民歌中发展出来的"曲"，成为新的流行音乐。元代曲风盛行，文人们再次加入创作行列，使元曲在通俗的基础上，融入了高雅的文学元素。

在当今时代，我们不再演唱元曲，而有了新的流行音乐。元曲更多地停留在书本之上，供人翻阅。纵观文学史的这条主线，诗歌与音乐的结合是其重要特征。从这个艺术源头出发，音乐这棵大树上，逐渐衍生出唐诗、宋词、元曲等枝杈，它们各自独立，成为文学史上的参天大树。

元代之后，明代散曲也非常繁荣。南方的散曲家有陈铎、王磐，北方的散曲家有冯惟敏、王九思。他们都是明代散曲的代表人物。其中，王磐有一首《朝天子·咏喇叭》：

> 喇叭，唢呐，曲儿小，腔儿大。
> 官船来往乱如麻，全仗你抬声价。
> 军听了军愁，民听了民怕。那里去辨甚么真共假？
> 眼见的吹翻了这家，吹伤了那家，只吹的水尽鹅飞罢！

这首散曲讽刺了宦官专权的社会现实。当时，宦官经常欺压百姓。他们出行时乘坐官船，随行的仪仗队中常伴有喇叭声和唢呐声，用于壮大声势。这些乐器虽然旋律相对简单，却声音洪亮，能够传得很远。即便在今天，乡村葬礼中唢呐的吹奏声仍能传至数里之外。这种强烈的音响效果，正讽刺了那些才疏学浅却装腔作势、飞扬跋扈的宦官。他们到处搜刮民财，使得百姓家家不得安宁，甚至倾家荡产。在此之前，文人鲜少这样描写，因此这首散曲的讽刺意味尤为突出。

提及明代散曲，自然绕不开明代民歌。当时社会流行小曲，通俗文学家冯梦龙将收集的民歌编成了两部书，即《挂枝儿》和《山歌》，总计收录了约 800 首小曲。

明代民歌以表达情感为主，尤其是青年男女之间炽热的情感。比如《锁南枝》，是以一个女子的口吻唱的：

傻俊角，我的哥！和块黄泥儿捏咱两个。捏一个儿你，捏一个儿我，捏的来一似活托，捏的来同床上歇卧。将泥人儿摔碎，着水儿重和过，再捏一个你，再捏一个我。哥哥身上也有妹妹，妹妹身上也有哥哥。

傻俊角就是该女子的心上人。活托即活脱脱，形容事物栩栩如生，极其相似。这首民歌不仅情感真挚炽烈，而且想象新奇，表达方式更是直接而坦率。

其实，自先秦时期起，民歌便已存在，如《诗经》中许多诗篇都源自民间。汉乐府亦收录了不少民歌。南朝的《西洲曲》和北朝的《木兰诗》，都是唐代文人借鉴学习的典范。宋词与元曲都源于民歌。在民歌被文人们吸收并转化为高雅文学的同时，民间也在不断孕育着新的民歌。这一过程可以追溯到如今的流行音乐。尽管唐诗、宋词、元曲均曾盛极一时，但随着时代的变迁，它们的发展势头已然减弱。唯独民歌这条文化长河，自文字诞生就已发源了，并一直流淌至今，从未间断。这正是民间力量和群众创造力的体现，它们比任何文豪的影响力都要持久和强大。

明代小说（上）

　　相较于唐代，宋代之后的社会的一个显著特点是城市文化的蓬勃发展及娱乐活动的日益多元化。在唐代，夜幕降临后，居民必须返回各自的坊内，坊门紧闭，不得外出。街道上还有士兵巡逻，若有人擅自外出，便可能会受到惩罚。这些规定显然限制了夜间的娱乐活动。直到宋代，城市居民的自由度得到提升，娱乐方式也更加丰富。

　　普通百姓的娱乐活动以听评书、看戏为主。这些活动更贴近民间，属于大众文化。与此相对，吟诗作赋、阅读散文更多地属于精英文化。从宋代到明代，小说和戏剧渐渐兴盛，成为流行的文化形式。到了明代，小说和戏剧的风头在一定程度上超过了诗和文。

　　宋代是小说发展的重要阶段。彼时，城市中最常见的娱乐活动之一便是"说话"。这种说话不同于日常对话，而是一种结合了表演的艺术形式，类似于现今的说评书。说书艺人不可能仅凭记忆复述每个细节，因此他们手中通常握有故事的底本。这些底本被称为"话本"。

宋代说话分为四家，即说经、讲史、小说和合笙。说经讲佛教经典，讲史讲历史事件和人物故事，小说主要讲述包含神怪、爱情、断案等故事，合笙则有点像即兴表演。随着时间的推进，说话艺术在明代达到了鼎盛状态。民间说书艺人创作了不少话本，同时，受过良好教育的文人们也积极参与话本的创作和整理。这一现象在之前的朝代中并不常见。

元代时，由于科举考试时断时续，许多文人转而投身戏剧创作，实属无奈之举。但到了明代，文人撰写小说和戏剧蔚然成风。这些作品深受社会各阶层喜爱，从皇帝、王爷到市井百姓，无不为之着迷。此外，鉴于写书、印书带来的经济效益，一些没能考中科举的文人开始进行文学创作，商业文学由此渐渐兴起。

明代诞生了许多像《三国演义》这样的经典小说。你或许知道《三国演义》的作者是罗贯中，但这种说法并不严谨。我们需要明确一点：现代小说通常由单一作者撰写，而明代小说的成书过程则与之大相径庭。它们大多数源自说书艺人的话本，经过数百年甚至更长时间的流传，加上无数文人、说书艺人的不断润色和加工而成。故而，我们很难确定明代小说的原创作者是谁。这类小说，被称为"历代层累式"小说。

《三国演义》的成书历经了1000多年的演变。在隋唐时期，三国故事已经开始广为流传。至迟在唐朝末年，三国故事几乎妇孺皆知。北宋时期，一些说书艺人专门讲述"三分"——三国故事。据传，当时父母为了让孩子们安静点，会给一些零花钱，让他们去街上聆听三国的评书。每当听到刘备失败了，孩子们总是感到非常难过，甚至情不自禁地流下眼泪；若是听到曹操被打败，他们则会欢欣鼓舞，手舞足蹈。可见，三国故事在当时社会已然深入人心。

金元时期，三国故事被大量搬上舞台。元英宗至治年间流传下来的《全相三国志平话》，被视为今存最早的三国话本。大约在元末明初，罗贯中将市面上流行的各种平话汇集整理，形成《三国志通俗演义》一书。请注意，它这时并不叫作《三国演义》。

罗贯中去世后约300年，即清康熙年间，毛纶、毛宗岗父子对这部作品进行了一些修订，将其整理为120回，并正式定名为《三国演义》。可知，罗贯中并非《三国演义》的单一创作者。在罗贯中之前，三国故事已经流传了数百年；而在他之后，毛氏父子进行了系统的修订和整理。至于"三国演义"这一名称，其实是清代人所定的。这是一部从正史中走出，融入民间传说，又被文人们重新整理的文学作品。

《三国演义》的叙事始于汉末黄巾军起义，直至西晋灭掉东吴，涵盖了约100年的历史。《三国演义》中呈现了两个有趣的现象。

其一，翻阅《三国演义》时，你会发现这部共120回的巨著，其大半篇幅聚焦于汉末的二三十年间。直到第80回"曹丕废帝篡炎刘，汉王正位续大统"，提到曹丕与刘备相继称帝，至此汉代宣告终结，三国时代正式开启。而直到第98回"追汉军王双受诛，袭陈仓武侯取胜"，孙权也称帝，三国鼎立的格局才在小说中得以完整呈现。随后的22回，竟然一气呵成地叙述了约50年的历史。

为何会出现这种头重脚轻的情况？难道是因为作者在创作过程中变得懈怠了吗？

实际上，这正是《三国演义》的趣味所在：它是文学作品，而不是史书。文学创作讲究引人入胜和生动活泼，而史书则注重准确性和全面性。三国故事之所以扣人心弦，是因为它展现了那段龙争虎斗的岁月，即各方势力激烈角逐的历史阶段。

在那段龙争虎斗的岁月，各种情况层出不穷，如压抑与奋斗、背叛与结盟、绝望与反扑、无奈与惊喜等，都是构成故事的绝佳素材。

在西方的童话中，不乏王子和公主的故事。通常这些故事会描述王子勇斗恶龙、拯救公主的情节，并以"王子和公主从此幸福地生活在一起"作为结局，这就是文学。

接下来呢？故事到此结束，文学作品的任务也就完成了。

童话故事往往在王子成为国王，公主成为王后之后戛然而止，鲜少继续描写国王如何赈济灾民、提拔大臣，王后如何出席典礼、会见外宾等。这些内容不是文学，而是历史记载——对一个国家而言，它们也许比战胜恶龙更重要，但这种流水账式的记录，又有谁爱看呢？

在阅读《三国演义》之前，需要注意的是，《三国演义》属于文学范畴，而三国时代则是历史事实。

其二，《三国演义》的一大特点是"拥刘反曹"的思想倾向。在叙事作品中，通常会设定正派和反派，或者通俗所说的好人和坏人。其中，刘备被塑造为正面角色，而曹操则被刻画为具有反派特质的人物。

在中国传统社会中，存在一种所谓的"正统"观念，它代表着具有合法性且被广泛认可的王朝。一般来说，只要某个王朝能够实现大一统，比如汉朝和唐朝，便能获得正统地位。但是，在东汉末年，魏、蜀、吴三国鼎立，各自为政。那么，究竟谁才是正统呢？这是一个颇具争议的话题。

事实上，刘备建立的蜀国地盘较小，实力也较弱。《三国演义》却将刘备视为正统，而将曹操塑造为谋朝篡位的反派角色。在阅读《三国演义》时，我们往往会觉得蜀国代表着正义，甚至任何与刘备为敌的势力，似乎都成了邪恶的一方。这与历史事实存在一定出入。长期以来，主流观点认为魏国才是正统，因为曹操控制了东汉的核心地带，其子曹丕废黜汉献帝，建立了魏国。魏国不仅疆域辽阔，而且国力强盛。继魏国之后的西晋，也是在原有的基础上统一了全国。

然而，蜀国君主刘备姓刘，自称是汉景帝之子中山靖王刘胜的后代。他自认是汉朝的合法继承者，也具备争夺正统的资格。历史上，支持魏国作为正统的观点叫作"帝魏寇蜀"，即认为魏国君主才是真正的皇帝，而将蜀国君主贬为寇贼。相对地，支持蜀国作为正统的观点则叫作"拥刘反曹"。

在历史的长河中，这两种声音始终存在。宋代以前，人们普遍认同魏国为正统王朝。但自宋代起，人们逐渐将蜀国视为正统。这种转变背后的原因错综复杂。比如，宋朝频繁遭到辽和金的侵扰，甚至被金军击败而被迫南渡，导致国力大减，这与刘备屡遭曹操压迫的情形较为相似。北方的辽和金，实力强大，颇具侵略性，与魏国的形象有所重叠。故而，人们讲述三国故事时，会将自身情感投射其中，视自己为刘备一方。

历史上的刘备，确实有着仁义宽厚的一面；而历史上的曹操，也确实有着凶暴残忍的一面。有鉴于此，在民间流传的三国故事中，通常是刘备作为正派，曹操作为反派。

此外，还有一处关键的区别：刘备与曹操、孙权不一样，他是一位平民英雄。在魏、蜀、吴三国的统治者中，只有刘备是白手起家，逐步攀登至高位。他的起点极低，可是最终成了一方霸主。

曹操的父亲曹嵩，是东汉末年宦官曹腾的养子。曹腾曾侍奉四代皇帝，被汉桓帝封为费亭侯，极有名望。曹嵩继承了曹腾的爵位，并在汉灵帝时担任太尉，这是一个相当高的官职。

孙权同样倚仗着家族的雄厚背景，其父孙坚、兄长孙策在江东地区经营了许多年。孙策去世后，孙权直接接管了这份基业，并逐步将其发展壮大。

唯独刘备出身贫寒，家道中落，早年以编席子、卖草鞋为生。他确实拥有"汉室宗亲"的血统，但全天下姓刘者千千万万，若非手握实权，这点血统又有何用？

鉴于刘备出身于平民家庭，而三国故事又在民间广为流传，普通百姓肯定更推崇刘备，而对曹操、孙权的好感度较低。

因此，刘备的故事处处迎合了普通百姓的喜好和品味。比如，开篇即写"桃园三结义"的情节，但历史上刘备、关羽、张飞三人可能并没有结义，史书只是记载他们"恩若兄弟"。民间热衷于结拜，因为对普通百姓来说，每个人都是弱小的，通过结拜这种形式，能将分散的弱小力量汇聚起来，共同成就一番大业。于是，百姓们理所当然地认为，刘备、关羽、张飞三人必定结拜为兄弟。时至今日，民间还有结拜的风俗，且在结拜仪式上，人们常常供奉三人的画像。从某种角度看，"桃园三结义"为普通百姓带来了一些生活希望。

《三国演义》的语言是浅显易懂的文言文。相较于标准的文言文，它更为简洁，却又不等同于通俗的白话文，故有人评价《三国演义》"文不甚深，言不甚俗"。换言之，文辞不甚艰深，但语言也不甚庸俗。

《三国演义》在叙述历史故事方面堪称典范。毕竟，历史故事不同于虚构小说，后者可以自由发挥。比如，你可以随意描述孙悟空与妖怪的战斗，无论结果如何都无伤大雅。但历史故事必须兼顾史实，每段历史背后都存在一些材料和多角度的解读，就像面对一堆杂乱无章的线索。在没有明确指导的情况下，如何将这些线索拼凑成一个完整的故事呢？这正是考验作者剪裁与构思能力的时刻。

《三国演义》中的人物形象塑造得栩栩如生，性格特征突出，这种创作手法被称为"类型化"。我们可以尝试用一句话概括主要角色的性格特征。如果我遮住右侧，光看左侧，你来猜猜这是谁。

宽厚仁爱：刘备。

雄豪奸诈：曹操。

义薄云天：关羽。

勇猛暴烈：张飞。

智谋超群而忠勤谨慎：诸葛亮。

风度高雅而气量狭小：周瑜。

你大概能猜出来，这正是"类型化"的体现——它使人物及其性格更容易被读者记住。

第三十四讲

明代小说（下）

明代小说在文学史上具有举足轻重的地位，因此必须分成两讲来探讨。这一讲将介绍明代两部极具影响力的小说——《水浒传》和《西游记》。

经过上一讲的学习，我们对"历代层累式"小说这一概念已有所了解。《水浒传》与《三国演义》一样，都不是一蹴而就的作品，而是历经了数百年的演变才逐渐成形的。

先来谈谈书名。书名中的"浒"字相对生僻。"浒"字最早出现在《诗经》中，意指水边。例如，江边叫作"江浒"，河边叫作"河浒"。如果你读过《水浒传》，想必知道，一百零八位好汉聚集的地方，是一处名为"梁山泊"的大湖泊。因而，《水浒传》就是"发生在水边的故事"。

书名中"水"是指梁山泊，它在地理上是有原型的。梁山是位于今山东省梁山县的一座山。环绕梁山四周的那片水域，在宋代时被称为梁山泊（或"梁山泺"）。如今，梁山泊的大部分水域已经干涸，但在古代，这里曾长期存在着一片广阔的水面，更准确地说，是一个湿地。

湿地的水域往往不算深，虽然能够支持行船和捕鱼活动，但其显著特征是纵横交错的港汊，一望无际的芦苇和露出水面的陆地，这些特征将水面切割得支离破碎。水道东一条西一条地分布着，宛如迷宫。这样的环境特别适合藏匿人马，进行伏击。当大队人马前来进攻时，往往难以找到目标。

正因如此，梁山泊自古便是游击武装和盗贼的"乐园"。汉高祖刘邦的勇将彭越曾在此捕鱼，并逐渐聚集了100多个志同道合的伙伴，最终起兵反抗秦朝。到了宋代，梁山泊属郓州管辖，苛捐杂税繁多。许多渔民不堪重负，被迫进入梁山泊成为"盗贼"，故而此地又被称为"渔者窟穴"。在《水浒传》中，阮氏三兄弟居住在梁山泊的附近，以捕鱼为业。他们向吴用抱怨官府的恶行，如每当官员下乡时，就骚扰百姓。这虽是文学作品中的情节，却也是宋代梁山泊周边渔民生活的真实写照。

梁山好汉的首领宋江，是一个真实的历史人物。他是北宋末年的起义军首领之一，与36个兄弟并肩作战（这36人也许各有队伍）。史书称宋江"勇悍狂侠"，其势力横扫河北、山东等地，令数万官军望而生畏。后来，他在官军的伏击下败北，不得已向朝廷投降。据传，宋江之后还参与了镇压江南方腊起义的军事行动。尽管宋江未必真正占据梁山泊，但关于他的传说在这个盗贼横行之地广为流传，使得人们将他与梁山泊紧密相联。

如果说《三国演义》展现了上层政治势力的斗争，那么《水浒传》则描写了底层百姓的日常生活。对此，有句评语恰如其分——"为市井细民写心"。《水浒传》中没有社会地位很高的角色，主要人物大多出身社会底层，如宋江是县里的小吏，吴用是私塾先生，公孙胜是游方道士等。同时，在梁山的众多战将中，除了呼延灼的官职稍高，关胜是巡检，林冲是禁军枪棒教头（号称"八十万禁军枪棒教头"，实则只是普通的武术教练），鲁智深是提辖，都是低级军官。再往下看，阮氏三兄弟是渔民，刘唐是私商，李逵是狱卒，张青和孙二娘是酒店老板，王英是赶车人，吕方是药贩，郭盛是水银贩，石秀是柴贩，汤隆是铁匠，时迁是小偷……即便像晁盖、卢俊义、李应、穆弘这样的富有人物，也仅仅是地方上的富豪，而非真正的权贵阶层。

简而言之，梁山好汉大部分来自社会底层，相较于《三国演义》的精英阶层，他们的身份背景显然逊色许多。由于来自底层，他们面临的首要问题是生存。鲁智深在赶路时，心中盘算着如何寻得一碗粥来喝；林冲在草料场时，思索着如何打酒来暖身；而武松在柴进庄时，考虑着接下来该投奔何方。而不会像曹操和刘备那样，闲适地坐在花园中煮青梅酒，谈论"天下谁是英雄"。更不会像诸葛亮那样，秉持着"非淡泊无以明志，非宁静无以致远"的心境，为北定中原、兴复汉室而奋斗终身。对梁山好汉而言，这样的生活未免过于奢侈。三国豪杰早已不需要为基本的生计问题而发愁，他们的眼光更为长远，志向也更为宏大。

但是，这是否意味着《水浒传》逊色于《三国演义》呢？不是的。这恰恰是《水浒传》的独特魅力所在。两部作品的焦点存在更深层次的差异。

即便在三国时代，军事行动也需要旗帜与战袍，调兵遣将离不开文书与印章，将士们战后需要饮食和休憩，这些基础事务总得有人负责。然而，《三国演义》并未涉及这些细节。对于收集情报，书中仅以"探子来报"一笔带过，随即高层便开始商议军机大事。至于探子在敌阵中经历的艰辛与承担的风险，甚至其姓名，都不受关注。曹操为报父仇而攻打徐州，一声令下，全军竖起"报仇雪恨"的白旗。至于这些装备的赶制者，亦无记载，想必是大人物的下属为其效力。

你目睹三国豪杰叱咤风云，威震八方，可曾留意，他们的战马若是生病，由谁来治疗？他们的盔甲若有破损，由谁来修补？当他们感到饥饿时，又由谁来准备酒菜？

你可曾好奇，廖化当年是如何落草为寇的？甘宁早年为何沦为水盗？张角及其兄弟经历了什么，以至于坚决走上反抗之路？

《三国演义》提到押运粮草时，寥寥数语便跳到前线。你可曾思考，那些运粮的士兵若逢炎炎夏日，将如何应对？是选择在烈日下跋涉，还是在夜色渐凉时赶路？他们是否辛苦，有没有想家？押运的将领对他们的态度如何？沿途的饥民看到这么多粮食，是否动过抢劫的念头？

同样地，在这部作品中，短短几句话便能攻陷一座城池。你可曾考虑，城内小贩的生意是否还能继续？蔬菜的价格是否会上涨？夜晚是否还能外出散步？士兵们是否会趁火打劫？平民家庭的孩子，透过门缝看着满城奔走的兵马，他们是在害怕那些刀剑，还是羡慕士兵们的威风？

正如你所在的学校，必然有各种表彰。但你可曾思考，当你审视这些表彰时，每个名字背后，是否蕴含着一段熬夜学习的故事，一段挥洒汗水、努力拼搏的经历？他们是否体验过胜败带来的悲喜情感？校长的一次简短讲话、一张表格、几个名字、一个结果，真能概括这些学生经历的一切吗？他们是否都经历过胜败、输赢之间的大喜大悲呢？

每个人的人生经历与情感历程，都构成了独特的故事篇章。这些故事的珍贵之处，有时甚至超越了龙争虎斗的壮阔场面。但是，这并非《三国演义》的主旨所在。它更多地关注哪座城池被攻陷，哪处关隘被占领。即便是刘备、关羽、张飞和诸葛亮等传奇人物，也不过是历史棋局中的一枚枚棋子。

《三国演义》未曾揭示运粮士兵的内心世界，《水浒传》却详尽地叙述了杨志押送生辰纲时，酷热难耐，亟需冷饮解暑的情节。《三国演义》没有详述乱军入城时百姓们的感受，《水浒传》却细致地讲述了官兵抵达某些村庄时，肆意吃喝与掠夺的场景。

《水浒传》中较少有皇帝和大臣商议国家大事的情节，却向我们展示了社会底层的生活状态，以及官府小吏的敲诈勒索和街头无赖的横行霸道等行为。历史教科书常以"政治腐败，民不聊生"来概括当权者的昏庸无道，但在《水浒传》中则表现为林冲的妻子被迫自缢、武松告状无门、阮氏三兄弟无法正常捕鱼，以及石秀的生意亏损、本钱尽失等。

我们来讲一个广为人知的故事——林冲为何会被逼上梁山。

林冲是京城禁军枪棒教头，虽不算富有，却也属于生活稳定的"工薪阶层"。某天，林冲的生活突然从小康跌落至谷底，起因是他的妻子遭到了调戏。林冲闻讯跑过去，准备动手时，忽然失去了力量：

> 林冲赶到跟前，把那后生肩胛只一扳过来，喝道："调戏良人妻子，当得何罪？"恰待下拳打时，认的是本管高太尉螟蛉之子高衙内。……先自手软了。高衙内说道："林冲，干你甚事，你来多管？"原来高衙内不认得他是林冲的娘子；若还认得时，也没这场事。见林冲不动手，他发这话。众多闲汉见闹，一齐拢

来劝道："教头休怪，衙内不认得，多有冲撞。"林冲怒气未消，一双眼睁着瞅那高衙内。众闲汉劝了林冲，和哄高衙内出庙上马去了。

或许你会认为林冲懦弱，面对高衙内的欺凌，他为何不采取行动，教训对方？你只要稍微了解人情世故，便会明白林冲有这种反应实属正常。他背负着工作和家庭的重担，担忧失去生计，害怕给家人带来更多的麻烦。而高衙内的义父高俅，恰好是他的顶头上司。因此，林冲选择尽量不惹事。这正是《水浒传》所展现的现实主义。

《三国演义》气势磅礴，《水浒传》则细致入微。前者是"俯拍"视角，放眼天下大事；后者则是"特写"视角，着重个人经历。因此，《水浒传》在描写千军万马的战斗场面时，并不怎么宏大壮阔。它擅长的是向你娓娓道来梁山好汉的个人故事，让你仿佛置身其中，感受他们的喜怒哀乐，一同探索更广阔的世界。

归根结底，小说的核心在于刻画人物。从关注"事件"转向深入"人性"，这是文学的演进之路，也是《水浒传》的不朽之处。

讲完《水浒传》，我们再来看看《西游记》。

你或许对《西游记》这部作品并不陌生，它讲述了唐僧师徒四人前往西天取经的故事。随手拿起一本《西游记》时，你会发现封面上标注着吴承恩为作者，其实这种说法并不十分确切。《西游记》与《水浒传》《三国演义》一样，并非由一人撰写，都属于"历代层累式"小说。

《西游记》的故事原型，是唐初玄奘法师西行取经一事。玄奘西行曾轰动一时，伴随着无数神奇故事的流传。后来，这些故事逐渐汇聚，至宋代时，西游故事的基本框架已经形成。比如，在宋代的《大唐三藏取经诗话》中，有一位名为猴行者的角色，负责护送唐僧取经。元代也有一些与西游故事相关的作品，如《西游记平话》，其中的一些情节已较为完善。明代更是出现了多种版本的《西游记》。我们今天熟知的《西游记》，指的是公元1592年由金陵世德堂刊行的百回本《西游记》。关于这部书的整理者，目前尚无定论。部分学者根据若干资料推测，其作者可能是淮安文人吴承恩，但证据并不充分。在此，我们姑且沿用这个说法。

百回本《西游记》与其他西游故事的区别在于，它将孙悟空塑造成了主角，打破了以往以唐僧为中心的叙事模式。这个故事始于孙悟空出世，而唐僧则出场较晚。这一显著变化说明了什么？假如故事还是以唐僧为中心，那么它可能只是一个宣扬佛法的故事。然而，在百回本《西游记》中，故事伊始便描写石猴的诞生。石猴发现水帘洞后，向众猴提议："我们都进去住，也省得受老天之气。"这句话至关重要，它彰显了孙悟空的精神特质：不惧天威，追求自我解放。

孙悟空学会一身本领后，大闹龙宫，寻得如意金箍棒，又大闹地府，销毁生死簿。随后，他被天庭招安，担任弼马温一职，但因不满官职低微而离开天宫，最后引发了天宫大乱。他所追求的是个人的自由。这一点非常重要，毕竟个人自由这一议题，在过去鲜少被提及。

无论是在传统观念还是《西游记》中，"天"永远是至高无上的存在，充满了神圣的光环。我们这些凡人只能对上苍顶礼膜拜，感谢其赐予的阳光雨露。

但你观察孙悟空尚为石猴，在花果山发现水帘洞时，他跃出洞外，劝说众猴进去居住，其言辞颇耐人寻味。这一幕，正是《西游记》的点睛之笔。

孙悟空劝说众猴进去的理由非常特殊，他说："里面且是宽阔，容得千百口老小。我们都进去住，也省得受老天之气。"

这句话引出了一个深刻的问题：人类与上苍，或者说人类与自然之间，究竟是什么关系？

许多人认为，上苍赐予了他们生命和阳光雨露。大多数人会这样想："苍天啊，我给您磕头了，您一定要保佑我啊！"

然而，是否有人想过，上苍也会降下冰雹，引发风暴，带来严寒酷暑，这些现象不仅令人不适，而且可能造成痛苦甚至死亡？

可见，石猴的与众不同之处在于，其他人只看到了上苍的恩典；但他能洞察到，上苍也会控制人类，甚至折磨人类。简而言之，他认为，只要有上苍的存在，人生便无法自由自在。这就是"受老天之气"。

那些祈求上苍庇佑的人，内心实则对天意充满畏惧。但石猴不仅无所畏惧，反而还带有一定的蔑视态度，甚至能直击事物本质。这正是他刚出世时便向我们展现的光辉，也是《西游记》反复讨论的核心话题。

值得一提的是，明代文人们也开始仿照话本的风格撰写小说，这种小说被称为"拟话本"。话本只是底本，阅读起来可能并不吸引人，必须经过说书艺人的现场表演才能增色添彩。但是，拟话本是专门印刷成书并用于阅读的，而非为了说书表演。在明代拟话本中，冯梦龙纂辑的"三言"和凌濛初编著的"二拍"可谓为人所熟知。所谓"三言"，指的是《喻世明言》《警世通言》《醒世恒言》；而"二拍"则是《初刻拍案惊奇》《二刻拍案惊奇》。"三言"与"二拍"，都是明代短篇白话小说的代表作品。

第三十五讲

明代诗

　　在这一讲中，我们来探讨明代诗。自宋代以后，诗坛便鲜有能与唐代的李白、杜甫、白居易，宋代的苏轼、黄庭坚、陆游等相提并论的诗人。进一步思考，元明时期又有哪些知名诗人？一时之间，我们难以忆起太多。

　　那么，这是否意味着明代的文人都智力不足呢？当然不是。人类的智力分布是相对均衡的，不可能在某段时间内智商极高或极低。究竟是什么原因导致了这种局面呢？其关键在于诗这一文学体裁，在唐宋时期已趋近完备。它就像一座矿藏，几乎被开采殆尽，留给后人的创作空间极为有限。早在宋代，文人们面对唐诗的辉煌成就，已经难有新的突破，于是催生了"江西诗派"。等到了元明时期，除了一些个性鲜明的诗人，较难再出现具划时代意义的诗歌流派。

　　在探讨明代诗之前，我们有必要先了解当时的思想状况。自宋代开始，文人的思想渐渐受到程朱理学的深刻影响。"程"是北宋的程颐与程颢兄弟，"朱"则是南宋的朱熹，他们都是著名学者。他们提倡"性"和"理"这两个哲学概念，坚信宇宙的本原是理，而人性正是理的体现。程朱理学主张为学之道应"存天理，灭人欲"，即应该保存并坚守公正合理的道德和自然规律，摒弃过度且有害的私欲。这一学说在宋代之后为官方所推崇，其影响力一直延续到清代。

程朱理学确实有其合理的一面。在传统观念中，君权神授的理论占据主导，认为皇帝的权力是上苍授予的，具有天然的合法性。但是，程朱理学提出了不同的观点，认为上苍即"理"，并暗示皇帝也未必能完全理解这个"理"。在这一理论体系下，如果皇帝的决策符合"理"，士人则愿意服从；若不符合，士人则不会接受。需要注意的是，这一学说并非直接挑战君权神授的合法性。

但是，程朱理学也有束缚人性的一面，即倡导"灭人欲"。私欲泛滥，诸如饮食放纵、沉溺享乐皆属此列，这与古人提倡的节制生活相去甚远。过度的私欲固然有害，但完全摒弃亦非明智之举。许多主张程朱理学的人，在今天看来似乎带有"家长式作风"——他们自诩为"理"的守护者，动辄限制他人的行为，令人感到不适。

在程朱理学盛行的同时，另一种思想流派也逐渐兴起，即"陆王心学"。"陆王"即南宋的陆九渊和明代的王守仁（即王阳明）。陆王心学强调"心"的作用，认为"心即理也"，即人的本心是道德理性的源泉。只要一个人内心真诚，良知未泯，便能领悟"理"的真谛。这一说法的可贵之处在于，它鼓励人们追求心灵的自由和人格的独立，赋予每个人对"理"进行诠释的权力。

有明一代，程朱理学和陆王心学都拥有广泛的影响力。文人中既有支持程朱学派的，也有主张陆王心学的，同时也不乏在这二者之间摇摆不定的。

明代初期有四位杰出的诗人，即高启、杨基、张羽和徐贲。他们都来自吴中，并称"吴中四杰"。这四位诗人生活在元明交替之际，与初唐四杰的情况比较类似。其中，高启的文学成就尤为突出，可惜他后来因卷入政治斗争，被明太祖朱元璋处决了。

明初，朝廷中流行一种被称为台阁体的文风。台阁泛指中央政府机构。台阁体的代表人物是"三杨"——杨士奇、杨荣和杨溥。他们都官至内阁大学士，身边围绕着一批高级官员。他们作诗的主要目的是为皇帝歌功颂德，而诗的内容往往空洞乏味。当时，整个社会受到程朱理学的影响，相对不重视诗——因为程朱理学讲究"存天理，灭人欲"，而作诗需要表达真情实感，抒发个人情怀。到了弘治年间，一群文人开始反对这种现象，其代表人物是前七子。

前七子是李梦阳、何景明、徐祯卿、边贡、康海、王九思和王廷相七人的并称。他们对程朱理学持有怀疑态度，认为其不过是宋代的产物。因此，前七子主张复古，借鉴学习汉魏和盛唐时期的诗作。

前七子都个性鲜明。以何景明为例，他性格耿直，对权贵不屑一顾。相传，某次他应邀赴宴，因对席间众人不以为然，便携带了一个马桶出席。在宴席上，当其他人都坐在椅上时，他竟将马桶端出来，坐在上面用餐。

李梦阳也相当狂傲。弘治年间，皇后的弟弟张鹤龄倚仗国舅身份，行为放肆，态度嚣张。李梦阳向皇帝呈递奏章，请求依法惩处张鹤龄。皇帝了解张鹤龄的脾性，仅仅予以警告，希望对方能有所收敛。不久后，李梦阳在街头偶遇张鹤龄，不禁怒斥："怎么又是你？"他随即当众破口大骂，并挥鞭痛打张鹤龄，甚至打落其两颗牙齿。由于刚被皇上训斥，张鹤龄不敢多言，只能忍气吞声地回去。

前七子既然具备这样的特质，他们必然不会甘于寂寞，更不会一味地奉承皇帝。

继前七子之后，又出现了一个新的文学流派——唐宋派。唐宋派的核心人物是王慎中和唐顺之等。他们反对前七子的文风，这是因为他们大多推崇程朱理学，主张文学创作应贴近现实、表达真情实感。因此，他们较少写诗，而是偏爱写散文，并且要求字字珠玑地阐述圣贤的教诲。

唐宋派之后，后七子应运而生，他们分别是李攀龙、王世贞、谢榛、宗臣、梁有誉、徐中行和吴国伦。唐宋派主张文学的实用性，后七子则予以反驳。他们认为唐宋派的作品缺少文学价值，并坚持效仿古人的诗作。后七子特别擅长仿写，无论是盛唐绝句，抑或是南朝民歌，都模仿得惟妙惟肖。但是，后七子也存在一些不足，即在仿写过程中，几乎到了照搬古诗原句的地步。

后七子之后，还有以"三袁"为代表的公安派。三袁即袁宗道、袁宏道和袁中道三兄弟。三袁的家乡在公安，故有此名。三袁对后七子盲目效仿古人作品的行为持反对态度，讽刺其为"粪里嚼渣，顺口接屁"。那么，他们认为什么算是好诗呢？由于深受陆王心学的熏陶，他们提倡性灵，即文学创作应源自个体的天性和真实情感。比如，袁中道在《感怀》中写道：

少时有雄气，落落凌千秋。何以酬知己？腰下双吴钩。

时兮不我与，大笑入皇州。长兄官禁苑，中兄宰吴丘。

> 小弟虽无官，往来长者游。燕中多豪贵，白马紫貂裘。
>
> 君卿喉舌利，子云笔札优。十日索不得，高卧酒家楼。
>
> 一言不相合，大骂龙额侯。长啸拂衣去，飘泊任沧洲。

这类似于李白那种狂放不羁的风格，可谓直抒胸臆，情感表达非常热烈。

公安派之后，就是竟陵派，其代表人物是钟惺和谭元春。钟惺和谭元春都是竟陵人，故有此名。竟陵派觉得公安派固然讲究性灵，但内容过于浅俗，因此他们主张"深幽孤峭"。他们的诗作往往流于僻涩，比如，谭元春的《观裂帛湖》：

> 荇藻蕴水天，湖以潭为质。龙雨眠一湫，畏人多自匿。
>
> 百怪靡不为，喁喁如鱼湿。波眼各自吹，肯同众流急。
>
> 注目不暂舍，神肤凝为一。森哉发元化，吾见真宰滴。

这首诗写的是什么呢？其实是写一处名为"裂帛湖"的小湖。但是，为何如此晦涩难懂呢？原因在于诗人并不想让读者轻易读懂。

竟陵派出现于明代末期。在这个特殊时期，诗歌创作也似乎走到了尽头。当然，与宋末一样，明末许多爱国人士也创作了不少诗歌，以抒发国破家亡之痛。但这些作品都是特殊时代背景下的产物，并不构成一个文学流派。

第三十六讲

明代戏曲

　　元代的戏剧文化非常繁荣，其中杂剧尤为流行。杂剧起初流行于北方，其结构为"四折一楔子"，通常由主角一人演唱，其他角色则负责念白。这种形式存在两个问题：一是剧情难以过长展开，二是限制了其他角色的表演空间。元杂剧的艺术成就虽然不俗，却仍有改进的必要。

　　与此同时，南方地区流行着一种名为"南戏"的戏曲形式。南戏不同于杂剧，可以持续地多场演出。南戏的一场戏为一出，其剧本甚至长达几十出，并且南戏的角色众多，每个角色都有机会演唱。在流传至今的南戏作品中，《琵琶记》相当知名，被誉为"南戏之祖"。此外，"四大南戏"——《荆钗记》《刘知远白兔记》《拜月亭》《杀狗记》（简称"荆刘拜杀"）也颇具影响力。

　　在明代杂剧逐渐走向衰落的同时，从南戏中渐渐衍生出一种大型戏剧，即"传奇"。为什么它被称为"传奇"呢？这与唐代的小说命名有关。许多戏剧都是从唐代小说改编而来的，因此沿用了"传奇"这一名称。此外，这些戏剧一般具有传奇色彩，故而"传奇"一词在明代特指那些杂剧以外的长篇大型戏剧。

戏曲的演绎离不开唱法，不同的唱法形成了唱腔或声腔。明代中期，南戏发展出"四大声腔"——余姚腔、海盐腔、弋阳腔和昆山腔，代表了四种不同的唱法。嘉靖年间，戏曲音乐家魏良辅改良了昆山腔，并融合其他三大声腔和北方的唱法，形成了新的昆山腔，亦称"昆腔"或"昆曲"。这时，戏曲作家梁辰鱼创作了用昆腔演唱的传奇《浣纱记》，讲述了西施的爱情故事。从此，昆曲便成了明代传奇的主流，流传数百年，至今不衰。

伴随着昆曲的日益成熟，著名戏剧作家汤显祖及其代表作《牡丹亭》应运而生。

汤显祖是江西临川人，其一生中的大部分时间都在明万历年间度过。早年他曾担任官职，49 岁那年他辞官回家，专心于读书与著述。除《牡丹亭》（亦称《还魂记》）外，他的代表作还有《邯郸记》《南柯记》《紫钗记》。由于汤显祖的书斋名为"玉茗堂"，这四部作品合称"玉茗堂四梦"或"临川四梦"。有趣的是，汤显祖与英国的莎士比亚几乎生活在同一个时期，而且都在同一年去世，两人都是伟大的戏剧作家。因此，人们常常将汤显祖与莎士比亚相提并论，认为他们分别代表了东西方古典戏剧的两个巅峰。

《牡丹亭》的故事是有原型的。在汤显祖之前，社会上便流传着一篇名为《杜丽娘慕色还魂记》的短篇小说，其情节相对简单。但经过汤显祖的改编后，这部作品成为享誉世界的经典名著。

《牡丹亭》讲述了南宋初年，南安府太守杜宝的独生女杜丽娘与书生柳梦梅的爱情故事。当时社会要求女子"大门不出，二门不迈"，故而杜丽娘终日深居闺房之中，甚至连自家府邸的景致都未曾目睹。

某天，丫鬟春香告诉杜丽娘，府中的后花园春意盎然。杜丽娘随即前往游园，眼见春光明媚，万紫千红，不由得心生感慨："大自然的春光如此绚烂，而我也正值青春年华，竟未曾真正欣赏和享受这一切。就这样，青春岁月悄然流逝。"回到房中，她梦见一位手持柳枝的风流才子，与她在后花园牡丹亭旁的梅树下相会。梦醒后，杜丽娘对梦中情境念念不忘，竟然忧思成疾，不幸离世。

临死前，杜丽娘画了一幅自画像，并在画上题诗一首，嘱咐春香藏在牡丹亭畔、太湖石前。杜宝夫妇将杜丽娘安葬于后花园的梅树下，并在旁边修建了一座梅花观，以此作为纪念和守灵之地。之后，杜宝因升官而离开了南安府，后花园也随之荒废。

三年后，一位名叫柳梦梅的书生赴京赶考。他途经南安府时，因天寒地冻受了风寒，便在梅花观暂住养病。某天，他在后花园闲逛时，偶然在假山旁拾得杜丽娘的自画像，感到异常熟悉。他回想起三年前自己做过的一个梦，梦中他与一位女子在花园中相会。这时，杜丽娘的鬼魂出现，柳梦梅才意识到她正是梦中所见之人。

柳梦梅挖开坟墓，帮助杜丽娘起死回生。此时杜宝已官拜宰相，柳梦梅和杜丽娘前去相认。杜宝却不相信杜丽娘能死而复生，一口咬定柳梦梅是盗墓贼，而杜丽娘不过是鬼魂。后来，皇帝亲自审理此案，促使父女相认，全家团圆。

汤显祖为什么要写这个故事呢？这与明代流行的程朱理学有关。程朱理学强调的"存天理，灭人欲"，逐渐演变为封建纲常伦理，如"君要臣死，臣不得不死；父要子亡，子不得不亡"。女性则被施加了重重枷锁，不仅不能参加科举考试和担任官职，还要恪守"女子无才便是德""饿死事小，失节事大"的行为规范。

在那个时代，人的欲望和性情必须服从于封建纲常伦理，于是人性被压抑，个人自由遭到限制。尤其是女性，第一，人身不自由，出嫁前不得随意外出；第二，社交不自由，一旦与男性有身体接触，就可能被视为失节；第三，婚姻不自由，无法自由恋爱，必须听从父母之命和媒妁之言；第四，生命不自由，若丈夫去世，可能会被劝守节，甚至有人会因此被迫自尽，最多死后得到一座贞节牌坊。换句话说，女性仿佛成了被严密看管的财产，不仅没有自由的思想和爱情，而且在日常生活中表现出些许随便，都容易惹来责备和训斥。

其实，杜丽娘的父母并非对她不好，而是对她宠爱有加，将她视为掌上明珠。但是，他们相当漠视女儿的情感生活。因此，杜丽娘的悲剧并非源于父母对自由恋爱的阻挠，而是来自整个社会氛围带来的禁锢。我们来聆听一段杜丽娘的唱词，即《牡丹亭》中广为人知的《游园惊梦》：

> 原来姹紫嫣红开遍，似这般都付与断井颓垣。
> 良辰美景奈何天，赏心乐事谁家院？
> ⋯⋯⋯⋯⋯
> 朝飞暮卷，云霞翠轩。雨丝风片，烟波画船。
> 锦屏人忒看的这韶光贱！

杜丽娘在欣赏春光之际，不禁发出了"似这般花花草草由人恋，生生死死随人愿，便酸酸楚楚无人怨"的感慨。她意识到自己的青春被封建礼教所禁锢，情感也被扼杀，最终在绝望中离世。但是，她那强烈的情感可谓感天地、泣鬼神，也让她获得了新生。

汤显祖深受陆王心学的影响，推崇情感自由和个性解放。他认为"至情"是世间美好之物。或许有人质疑，汤显祖创作这部戏剧是否意在倡导自由恋爱，或是挑战封建礼教？实际上，汤显祖强调的是"至情"的力量。杜丽娘因情而死，又因情而生，因此汤显祖指出，人的至情具有强大的力量，能够超越生死、忘却物我、连通真实与幻境。何为天理？至情也是一种天理。

《牡丹亭》自演出以后，在当时产生了深远的影响。一位身世凄惨的少女冯小青，在品读《牡丹亭》后，写下一首诗：

> 冷雨幽窗不可听，挑灯闲看牡丹亭。
> 人间亦有痴于我，岂独伤心是小青。

《牡丹亭》被誉为中国古代女性的知音书。在中国古代戏剧中，很少有作品能像《牡丹亭》这样深刻地触动人心。时至今日，社会已经取得了巨大的进步，《牡丹亭》仍然被不断地演绎，而杜丽娘和柳梦梅之间真挚的爱情故事，也继续影响着一代又一代的青年男女。

清代小说（上）

在"明代小说"那一讲的结尾提到，除了《三国演义》《水浒传》《西游记》，明代还盛行"三言""二拍"等短篇白话小说，这种风气一直延续到清代。

"三言""二拍"中包含许多直接改编自民间故事的作品，而直到文学家蒲松龄的出现，才诞生了艺术成就极高的短篇小说集——《聊斋志异》。

蒲松龄的一生历经坎坷，他曾多次参与科举考试，但始终未能中举，无缘仕途。他平日以教书为生，直到70多岁才获得岁贡生的身份。由于屡试不第，蒲松龄转而在家中潜心创作，完成了这部《聊斋志异》。"聊斋"取自蒲松龄的书斋之名，"志异"指记载奇闻逸事，全书共收录了491篇短篇小说。

《聊斋志异》各个故事里的主角多为狐仙鬼怪、花妖精灵等超自然生物。不同于《西游记》《封神演义》的宏大场面，《聊斋志异》讲述的是日常生活中的小故事。其中一个典型情节是：一个贫穷的书生在某地居住时，偶遇一位美女，两人相识并相爱。后来书生发现，这位美女竟是狐仙或女鬼。为什么故事中的主角常常是穷书生呢？这是因为蒲松龄本人就是一个穷书生，他将内心的幻想投射到了故事之中。

《聊斋志异》中另一个常见主题是对科举制度的讽刺。蒲松龄认为，当时的很多考官有眼无珠，不懂得欣赏好文章。比如，在一篇名为《贾奉雉》的故事中，书生贾奉雉尽管很有才华，却屡次科举不中，感到非常郁闷。在某次考试中，他故意拼凑了一些杂乱无章、语句不通、错字连篇的段落，结果居然考中了。

蒲松龄的文笔精湛，他在《红玉》中写道：某夜，书生冯相如邂逅美女红玉，不料她竟是一位狐仙。两人初次见面的场景，是这么刻画的：

> 一夜，相如坐月下，忽见东邻女自墙上来窥。视之，美。近之，微笑。招以手，不来亦不去。

寥寥数语，却格外洗练精悍。至关重要的是，尽管只是简短的几句话，却层次分明。先是"视之"，见到女子的美貌；再是"近之"，又见女子露出微笑；紧接着，向美女招手，示意她过来。这段话可谓层层递进、逻辑清晰，仅用三个动作，就描述了冯相如对邻女渐生情愫的过程。这是值得我们学习的地方。在描写两人从相见到逐渐熟悉时，我们也可以借鉴这种笔法。

不过，《聊斋志异》也有其局限性。一方面，它是用文言文而非白话文写成的。文言文固然典雅，但当时小说的潮流是趋于通俗化。与潮流背道而驰，这使得《聊斋志异》难以普及。因此，这类短篇小说后来并未得到太大的发展。

另一方面，其中的故事分为两种类型：一是情节曲折且精彩的小说，通常篇幅较长，描写细致；二是对奇异事件的简短记录。比如，仅三句话的《赤字》：

> 顺治乙未冬夜，天上赤字如火。其文云："白苕代靖否复议朝冶驰。"

顺治乙未年（公元 1655 年）的一个冬夜，天空中出现几个火焰般的红色大字——白苕代靖否复议朝冶驰。这段话几乎没什么情节，显得枯燥无味。在蒲松龄之后，大学者纪昀（即纪晓岚）批评《聊斋志异》不讲究体例，并创作了一部小说集《阅微草堂笔记》，意在与《聊斋志异》一较高下。其中，"阅微草堂"是纪晓岚书斋的名字。

尽管纪晓岚比蒲松龄的社会地位高，学问也好，但从讲故事的角度来看，他在某些方面是不如蒲松龄的。但不可否认的是，《聊斋志异》与《阅微草堂笔记》都是清代著名的短篇小说集。

清代出现了许多续书，这是因为明代小说达到了高峰，诞生了《水浒传》《三国演义》《西游记》等经典名著。到了清代，又有了《红楼梦》这部巅峰之作。有些作家难以写出能与经典名著相媲美的作品，于是选择为其撰写续书。这有点类似于现代的二次创作，而且部分续书写得相当不错。

四大名著都有续书，但数量不一。《三国演义》的续书相对较少，主要因为续写难度大，再续写就涉及西晋的历史。《西游记》的续书稍多，《水浒传》和《红楼梦》的续书最多。《水浒传》的续书多从梁山聚义之后开始，讲述梁山英雄的不同命运，如战死、出海或再干一番事业。《红楼梦》是曹雪芹未完成的作品，更是激发了众多文人续写的热情。

续书数量的多少具有双重意义。一方面，续书多说明原著深受读者喜爱，激发了人们续写的热情；另一方面，续书的存在也暗示了原著不够完整或有待完善，未能满足读者的期待。《红楼梦》留下了一大未解之谜，而《水浒传》虽然结构完整，但在梁山聚义后的故事情节杂乱无章，艺术成就也不如前半部分。

清初，陈忱创作了《水浒后传》。故事讲述了梁山好汉征讨方腊之后，死伤惨重，幸存者李俊、李应、阮小七等32人选择隐居江湖。但是，蔡京、童贯等奸臣并未放过他们，不断寻找借口，企图将他们赶尽杀绝。在忍无可忍之下，李俊等人再次聚义，联手对抗恶霸、惩治贪官、抗击官军。不久，金军入侵，攻占北宋都城，宋徽宗和宋钦宗双双被俘。梁山好汉转而投身于抗金斗争，但由于奸臣的卖国行为，他们深感大势已去，报国无望，只好选择出海。不久，梁山好汉在海外建立了一个暹罗国，推举李俊为国王，并协助宋高宗定都临安。

陈忱并不希望宋江接受招安。他在《水浒后传》中，借阮小七之口表达了个人观点："当日不受招安，弟兄们同心舍胆，打破东京，杀尽了那些蔽贤嫉能的奸贼，与天下百姓伸冤，岂不畅快！"既然不能描写梁山好汉反抗朝廷的场景，陈忱索性安排他们前往海外发展，借此稍稍抒发了对招安的不满。

自出版以来，《水浒后传》一度非常流行。后来，京剧《打渔杀家》也是根据其中阮小七的故事改编而成。

　　俞万春则创作了《荡寇志》，亦称《结水浒传》。他的思想极端保守，对梁山好汉深恶痛绝，认为其根本不配被称为忠义之士："既是忠义必不做强盗，既是强盗必不算忠义。"在《荡寇志》中，朝廷并未对梁山好汉进行招安，而是派遣张叔夜率领 36 位部将，前去征讨梁山泊。他们将梁山好汉杀得七零八落，宋江等人则被押送到京城，全部凌迟处死。可见，俞万春对宋江等人的厌恶之深。为什么张叔夜等人比梁山好汉还厉害呢？谜底揭晓：原来他们都是勇猛的雷将转世，因此攻无不克、战无不胜。

　　公正地说，《荡寇志》这部作品的文笔相当不错。女主角陈丽卿形象鲜明，赢得了许多读者的喜爱。《荡寇志》成书于 19 世纪，其中出现了诸多令人称奇的"高科技"元素，颇具科幻色彩。比如，沉螺舟"形如蚌壳，能伏行水底。大者里面容得千百人，重洋大海都可渡得，日行万里，不畏风浪"，火镜能将"太阳真火"直射到城内。鲁迅对这部作品既有赞赏也有批评，他小时候喜欢描摹《荡寇志》和《西游记》等小说中的绣像，但也指出了《荡寇志》的问题："他的文章，是漂亮的，描写也不坏，但思想实在未免煞风景"。

　　《西游记》成名后，陆续有人为其撰写续书。下面介绍两部续写《西游记》的代表作——《后西游记》和《西游补》。

　　关于《后西游记》的作者，至今尚无定论，人们普遍认为其成书于明末清初。顾名思义，《后西游记》讲述了唐僧师徒成功取经之后的故事。但是，既然取经一事已功德圆满，那么后面又将如何展开呢？

　　《后西游记》的剧情设定是：自唐僧师徒取经归来后，佛法一度盛行。可惜仅过了 100 多年，至唐宪宗时期，一些僧侣开始曲解经书、败坏佛法。也就是说，尽管存在"真经"，却没有正确的解读，即"真解"。

在这种情况下，只能重新寻找取经人，前往灵山求取"真解"。这个重任，落在了高僧大颠法师的肩上。

大颠法师在历史上确有其人，他与韩愈有过交往，人称"唐半偈"。在取经的路上，他先是收了一个名叫孙小圣的徒弟。孙小圣同样是从石头中诞生的猴子。他立志效仿孙悟空，不仅学会了七十二般变化，还得到了孙悟空的如意金箍棒，几乎就是孙悟空的翻版。

唐半偈收的第二个徒弟是猪一戒。他是猪八戒和高老庄的高翠兰所生的儿子，法号为猪守拙。据书中描述，他在母亲腹中待了 14 年才出生。唐半偈的第三个徒弟是沙僧的后人，但并非沙僧的儿子，而是其弟子沙弥。至此，师徒四人集合完毕，他们历经重重困难和险阻，成功取得真解后，乘云驾雾返回东土大唐。

这些人物和情节与《西游记》十分相似。作为《西游记》的续书，《后西游记》必然会借鉴和模仿《西游记》。比如，《西游记》中有"真假美猴王"的情节，《后西游记》则有"真假唐半偈"的情节。在《后西游记》中，孙小圣前往龙宫索要龙马，这与《西游记》中孙大圣前往东海龙宫取得如意金箍棒的情节类似。此外，《西游记》中的一些角色也再度亮相，除了唐僧、孙悟空、猪八戒等，牛魔王、铁扇公主、玉面狐狸等角色也再次登场。

《西游补》由明末清初的董说所著，与《西游记》有着密切的关系。这部小说在借用《西游记》中唐僧师徒四人的形象之上，创作了一个全新的故事。全书只有 16 回，约五万字，故事紧接《西游记》孙悟空"三调芭蕉扇"的情节之后。

故事的核心角色是孙悟空和拥有幻化能力的鲭鱼精，并融入了项羽、秦桧等历史人物。小说讲述了孙悟空进入鲭鱼精幻化的青青世界，穿梭于古代与未来世界，最终回归现世的故事，其中暗含对当时社会黑暗现象的讽刺。这部作品的叙事风格极具"现代感"，至今仍吸引着学者们进行研究。

清代小说（下）

　　每当我们提起每个朝代的文学巅峰，便会脱口而出"唐诗、宋词、元曲、明清小说"。诗盛于唐，词盛于宋，曲盛于元，唯独小说，明清常常被一同提及。这是因为唐、宋、元三代各有其社会形态，文学风格亦随之迥异；而明清两代的社会形态较为接近，清代小说在明代的基础上向前发展，最终孕育出伟大的长篇小说《红楼梦》。

　　众所周知，《红楼梦》的作者是曹雪芹，他出身于显赫的江宁织造曹家。全书讲述了贾、史、王、薛四大家族从兴盛走向衰落的历程，其中不少素材源于曹雪芹的家族历史和个人经历。

　　在《红楼梦》中，贾府的先祖宁国公贾演和荣国公贾源都是开国功臣。实际上，曹家也是功臣出身，与皇室成员的关系很密切。曹家世代在金陵担任江宁织造，主要为皇室采办绸缎、棉布等，每年都需要采办数万匹。江南是丝织品的主要产地之一，而丝织品在当时也是极其贵重的。由于每年都有大量贵重货物的交易，江宁织造这一职位成了令人垂涎的肥缺。不仅如此，曹家还肩负着在南方为朝廷搜集民间情报、结交江南名士的重任。可见，曹家不仅权势显赫，其家族成员更是皇帝的心腹。

到了曹雪芹的祖父曹寅这一代，曹家开始走向衰落。由于曹寅喜好结交名流、营建园林，并且在皇帝南巡期间，曹家必须接驾，导致家中开销巨大，财务严重亏空。曹寅去世后，其子曹颙和侄子曹頫相继接任江宁织造。这时，康熙帝的逝世使得曹家失去了政治靠山。雍正帝即位后不再信任曹家，并找借口查抄了曹家的资产。曹雪芹亲历家族最后的辉煌时期，十三四岁时曹家遭查抄，随后他返回北京，在贫困潦倒中度过余生。这一过程与贾府的衰落情节颇为相似，贾家也是突然间由盛转衰的。

曹雪芹生前基本完成了《红楼梦》的创作，但由于未知原因，目前流传的版本只有前八十回。这可能是因为后四十回涉及过多真实人物和事件，触犯了某些忌讳。目前通行的一百二十回本，是程伟元与高鹗两人合作，分别在公元 1791 年（程甲本）和公元 1792 年（程乙本）排印而成。过去都认为后四十回是高鹗续写的，但这一点未得确证。因此，现今市面上《红楼梦》的封面，有些沿袭旧例标注为"曹雪芹、高鹗著"，而有些则标注为"曹雪芹著、无名氏续"，都有其合理性。

《红楼梦》是一部值得反复品评的经典之作，其内涵极为丰富，仅阅读一遍是不能完全领略的。对初读者而言，刚接触《红楼梦》时应关注其哪些特点呢？学者们各有见解，我建议主要从以下三个方面着手。

第一，《红楼梦》运用大量篇幅向我们展示了什么是"美"。书中的少女们美丽动人，大观园更是美轮美奂，无论是服饰、饮食还是娱乐活动，无不体现出浓厚的美感。审美，无疑是一种高雅的能力。

第二，《红楼梦》的悲剧性是不容忽视的。中小学生可能较少接触悲剧故事，因为大多数故事的结局是圆满的：王子终能与公主相守，而勇士总能战胜妖魔。但是，《红楼梦》不是童话，少男少女虽然生活在绮丽的大观园中，却不得不面对残酷的现实。起初，他们还能享受荣华富贵，但最终其家族如高楼崩塌，昔日繁华化为乌有。家破人亡之际，纯真少女香消玉殒，富贵生活烟消云散，文采风流、福寿康宁都一去不返，"落了个白茫茫大地真干净"。能够领悟悲剧性，是阅读理解能力提升的关键。

第三，应当关注《红楼梦》中展现的真情实感。曹雪芹在开篇便明确指出"大旨谈情"。这里的情不仅是爱情，而是涵盖了人与人之间丰富的情感交流：无论是父母与子女、祖母与孙辈、朋友之间，还是主仆之间，都存在着情感的纽带。因此，"情"是指人们之间的欣赏、爱护和珍视等情感。贾宝玉与林黛玉的爱情自是真挚动人，而贾宝玉与晴雯的主仆之情、贾政与贾宝玉的父子之情、贾母与孙辈的祖孙之情，乃至刘姥姥对贾府的感恩之情，都是可圈可点的。

懂得审美、关注现实、真情待人，这不仅是《红楼梦》的文学特点，也是现代社会的人们应当具备的基本素养。无论古今中外，《红楼梦》都拥有跨越时代的影响力。这正是它被誉为中国古典小说巅峰的原因。

清代还有两部长篇小说值得一提，一部是《儒林外史》，另一部是《镜花缘》。

《儒林外史》的作者吴敬梓是一个既有趣又有风骨的奇人。他出生于公元 1701 年，字敏轩，安徽全椒人。吴敬梓家原本家境殷实，但到了他这一辈，已经家道中落。年轻的吴敬梓对科举考试不感兴趣，却喜欢广交朋友，花钱如流水。他不事经营，没有其他收入来源，很快便耗尽了家产。于是，吴敬梓迁居金陵。在金陵这个文人墨客荟萃之地，吴敬梓结交了众多当世名流，并目睹了文人学者的生活百态。吴敬梓以他的所见所闻进行创作，写成一部《儒林外史》。

"儒林"泛指读书人或士人群体。在那个时代，读书人都有机会通过科举考试成为官员。因此，"儒林"的范围非常宽泛，从科举出身的朝廷官员到村里的穷书生，都可归入"儒林"之列。总的来说，儒林代表着当时的社会精英阶层，包括政治和文化领域的佼佼者。

然而，吴敬梓创作这部作品并非旨在赞美社会精英。相反，他揭露了诸多儒林中的怪诞现象和丑陋面貌，刻画了科举时代读书人的众生相，如《范进中举》。

范进堪称"科举考试钉子户"，他在科举的道路上耗费了大半生的光阴，直到50多岁才考中秀才。当时，考中秀才仅仅表明初步获取了功名，若想步入仕途，必须进一步考中举人。范进家境贫寒，生活困顿，全靠岳父胡屠户不时接济，才能勉强度日。尽管如此，范进对科举依然非常执着，每次考试都必定参加。终于在某天，喜报传来，范进中举了！这突如其来的喜报让范进欣喜若狂，以至于陷入疯狂状态。

范进看到喜报之后，拍手大笑："噫，好了，我中了！"随即满大街乱跑，又笑又跳，仿佛精神错乱了。幸亏胡屠户及时扇了他一巴掌，这才让他恢复清醒。从此，范进摇身一变成了乡绅，官运也随之亨通，开始享受迟来的荣华富贵。

在创作这个故事时，吴敬梓采用了极为平和的笔触。他也不作评论，而是让读者慢慢观察主角范进的反应。正是这种叙事方式，使得故事的荒诞性和悲剧性得以凸现。范进的故事宛如一面镜子，既映照出社会的荒谬与个人命运的悲哀，以及人性的多面性和复杂性，也折射出当时教育与社会制度的种种问题。

《儒林外史》不仅是一部讽刺小说，更蕴含着作者对理想人格与道德情操的追求。在对现实进行批判的同时，吴敬梓也塑造了许多他较为认同的角色。比如王冕，一个历史上真实存在的人物。王冕善于画荷花，同时坚守节操、淡泊名利，不与权贵交往。再如马二先生，他虽然有些迂腐，但心地善良、古道热肠，能急人之所难。据传，马二先生的原型是吴敬梓的朋友冯粹中。此外，还有杜少卿，他蔑视礼法，待人豪爽，其原型可能是吴敬梓本人。

清代长篇小说的另一代表作是《镜花缘》，作者是李汝珍。这部作品兼具奇幻与讽刺的特色，讲述了唐代秀才唐敖在失意于科举后，随友人出海游历的故事。他们途经了"君子国""黑齿国""女儿国"等海外国度，遍览奇异的山川景色。这些地名大多源自《山海经》这类的神话传说。同时，书中通过描绘海外仙山和异国风情，探讨了男女平等、政治制度、社会风俗等深刻话题，展现出丰富的想象力和浓厚的寓言色彩。

李汝珍对女性极为赞赏。在女儿国中，女性掌权，男子反而缠足、戴耳环。这种性别角色的颠倒，讽刺了当时社会对性别的一些偏见。他还通过"百花仙子"下凡转世的百位才女，展现了女性的智慧与才华，并倡导尊重女性的价值。然而，这部作品也有一些缺陷，即前后两部分非常割裂——前50回主要描述海外游历，后50回则讲述才女们的雅集，融入了大量诗词歌赋和才艺展示。

总而言之，相较于明代小说，清代小说取得了显著的进步。《三国演义》

《水浒传》《西游记》等作品，都脱胎于说书艺人的话本，缺乏明确的单一作者，是"历代层累式"小说。但是，清代小说作家如曹雪芹、吴敬梓、李汝珍等，已有意识地创作长篇小说，并在其中融入个人创作理念。这标志着现代意义上的小说的诞生已为期不远。

第三十九讲

清代戏曲

　　从明代到清代，戏曲几乎未有中断，始终保持着发展态势。清初著名的戏曲作家有吴伟业、尤侗和李玉。

　　吴伟业和尤侗不仅写诗，也涉足戏曲创作，并且都担任过官职。而李玉则是一位专业的戏曲作家。他出身低微，据说其父亲是明末重臣申时行家的仆人。明朝灭亡后，他放弃做官的念头，专心于戏曲创作，一共写了30多部戏曲作品。

　　李玉的戏曲作品涉猎广泛，他尤其喜欢历史题材，如《清忠谱》《万民安》等。这些故事取材于明代普通百姓的真实斗争经历。他的代表作之一是《千忠戮》，讲述了明初建文帝与他的叔叔燕王朱棣之间的纠葛。朱棣以铲除建文帝身边的奸臣为借口，发兵对抗建文帝，这就是"靖难之役"。建文帝后来下落不明，民间流传着他逃离皇宫、剃度为僧的故事。许多忠于建文帝的官员惨遭朱棣的杀戮，因此这部戏曲得名为《千忠戮》。建文帝在乔装逃亡的途中，有八段唱词，每段唱词的结尾都有一个"阳"字，因而称为"八阳"。这些唱词倾诉了流离漂泊之苦和政治杀戮之惨，如下所示：

> 收拾起大地山河一担装，四大皆空相，历尽了渺渺征途、漠漠平林、垒垒高山、滚滚长江。但见那寒云惨雾和愁织，受不尽苦雨凄风带怨长！雄城壮，看江山无恙，谁识我一瓢一笠到襄阳。

建文帝放弃了尊贵的帝王身份，乔装成僧侣逃亡，途中历经艰难困苦，饱尝孤独与忧患。这个故事在当时广为流传，甚至形成一句俗语——"家家收拾起，户户不提防"。其中，"收拾起"来自"收拾起大地山河一担装"，"不提防"则源于《长生殿》中"不提防余年值乱离"。

《长生殿》比《千忠戮》更有名气。康熙年间，有两部戏曲广为流传，一部是《长生殿》，另一部则是《桃花扇》。

《长生殿》的作者是洪昇，杭州人。这部戏曲讲述了唐玄宗李隆基和杨贵妃的爱情故事。洪昇一生科举不顺，终身未入仕，但他的文学造诣相当高，受到当时文坛名流的赏识。他的妻子黄兰次，也是一位颇有名气的才女。两人夫妻情深，洪昇在创作《长生殿》时，可能受到了他们之间深厚情感的强烈影响。

但洪昇一生充满了波折。在某次演出《长生殿》时，他触犯了一些忌讳。当时正值皇后新丧，国丧期间演出被视为"大不敬"。洪昇被革去功

名后，又被赶回原籍杭州。洪昇回到家乡后，江宁织造曹寅在金陵排演了
《长生殿》，专门邀请洪昇前往观赏。这场演出持续了三天三夜。洪昇在返
回杭州途中，因醉酒不慎失足落水，不幸溺水身亡，终年 60 岁。可以说，
洪昇的命运与《长生殿》紧密相连，故有人感叹"可怜一曲长生殿，断送
功名到白头"。

唐玄宗李隆基与杨贵妃的爱情故事，历来是文学家们钟爱的题材。白
居易在《长恨歌》中写道"七月七日长生殿，夜半无人私语时。在天愿作
比翼鸟，在地愿为连理枝"，描绘了唐玄宗和杨贵妃在长生殿立下誓言，愿
生生世世为夫妻的情景。这也是《长生殿》得名的由来。

继白居易之后，元代白朴创作了杂剧《梧桐雨》，同样讲述了李杨二人
的爱情故事。但由于杂剧受形式所限，其内容较为集中紧凑，难以深入展
开复杂的情节。直至洪昇的笔下，这个故事才被写得荡气回肠、缠绵悱恻。
比如，我们来看一段《长生殿·密誓》：

> 宫庭，金炉篆霭，烛光掩映。米大蜘蛛厮抱定，金盘种豆，
> 花枝招飐银瓶。……愿钗盒情缘长久订，莫使做秋风扇冷。觑娉
> 婷，只见他拜倒在瑶阶，暗祝声声。

这段文字描绘了七月七日杨贵妃在长生殿祈愿，期望与唐玄宗同生共
死、永结连理的场景。电视剧《红楼梦》还特意播放了这段唱词。

唐玄宗对杨贵妃的宠爱虽属宫廷私事，却与安史之乱这一政治事件的
爆发存在深层关联。但是，时间一久，人们逐渐淡忘了这一事件的政治背
景，转而对李杨之间的爱情故事产生了浓厚的兴趣。这个现象提醒我们：

无论历史上上演了多少权力斗争和疆土变迁的故事，最终体现在文学上的，还是永恒的人性。

《桃花扇》的作者是孔尚任。孔尚任是山东曲阜的一个秀才，更是孔子的 64 代孙。康熙帝南巡至山东祭祀孔子时，孔尚任因孔子后裔的身份被选为御前讲经人员，陪同皇帝游览孔庙、孔墓。孔尚任因表现出色，受到康熙帝赏识，并被授予官职。从此，孔尚任广泛结交文坛名流。当时清朝建立不久，许多明朝遗老仍然健在。孔尚任与这些遗老关系密切，他们向孔尚任讲述了大量历史事件。尤其是公元 1644 年明朝灭亡后，一批大臣在应天府拥立福王朱由崧继位，建立了南明，但随着清军南下，南明覆灭。其间，发生了诸多可歌可泣的故事。孔尚任依据这些史料，创作了《桃花扇》，其中的角色大多真实存在，事件也基于真实历史。因此，《桃花扇》被认为是一部伟大的历史剧。

崇祯末年，"明末四公子"之一的侯方域前往应天府参加科举考试，在那里他遇见了一位名叫李香君的女子。两人坠入爱河后，侯方域在一把扇子上题写了一首诗，作为信物赠予李香君。

当时，奸诈的阮大铖想要与侯方域结交，便委托自己的同乡杨文骢给侯方域送去一笔钱。没想到，李香君严词拒绝了这笔贿赂，这让阮大铖怀恨在心。李自成攻占北京后，马士英、阮大铖等在应天府拥立福王登基，改元弘光。他们专权乱政，借机诬陷侯方域，使得侯方域被迫逃亡。阮大铖随后逼迫李香君改嫁他人。李香君坚决不从，撞墙以死相抗，鲜血飞溅到扇子上。后来，杨文骢在扇面的血迹上添画了几笔枝条，一幅桃花图就此诞生，这便是桃花扇的由来。

随着清军渡江，南明君臣或死或逃，有些坚守气节，有些选择了投降。

在国破家亡的悲惨境遇中，侯方域与李香君意外重逢，两人在张道士点醒下，一同遁入空门。

在描写情感方面，孔尚任可谓技艺高超。《桃花扇》的主线是侯方域与李香君的爱情故事。这个故事仿佛是一面镜子，映照出朝代更迭、社会动荡等宏大主题。这种叙事手法在当时颇具前瞻性。

此外，《桃花扇》借助一段爱情故事，勾勒出一幅南明史的全景图。想象一下，如果将南明史单独编纂成书，那将是一本厚重的著作。孔尚任运用各种情节，将南明时期的重大历史事件和关键人物串联在了一起。其中，忠臣有史可法，奸臣有马士英、阮大铖，武将有左良玉、黄得功，这些人物形象都非常鲜明，而且大致符合史实，展现出极高的艺术功力。

在《桃花扇》的终章，所有的历史已成过眼云烟，唯有三位老者聚在一起，谈起往事，内心无限悲凉。结尾处的唱词如下：

> 俺曾见金陵玉殿莺啼晓，秦淮水榭花开早，谁知道容易冰消。眼看他起朱楼，眼看他宴宾客，眼看他楼塌了。这青苔碧瓦堆，俺曾睡风流觉，将五十年兴亡看饱。那乌衣巷不姓王，莫愁湖鬼夜哭，凤凰台栖枭鸟。残山梦最真，旧境丢难掉，不信这舆图换稿。诌一套哀江南，放悲声唱到老。

"眼看他起朱楼，眼看他宴宾客，眼看他楼塌了"，直到今日，这句话仍用于形容"其兴也勃焉，其亡也忽焉"的短暂辉煌。

从清初到清中期，戏剧中流行的唱腔主要是昆曲。然而，昆曲存在一个问题：它起源于民间，但被文人们不断地改编，增添了诸多华丽的辞藻和深奥的典故。这样一来，昆曲的文学性显著提升，但麻烦也接踵而至——普通百姓有些听不懂了。比如，《千忠戮》中"八阳"之一：

裂肝肠。痛诛夷盈朝丧亡，郊野血汤汤。好头颅如山，车载奔忙。又不是逆朱温清流被祸，早做了暴嬴秦儒类遭殃。添悲怆，叹忠魂飘扬。羞杀我独存一息泣斜阳。

你会发现，缺乏历史知识便无法理解"逆朱温清流被祸"和"暴嬴秦儒类遭殃"的含义。前者是指唐朝末年，军阀朱温对自诩为清流的大臣施以暴行，将他们投入黄河，寓意清流变浊流一事；后者则指秦始皇焚书坑儒一事。秦始皇名为嬴政，因此秦朝也被称为嬴秦。

对于这些典故，读书人自是耳熟能详，但普通百姓未必知晓。可见，昆曲经历了"雅化"的转变。任何艺术一旦被雅化，就容易成为小众爱好，随后民间又会兴起新的通俗艺术来取代它们。

我们回顾所探讨的文学史，不难发现一个普遍存在的规律。七绝，起源于南北朝时期的民歌，在唐代依然被传唱。随着文人的雅化，普通百姓可能难以读懂。唐代又兴起了新的流行音乐——词。到了宋代，词也慢慢被雅化，普通百姓对其兴趣渐失。如今，昆曲也面临着相似的命运。文学艺术多兴起于民间，再被文人雅化。这一过程虽然提升了艺术的文学性，但其面向大众的生命力下降了。于是，民间再兴起新的艺术。就这样，一波一波地向前发展。

乾隆年间，昆曲因其高雅特质，被誉为"雅部"；与之相对的，是通俗的地方戏曲，统称为"花部"，包括京腔、秦腔、弋阳腔、梆子腔、罗罗腔、二簧调等。这些声腔亦被称作"乱弹"。从这个名称中，我们可以感受到"高雅人士"对通俗戏曲所持有的某种俯视态度。实际上，这些花部和乱弹的生命力远胜于昆曲。它们通俗易懂，深受百姓喜爱，如同野草般茁壮成长，并被广泛传播。

道光、咸丰年间，知名艺人程长庚、余三胜和张二奎融合了昆曲与花部各唱腔的优点，并进行一些艺术加工，促成了"皮黄剧"这一新剧种的诞生。经过数十年的发展，到了同治年间，皮黄剧逐渐演变为"京剧"，成为全国最具影响力的剧种之一。如今，京剧已经成为中国的"国粹"。

第四十讲

清代诗词

　　我们在探讨清代诗词时，通常从明朝灭亡开始，一直讲到鸦片战争前夕。自公元 1840 年鸦片战争爆发后，政治局势和社会面貌都发生巨变，故而一般将鸦片战争爆发至辛亥革命的 70 多年，称为晚清时期。这一时期的文学与古代文学存在较大差异，需要单独讲述，因此本书暂不涉及。

　　在每个朝代的早期，总有许多遗民。他们虽然生活在新的朝代，却依然自认为是前朝子民。明朝遗民尤其众多。许多诗人将对故国的怀念、兵荒马乱的社会现实等写入诗中，使得这些作品满是慷慨悲凉之情。以顾炎武为例，他是"清初三先生"之一，曾提出"天下兴亡，匹夫有责"。其始终心系家国命运，到处考察山川地形，搜集资料。比如，他在游历河北时写下一首《督亢》：

此地犹天府，当年竟入秦。燕丹不可作，千载自凄神。

野烧村中夕，枯桑垄上春。一归屯占后，墟里少遗民。

督亢向来土地肥沃，适宜耕种。当年，荆轲为了接近并刺杀秦王，声称要将督亢这片富饶之地献与秦国，并将匕首暗藏于地图中。刺秦的本质是反抗暴政，因此顾炎武在提及督亢时，有可能寄托了他对当时政治局势的复杂思绪与潜在的抗争意识。

在那个时代，还有像吴嘉纪这样的诗人。他记录了清军在扬州的暴行，展现了极其悲惨的场景，如"扬州城外遗民哭，遗民一半无手足"。这类作品被称为诗史，与杜甫的"三吏""三别"的性质类似。

明末清初还有"江左三大家"，即钱谦益、吴伟业和龚鼎孳。他们不同于遗民诗人，都在清廷担任一定官职。其中，吴伟业号梅村，他的诗作效仿白居易的歌行体，风格清新秀丽，人称"梅村体"。

吴伟业的代表作之一是《圆圆曲》。明末清初，江南有一位名妓陈圆圆，后来成为大将军吴三桂的姜室。吴三桂镇守山海关期间，陈圆圆留在北京的吴家。农民起义军首领李自成攻入北京，崇祯帝自缢而亡，在一片混乱之际，陈圆圆被李自成的一名部将夺走。据说，吴三桂一怒之下，引清军入关，即"恸哭六军俱缟素，冲冠一怒为红颜"。前一句谈到崇祯自缢后，明军为其披麻戴孝的情景；后一句则指出吴三桂引清军入关的缘由。尽管这只是一个传说，但陈圆圆与吴三桂的故事，在一定程度上反映了明末清初的一系列重大历史事件。它将儿女情长与悲壮历史相结合，读起来令人感慨万千。

清初文坛还有两对杰出的诗人，分别是"南施北宋"和"南朱北王"。

"南施北宋"指南方的施闰章和北方的宋琬，施闰章的诗风以温柔敦厚著称，而宋琬的诗风则显得雄伟亢丽。"南朱北王"指南方的朱彝尊和北方的王士禛，两人都是当时的著名学者。在做学问之外，朱彝尊还编选了《词综》。这部作品收录了唐、宋、元时期的 2200 余首词作，是学习和研究词作的重要范本。

王士禛在谈论诗歌时，强调了"神韵"这一概念，主张作诗应追求高远的意境和天然的韵致。譬如，王士禛推崇王维，认为"明月松间照，清泉石上流"极具神韵。他有一首《秋柳》：

> 秋来何处最销魂？残照西风白下门。
> 他日差池春燕影，只今憔悴晚烟痕。
> 愁生陌上黄骢曲，梦远江南乌夜村。
> 莫听临风三弄笛，玉关哀怨总难论。

这首诗写的是秋柳，实则隐喻了王朝的更迭与兴衰。但是，诗人并未流露出过多的哀愁，反而呈现出一种优美的意境。这正是诗歌的神韵所在。

清代关于诗歌的主张颇多。王士禛的神韵说一经提出，便遭遇了异议。它存在一个问题：诗作往往追求高远的意境，却缺乏实际内容。以《秋柳》为例，其中无非是晚烟、西风等意象，似乎并未融入个人独特的情感体验。因此，沈德潜提出格调说，指出"格调"在诗歌创作中的重要性。

所谓格调，即思想境界高尚，符合伦理道德规范，有利于维护朝廷的统治。沈德潜的许多诗作倾向于颂扬皇帝的功绩。这样一来，也引起了一些人的批评和反对。于是，另一位大才子袁枚提出不同的观点，即"性灵说"。

袁枚和赵翼、蒋士铨并称"乾隆三大家"。袁枚是一位极具个性的人物。他对美食情有独钟，一旦得知哪位厨师擅长烹饪佳肴，他必定前去品尝，再千方百计地请求对方传授烹饪秘方。他将这些食谱带回家中，编写出一部《随园食单》。随园即袁枚的园林，他不仅居住在那里，还将其经营得有声有色。比如，他将随园的田地租给他人，当有人想要进园参观时，就收取门票。这种经营方式在当时颇为新奇。

当时《红楼梦》已颇具声望，袁枚到处宣扬，声称大观园的原型正是随园。这一说法迅速传播，使得随园声名鹊起，吸引了无数人前来参观。随之而来的，是可观的收入。其实这个说法并非毫无根据。《红楼梦》的作者曹雪芹，其祖上曾担任江宁织造，而这片园林原本归曹家所有，直到后来被袁枚购得。

在袁枚的诗作中，我们比较熟悉的是《所见》：

牧童骑黄牛，歌声振林樾。意欲捕鸣蝉，忽然闭口立。

哪怕你不懂神韵、格调等术语，也能察觉到这首诗不太具有神韵。它描写的只是琐碎之事，缺乏高远的意境。

那么，这首诗的妙处何在？它生动地展现了生活中的情趣。原本，牧童高声唱歌，声音洪亮，却突然安静下来，因为他要捕蝉。这种动静之间的对比异常鲜明，饶有趣味。这说明袁枚对日常生活的观察细致入微，感受力敏锐。在他的性灵说中，性指的是情感，灵则指灵性、灵气。他的这一主张在当时较为新颖。

此外，翁方纲所提出的肌理说，旨在通过强调学问和义理来丰富诗歌的内涵。在清廷相对严苛的文化政策下，读书人别无选择，只能埋头于做学问，苦心钻研古文字和经典文献中的名词术语。这种学问被称为考据学，在清代中期极为盛行。作为一位考据学家，翁方纲主张作诗必须引经据典，保证其内容充实且经得起考证。袁枚并不认同这一主张，甚至称翁方纲的作诗纯粹是照搬古书。

清代中期还有郑燮这位杰出诗人。郑燮，号板桥，亦称"郑板桥"。他擅长画竹子，曾写下一首《竹石》：

> 咬定青山不放松，立根原在破岩中。
> 千磨万击还坚劲，任尔东西南北风。

这首诗虽然描写的是竹子，但象征着诗人铁骨铮铮、不肯屈服的品格。他还有一首《墨竹图题诗》：

> 衙斋卧听萧萧竹，疑是民间疾苦声。
> 些小吾曹州县吏，一枝一叶总关情。

微风吹过竹林，发出的萧萧声宛如民间疾苦的哀鸣。州县的小吏，虽官职低微，但百姓们遭遇的苦难，如同竹林里的一枝一叶，无不牵动着他的忧思和责任感。竹子的每一次摇曳，都化作他对百姓们一举一动的密切关注，这种描述既新奇又充满深沉的情感。

嘉庆、道光年间，最负盛名的诗人之一是龚自珍，他也是当时著名的思想家和文学家。当时，清廷已然病入膏肓，问题层出不穷，社会一片死气沉沉，改革迫在眉睫。龚自珍的诗作深刻地反映了严峻的社会问题和现实危机，呼唤着时代的变革。比如《己亥杂诗》：

九州生气恃风雷，万马齐喑究可哀。

我劝天公重抖擞，不拘一格降人才。

这首诗的创作背景是：龚自珍在途经镇江时，恰逢当地居民举行求雨仪式，向玉皇大帝和风神、雷神祈求降雨。这时，一位道士见到龚自珍，请求他撰写一篇青词。青词即祭神的文章，因其写于青藤纸而得名。龚自珍挥笔立就，诗中表达了这样的意境：唯有依靠风雷激荡般的巨大力量，才能使大地焕发出生机勃勃的景象，但人们选择了沉默，这无疑是一种悲哀。诗人劝诫上苍应重拾斗志，不拘一格地降下更多的人才。

这首诗既在求雨，呼唤着自然界的风暴与雷霆，又象征着政治领域的呐喊，渴望在九州大地上引领改革之风。这样的文风，在传统文人中是较为罕见的。

最后，让我们探讨一下清代的词。继宋代之后，元代和明代的词都不甚繁荣，反而在清代有所复兴，涌现了大量词作选本和词学理论著作，以及一些词人和流派。

在清代词人中，纳兰性德的成就极高。他原名纳兰成德，字容若，亦称纳兰容若。作为康熙时期权臣纳兰明珠之子，他的一生浸润在富贵之中。他的词集《饮水词》主要围绕相思离别展开，字里行间弥漫着凄婉哀怨之情。比如他有一首《长相思》：

山一程，水一程，身向榆关那畔行，夜深千帐灯。

风一更，雪一更，聒碎乡心梦不成，故园无此声。

　　榆关即山海关，关外则是关东地区。公元 1682 年，纳兰性德跟随康熙帝出关东巡，途经山海关时，他写下这首词。"山一程，水一程"意味着跋山涉水，走过了很多路程。"千帐灯"描绘了众多营帐中灯火通明的景象。"风一更，雪一更"则是指风雪接连不断，一更接着一更地侵扰着人们。他在结尾处感慨"故园无此声"，在家乡是听不到这般扰人的风雪之声的，越发思乡情切了。

参考文献

《诗经》，中华书局 2016 年

《楚辞》，屈原等著，中华书局 2019 年

《论语译注》，杨伯峻译注，中华书局 2012 年

《孟子译注》，杨伯峻译注，中华书局 2008 年

《韩非子》，中华书局 2015 年

《庄子》，中华书局 2015 年

《荀子》，中华书局 2015 年

《山海经校注》，中华书局 2022 年

《春秋左传注》，杨伯峻，中华书局 2017 年

《战国策》，中华书局 2017 年

《史记》，司马迁著，中华书局 2019 年

《先秦汉魏晋南北朝诗》，逯钦立编，中华书局 1983 年

《文选》，萧统编，上海古籍出版社 2019 年

《全唐诗》，彭定求编，中华书局 2011 年

《全宋诗》，北京大学古文献研究所《全宋诗》编纂委员会编纂，北京大学出版社 1998 年

《全宋词》，唐圭璋编，中华书局 1981 年

《古文观止》，吴楚材、吴调侯编，中华书局 2016 年

《太平广记》，中华书局 2021 年

《全元戏曲》，人民文学出版社 1990 年

《全元散曲》，中华书局 1964 年

《水浒传》，人民文学出版社 1997 年

《三国演义》，人民文学出版社 2023 年

《西游记》，李天飞校注，中华书局 2014 年

《红楼梦》，启功等校注，中华书局 1998 年

《王思任批评牡丹亭》，汤显祖，凤凰出版社 2011 年

《桃花扇》，孔尚任，人民文学出版社 2002 年

《聊斋志异》，赵伯陶校注，人民文学出版社 2016 年

《阅微草堂笔记》，纪昀，中华书局 2016 年

其余零散引文见

《中国文学史》，袁行霈等编，高等教育出版社 1999 年

《中国文学史》，章培恒、骆玉明编，复旦大学出版社 2005 年